U0465849

浮生十记

苏雪林 著

张昌华 编

目录

辑一　绿天溪水
绿天　　　　　　　　　　　　　　003
溪水　　　　　　　　　　　　　　009
小猫　　　　　　　　　　　　　　011
收获　　　　　　　　　　　　　　017

辑二　秋日私语
扁豆　　　　　　　　　　　　　　025
画　　　　　　　　　　　　　　　027
书橱　　　　　　　　　　　　　　029
瓦盆里的胜负　　　　　　　　　　032
小汤先生　　　　　　　　　　　　035
金鱼的劫运　　　　　　　　　　　037

辑三　遁斋随笔
家　　　　　　　　　　　　　　　043
故乡的新年　　　　　　　　　　　053
想起四川的耗子——子年谈鼠　　　058
猫的悲剧　　　　　　　　　　　　063

辑四　人生四季
　　青春　069
　　中年　077
　　老年　088
　　当我老了的时候　103

辑五　晴窗札记
　　齿患　113
　　我的书　125
　　古人以胖女为美　129
　　幽默大师论幽默　135

辑六　萍海游踪
　　培丹伦岩穴探奇　141
　　花都漫拾　145
　　黄海游踪　152

辑七　西窗剪烛
　　适之先生和我的关系　165
　　北风——纪念诗人徐志摩　169
　　心理小说家施蛰存　175

辑八　砚田圈点
　　周作人先生研究　185
　　冰心女士的小诗　203
　　凌叔华的《花之寺》与《女人》　211
　　孙多慈女士的画　217
　　我的写作经验　220

辑九　枯井钩沉

悼女教育家杨荫榆先生　　　　　　　　　229

颓加荡派的邵洵美　　　　　　　　　　　232

戴望舒与现代诗派　　　　　　　　　　　239

辑十　百年断片

儿时影事　　　　　　　　　　　　　　　249

我的父亲　　　　　　　　　　　　　　　258

母亲　　　　　　　　　　　　　　　　　263

怀念姊妹家庭　　　　　　　　　　　　　266

灌园生活的回忆　　　　　　　　　　　　269

编后记　　　　　　　　　　　　　　　　275

辑一　绿天溪水

绿　天

　　康的性情是很孤僻的，常常对我说："我想寻觅一个水木清华的地方，建筑一所屋子，不和俗人接见，在那里，你是夏娃，我便是亚当。"

　　我的脾气，恰恰和他相反，爱热闹，虽不喜交际，却爱有几个知心的朋友，互相往来，但对于尘嚣，也同他有一样的厌恶，因为我的祖父，都是由山野出来的，我也在乡村中生活了多少时候，我原完全是个自然的孩子呵！

　　康因职务的关系，住在S埠，我和他同居在一处，他每天到远在二三十里外的工厂里去上工，早上六点钟动身，晚上六点钟才得回家，只有星期日方得自由。

　　他上工去后，我就把自己关闭在一个又深又窄的天井底，沉沉寂寂，度过我水样的年华。偶然出门望望：眼只看见工厂烟囱袅袅上升的黑烟，耳只听见隆隆轧轧的电车和摩托卡，我想念着我从前所爱的花，鸟，云，阳光……但这些东西不但闪躲着，不和我实际相接触，连我的梦境里都不来现一现了，于是我的心灵便渐渐陷于枯寂和烦闷之中。

我曾读过都德《磨房文牍》，最爱那《西简先生的小羊》的一篇。咳，现在我也变成这小白羊了，虽然系在芳草芊芊的圈子里，却望着那边的崇山峻岭，幻想那垂枝的青松，带刺的野参华，银色的瀑泉，晚风染紫了的秋山，鼻子向着遥天，"咪！"发出一声声修长的叫唤。

某年，即S埠为五十年未有之大热所燃烧的一年，某月，即秋声和鸿雁同来之一月，我们由S埠搬到S城里来了。

起先，康接着S城某大学的聘书，请他为大学理科主任，并允由学校赁给我们屋子一所。那时我们并不知新屋是怎样一个形式，想像那或是几间平房，有一个数丈长宽的庭院，庭中或者还有一二棵树，但这于我已经很好，我只要不再做天井底下的蛙，耳畔不再听见喧闹的车马声，于愿已足，住屋就说狭小，外边旷阔清美的景物，是可以补偿这个缺点的。所以康接到聘书之后，心里尚在踟蹰不决，我却极力地怂恿，呵！西简先生的小羊，已经厌倦了栅和圈了，它要毅然投向大自然的怀抱里去。

康于是决定了赴S城教书的计划。

行李运去之后，康先去布置，我于第二天带了些零碎的东西离开了S埠。

我虽然在S城住过半年，但新屋的路却不认识，同车夫又说不明白，我便到H女学校请校长洛女士引导，因为我曾在这个学校授过课，和洛女士颇有交情。

洛女士是美国人，性情极为和蔼，见我来很高兴，听见康也来S城教书，更为欢喜。她请我坐了，请出她朋友沙女士来陪我，又倒给我一杯冰柠檬水。两个钟头在火车里所受的暑热，正使我焦渴呢，喝了那杯水真有甘露沁心的爽快。

我谈起请她引导去看新屋的话,洛女士说:"那屋子很好,我常常想住而不可得,你们能够赁到这样的屋,运气真不错呀!"

"她们住在这样精雅的屋子里还羡慕我们的屋么?"我暗想。

喝完冰水后,她和沙女士引我走出学校,逆着刚才来的道路,沿着河走了十分钟,进了一堵墙,我们便落在一片大空场之中,场中只有一个小茅庐余无别物。我正在疑惑,洛女士指着屋后一道矮墙,和一丛森森的树木说:

——你们的屋子在这墙里。

推开板扉,走进那园,才发见了一座极幽蒨的庭院。

呵!这真是"山穷水尽疑无路,柳暗花明又一村"!

走到屋前,康听见我们的声音,含笑由屋中走出,洛女士和他寒暄了几句话,便作别去了。

等她转过身去,我就牵着康的手,快乐得直跳起来:

——有这样一个好地方,我真做梦也没有想到!

我们牵着手在园里团团地走了一转,这园的风景便都了然了。

园的面积,约有四亩大小,一座坐北朝南半中半西的屋子,位置于园的后边,屋之前面及左右,长廊围绕,夏可以招凉风,冬可以负暄日。

这园的地势太低而且杂树蒙密,日光不易穿漏,地上有些潮湿。所以屋子是架空的,离地约有六七尺高,看去似乎是楼,其实并不是楼,屋子下面不能住人,只好堆煤,积柴,或者放置不用的家具。

园中尚有一个土墩,土墩上可以眺望墙外广场中青青的草色,和那一双秀丽的塔影。

园中的草似乎多时不曾刈除了,高高下下长了许多杂草,草里缠纠着许多牵牛花,和茑萝花,猩红万点,映在浅黄浓绿间,画出新秋的诗意。还有白的雏菊,黄的红的大理花,繁星似的金钱菊,丹砂似

005

的鸡冠，也在这荒园中杂乱地开着。秋花不似春花，桃李之秾华，牡丹芍药的妍艳，不过给人以温馥之感，你想于温馨之外，更领略一种清远的韵致和幽峭的情绪么？你应当认识秋花。

讲到树，最可爱的莫如那几株合抱的大榆树了，树干臃肿丑怪，好像画上画的古木，青苔覆足，常春藤密密地蒙盖了一身，测其高寿至少都在一二百岁以上。西边一株榆树已经枯死了，紫藤花一株，附它的根蜿蜒而上，到了树巅，忽又倒挂下来，变成渴蛟饮涧的姿势，可惜未到春天，藤花还没有开，不然绿云深处，香雪霏霏，手执一卷书，坐在树上，真如置身于华严界里呢。

有一株双杈的榆树最高，天空里闲荡的白云，结着伴儿常在树梢头游来游去，树儿伸出带瘿的突兀的瘦臂，向空奋拏，似乎想攫住它们，云儿却也真乖巧，只永远不即不离地在树顶上游行，不和它的指端相触，这样撩拨得树儿更加愤怒，臂伸得更长，好像要把青天抓破！

春风带了新绿来，阳光又抱着树枝接吻，老树的心也温柔了，它抛开了那些讨厌的云儿，也来和自然嬉戏。你看，它有时童心发作，将清风招来密叶里，整天缥缥缈缈地奏出仙乐般的声音。它们拼命使叶儿茂盛，苍翠的颜色，好像一层层的绿波，我们的屋子便完全浸在空翠之中，在树下仰头一望，那一片明净如雨后湖光的秋天，也几乎看不见了。呀！天也让它们涂绿了！绿天深处，我们真个在绿天深处！

"这园子虽荒凉，却富有野趣，"康笑着对我说，"如果隔壁没有别人搬来，便可以算做我们的地上乐园了啦！"

我没有答他的话，只注视着那些大榆树，眼前仿佛涌现了一个幻象：

杲杲秋阳，忽然变得炫目强烈了，似乎是赤道下的日光。满园的树,也像经了魔杖的指点,全改了样儿;梧桐亭亭直上,变成热带的棕榈,扇形大叶,动摇微风中,筛下满地日影,榆树也化成参天拔地的大香木,缀着满树大朵的花和累累如宝石如珊瑚如黄金的果实,空气中香气蓊葧,非檀非麝,令人欲醉。

长尾的猴儿,在树梢头窜来窜去,轻捷如飞,有时用臂儿钩着树枝,将身悬在空中,晃晃荡荡地打秋千顽玩。骄傲的孔雀,展出它们锦屏风般大尾,带着催眠的节拍,徐徐打旋,献媚于它们的雌鸟。红嘴绿毛的鹦哥和各色各样的珍禽异鸟,往来飞舞,不住地唱出妙婉的歌声。

树下还有许多野兽哩,但它们都是驯扰不惊的。毛鬣壮丽的狮子抱着小绵羊睡觉,长颈鹿静悄悄在数丈高的树上摘食新鲜叶儿,摆出一副哲学家的神气,金钱豹和梅花鹿在林中竞走,白象用鼻子在河中汲水,仰天喷射,做出一股奇异的喷泉,引得河马们,张开阔口,哈哈大笑。

这里没有所谓害人的东西,鳄鱼懒洋洋地躺在岸边,做它们沙漠之梦去了,一条条红绿斑斓的蛇,并不想噬人,也不想劝人偷吃什么智慧的果子,只悠闲地盘在树上,有时也吱吱地唱它们蛇的曲子,那声音幽抑,悠长,如洞箫之咽风。

这里的空气是鸿蒙开辟以来的清气,尚未经过市场尘埃的溷浊,也没有经过潘都兰箱中虫翅的扰乱,所以它是这样澄洁,这样新鲜,包孕着永久的和平,快乐,和庄严灿烂的将来。

林之深处,瀑布如月光般静静泻下,小溪儿带着沿途野花野草的新消息,不知流到什么地方去,朝阴夕阳,气象变化,林中的光景也是时刻不同的,时而包裹在七色的虹霓光中,时而隐于银纱般的雾里……

流泉之畔,隐约有一男一女在那里闲步。那就是人类的始祖,上帝用黄土抟成的人,地上乐园的管领者。

……

"你又痴痴儿地想什么呢?我们进屋里去罢。"康用手在我的肩上一拍,呵!一切的幻象都消失了,我们依然在这红尘世界里。

世上哪有绝对的真幸福呢?我们又何妨将此地当做我们的"地上乐园"。

一切我们过去生命里的伤痕,一切时代的烦闷,一切将来世路上不可避免的苦恼,都请不要闯进这个乐园来罢,让我们暂时做个和和平平的好梦。

乌鸦,休吐你不祥之言,画眉,快奏你新婚之曲!

祝福,地上的乐园,祝福,园中的万物,祝福,这绿天深处的双影!

(《绿天》,1928年上海北新书局初版,选自1956年台湾光启出版社增订本)

溪　水

　　我们携着手走进林子，溪水漾着笑涡，似乎欢迎我们的双影。这道溪流，本来温柔得像少女般可爱，但不知何时流入深林，她的身体便被囚禁在重叠的浓翠中间。

　　早晨时她不能更向玫瑰色的朝阳微笑，夜深时不能和娟娟的月儿谈心，她的明澈莹晶的眼波，渐渐变成忧郁的深蓝色，时时凄咽着幽伤的调子，她是如何的沉闷呵！在夏天的时候。

　　几番秋雨之后，溪水涨了几篙；早凋的梧楸，飞尽了翠叶；黄金色的晓霞，从权桠树隙里，深入溪中；泼靛的波面，便泛出彩虹似的光。

　　现在，水恢复从前活泼和快乐了，一面疾忙的向前走着，一面还要和沿途遇见的落叶、枯枝……淘气。

　　一张小小的红叶儿，听了狡狯的西风劝告，私下离开母亲出来顽玩，走到半路上，风偷偷儿的溜走了，他便一跤跌在溪水里。

　　水是怎样的开心呵，她将那可怜的失路的小红叶儿，推推挤挤的推到一个旋涡里，使他滴滴溜溜的打圆转儿；那叶向前不得，向后不能，急得几乎哭出来；水笑嬉嬉的将手一松，他才一溜烟的逃走了。

水是这样欢喜捉弄人的，但流到坝塘边，她自己的魔难也来了。你记得么？坝下边不是有许多大石头，阻住水的去路？

水初流到石边时，还是不经意的涎着脸撒娇撒痴的要求石头放行，但石头却像没有耳朵似的，板着冷静的面孔，一点儿不理。于是水开始娇嗔起来了，拼命向石头冲突过去；冲突激烈时，浅碧的衣裳袒开了，露出雪白的胸臂，肺叶收放，呼吸极其急促，发出怒吼的声音来，缕缕银丝头发，四散飞起。

辟辟拍拍，温柔的巴掌，尽打在石头皱纹深陷的颊边，——她真的怒了，不是儿嬉。

谁说石头是始终顽固的呢？巴掌来得狠了，也不得不低头躲避。于是水得以安然渡过难关了。

她虽然得胜了，然而弄得异常疲倦，曳了浅碧的衣裳去时，我们还听见她继续的喘息声。

我们到这树林中来，总要到这坝塘边参观水石的争执，一坐总是一两个钟头。

小　猫

　　天气渐渐的冷了，不但壁上的日历，告诉我们冬天已经到来，就是院中两株瑟瑟地在朔风里打战的老树，也似乎在喊着冷呀冷呀的了。

　　房里的壁炉，筠在家时定然烧得旺旺的，乱冒的火头，像一群饥饿而得着食物的野兽，伸出鲜红的长舌，狂舐那里的煤块，发出哄哄的声音，煤块的爆响，就算是牺牲者微弱的呻吟罢。等到全炉的煤块，变成通红，火的怒焰，也就渐渐低下去，而室中就发生温暖了。筠有时特将电灯旋熄，和薇对坐炉前，看火里变幻的图画，火的回光，一闪一闪地在他们脸上不住地跳荡。他们往往静默地坐在炉前好久好久，有时薇轻轻地问筠道：

　　——你觉得适意么？筠？

　　——十分适意，你呢？他暗中拖过薇的手来，轻轻地握着，又不说话了。

　　现在薇手里拿了一本书，坐在炉边一张靠椅上，一页一页地翻着看，然而她的心似乎不在看书，由她脸上烦闷的神情看来，可以知道她这时候心绪之寂寞，正如这炉中的冷灰。

因为没有生火，屋里有点寒冷。两扇带窗的玻璃门是紧紧地关着的，淡黄色的门帘也没有拽开，阳光映射帘上，屋中洞然明亮，而且也觉得了暖意。

薇看了几页书。不觉矇眬思睡起来，她的眼皮渐渐下垂，身体也懒洋洋地靠上椅背，而手中的书，也不知不觉地掉在地板上。睡魔已经牵了她的手，要想教她走入梦幻的世界里去了。

忽然门帘上扑扑有声，薇猛然惊醒，张开眼看时，就看见一个摇动的影儿，一闪就不见了，顷刻间又映射到帘上来，却已变成了两个，原来就是隔壁史夫人的两只小猫的影儿。

这屋里从前是没有猫的，薇从做小孩子时候起，就很爱猫。不过近年以来，家里养了只芙蓉鸟，而且住的又是人家的房子，不便在门上打洞，所以不能养猫，她常常同筠说要他弄只猫来玩玩。他们互相取笑时，也曾以猫相比过。

自从筠出门以后，隔壁就搬来了史家，也就多了这对小猫。它们天天在那里打架追逐，嬉戏……因回廊是两家相通的，所以小猫打架时，也常常打到薇的门口来。

那对小猫的颜色，很是美丽，一个是浑身雪也似的白毛，额上有一块桃子形的黑点，背上也有一大搭黑毛，薇知道叫做乌云盖雪，一个是黄白黑三色相混的，就不知它叫做什么名目了。它们出世以来，都不过三四个月吧，短短的身躯，圆圆的脸，浅浅的碧色玲珑眼，都不算奇，只是那幼猫特有的天真，一刻不肯停止的动作，显得非常活泼，有趣。

小猫的影儿，一上，一下，一前，一后，跳踯得极起劲，好像正在抢着一片干桐叶。薇想开门去看，但怕冷，又怕惊走了它们，所以仍然半躺在靠椅上，眼望着那两个起伏不定的猫影出神。

她想筠这几天又没有信来，不知身体好否？呵！半个月的离别，真像度了几年，相思的滋味，不是亲自领略，哪知道它的难堪呀！筠的出去奔波，无非是为了衣食问题，人生为什么定要衣食呢？像这两个小猫不好么？它们永远是无愁无虑地嬉戏，永远……永远！

如果筠在这里，见了这对小猫，又该多了嘲谑的资料了，她想到这里，索性将一只手支了颐，细细追想从前和筠同居时的种种乐趣：

薇是一个老实可怜的人，见了生人，总是羞羞涩涩地说不出什么话。筠在本地中学当体操教员，她就顺便在那学校里教授一点图画和手工的课，每天听见铃响就低着头上课堂，听见铃响，又低着头走出课堂，从不敢对那些学生多瞥一眼，因此她到这学校上了一年多的课，只记得班里男生的姓名，至于面貌，却都是素昧平生的。学生躲懒不到，她也不敢查问，因为这学校里本无点名的习惯，而且她也觉得上课点名，有似乎搭先生的架子，在她又是不好意思的事。

偶然有个学生来问她关于功课的事，或者她有话要对他们说，总不免红涨了脸。幸亏她所教的功课，学生素不注重，也不要什么讲解，拿一支粉笔在黑板上画画就算混过去了，口才不佳，羞怯，在学生方面都还不至于发生什么影响。

她的女同学个个洒落大方，上课时词源滔滔，银瓶泻水，讲到精彩处，也居然色舞眉飞。功课就预备得差一点，也一样能吸住学生的注意力。她看了每非常地羡慕，很想努力效法她们，但她的拘束，竟像一条索子，捆住了自己，再也摆脱不开，后来知道天性是生来的，不能拂逆它，也只好听其自然了。她常说人们将教员的生涯，叫做"黑板生涯"，在我真是名符其实，如果课堂里不设黑板，我的教员也就当不成了呵！

上课下课之际，遇见了男同事，她也从不敢招呼的，不知者或以为她骄傲,其实她只是一味羞怯。

见了女子,应当不这样罢,但她从前也曾在女子小学里教过书,常常被大学生欺侮得躲在房里哭。

总之,世界在她是窄狭的。

但薇在家里,却不像这样拘束了;口角也变伶俐了。她爱闹,爱拿筠开心,爱想出种种话嘲谑筠,常将筠弄得喜又不是,怒又不是,她一回家,室中立刻充满了欢乐的笑声。

她的嘲谑是不假思索,触机即发的,是无穷无尽的,譬如两个人同在路上走走,筠是男子脚步自然放得宽,走得快,薇却喜欢东张西望地随处逗留,若嗔她走得太慢,她就说:谁能比你呢?你原是有四只脚的呀!或者,她急急地赶上来问道:你这样向前直冲吗?难道有火烧着你的尾巴么?

书上常有所谓"雅谑",言近意远,确有一种风味,但非雅人不办,薇和筠连中国字都认识不多的,不但不是雅人,而且还是俗而又俗的俗人,他们的嘲谑,都是寻常俗语,喊它为"俗谑"得了。

几千万年不改形式的太阳,每天从东方升起,总还给人们一个新趣的印象,他们的"俗谑"虽然不过是翻来覆去几句陈言,却也天天有新鲜的趣味。

世界在她是窄狭的,家庭在她却算最宽广的了。

筠自幼受着严酷的军事式的训练,变成一副严肃的性情,一举一动,必循法度,不惟不多说话,连温和的笑容,都不常有。但自和薇结婚以来,受了薇的熏陶,渐渐地也变做活泼而愉快的人了;他的青春种子,从前埋葬在冰雪当中,现在像经了阳光的照临,抽芽茁蕊,吐出芬芳娇美的花了。

从前时薇嘲弄他,他只微笑地受着,有时半板着脸,用似警告而又似恳求的口气告诉她道:

——你老实一点罢,再说,我就要生气了。

现在他也一天一天地变得儇巧起来,薇嘲谑了他,他也有相当的话报复,他们屋里也就更增了欢乐的笑声。

他们嘲笑时在将对方比做禽和兽,比兔子,比鸡,比狗,甚至比到猪和老鼠,然而无论怎样,总不会引起对方的恶感,他们以天真的童心,互相熨帖,嘲谑也不过是一种天然的游戏。

有一次,筠将薇比做猫了,他们并坐在火炉边,筠借火光凝视着薇的脸,她正同他开过玩笑,因他一时无话可答,便自以为得胜了,脸上布满了得意的笑容,眼角边还留着残余的狡狯。

筠凝视了她一刻,忽然像发现了什么似的笑道:

——我从前比你那些东西都不像,看你顽皮的神气,倒活像一只小猫!

从此筠果然将薇当做小猫看待,他轻轻摩抚她的背,像抚着猫的柔毛,出去时总叮咛道:

——小猫儿,好好蹲在家里,别出去乱跑,回头我叫江妈多买些鱼喂你。

或者筠先回家了,薇从外边进来,筠便立在门口,用手招着,口中发出"咪咪"的声音,像在呼一只猫。

薇不服,说:"你喊我做猫,你也是一只猫。"

——屋里有了一只猫,已够淘气了,还受得住两只么?但久而久之,筠也无条件地自己承认是一只猫了。

这两只猫聚到一处,便跳跳纵纵地闹着玩耍,你撩我一爪,我咬你一口,有时一遍一声,温柔地互相呼唤,有时故意相对狰狞,做出示威的样子。

有时那只猫端端正正地坐在屋里,研究他的体育学,这只猫悄悄地——那样悄悄地,真像猫去捉鼠儿时行路——走进来,在他头上轻轻地打一下，或者抢过他的书，将它阖起来，迷乱了他正翻着的页数，转身就跑，那只猫就起身飞也似的赶上去，一把将她捉回，按住，要打，要呵痒，这只猫，只格格地笑，好容易笑着喘过气来，央求道："好人我不敢了！"

——好好地讲，下次还敢这样淘气不？那只猫装出嗔怒的神气，然而"笑"已经隐隐地在他脸上故意紧张的肌肉里迸跳出来。

——不敢了下次一定不敢了！被擒住的猫，只一味笑着求饶，于是这只猫的爪儿不知不觉地松了，并且将她抱起来，抚弄了她的鬓发，在她眼皮上轻轻地亲吻。

映射在门帘上的猫影，一会儿都渺然了，薇懒懒地叹息了一声，拾起地上的书，又静静地续读下去。

（选自《北新》半月刊，1928年2卷5期）

收　获

我们园外那片大空场于暑假前便租给人种山芋了。因为围墙为风、雨、顽童所侵袭，往往东塌一口，西缺一角。地是荒废着，学校却每年要拿出许多钱来修理围墙，很不上算，今年便议决将地租人，莳种粮食，收回的租钱，便作为修墙费。租地的人将地略略开垦，种了些山芋。据说山芋收获后，接着便种麦，种扁豆，明年种蜜桃，到了桃子结实时，利息便厚了。

荒地开垦之后，每畦都插下山芋藤苗。初种时尚有人来浇水，以后便当做废地似的弃置着，更没人来理会。长夏炎炎，别种菜蔬，早已枯萎，而芋藤却日益茂盛青苍，我常常疑心它们都是野生的藤葛类。

今日上课已毕回家，听见墙外"邪许"声不绝于耳，我便走到凉台边朝外眺望，看发生了什么新鲜的事。

温和的秋阳里，一群男妇，正在掘地呢。彼起此落的钉钯，好像音乐家奏庇霞娜时有节奏的动作，而铁齿陷入土里的重涩声，和钉钯主人的笑语，就是琴键上所流出的和谐音调。

"快来看呀！他们在收获山芋了。"我回头喊遗留在屋里的人，康和阿华都抛了书卷出来。终于觉得在凉台上看不如出去有味，三个人开了园门，一齐到那片芋场上去了。

已掘出的芋，一堆堆地积在地上，大的有斤重，小的也有我手腕粗细。颜色红中带紫，有似湖荡里新捞起的水红菱，不过没有那样鲜明可爱。一个老妇人蹲在地上，正在一个个地扯断新掘起的山芋的藤蔓和根，好像稳婆接下初生的婴儿，替他剪断脐带似的。我和阿华看得有趣，便也蹲下帮同她扯。

康和种芋工人谈话，问他今年收成如何？他摇头说不好。他说：山芋这东西是要种在沙土里才甜。这片草场是第一次开垦，土太肥，只长藤不长芋。有些芋又长得太大，全空了心，只好拿去喂猪，人们是不要买的。

他指着脚下一个大山芋说："你们请看，这芋至少也有三斤重，但它的心开了花的，不中吃了。"

果然，那芋有中号西瓜般大，不过全面积上皱裂纵横，并有许多虫蛀的孔，和着细须根，有似一颗人头。

"子璋髑髅血模糊，手提掷还崔大夫！"我撮起那芋掷于康的足前，顺口念出杜工部这两句可以吓退疠鬼的名句。

"你何必比花卿？我看不如说是莎乐美捧着圣约翰的头，倒是本色。"康微笑回答。我听了不觉大笑，阿华和种芋的工人自然是瞠视不知所谓。

我们因这里山芋携取便利，就问那种芋的工人买了一元，计有七十余斤。冬天围炉取暖时，烤它一两个，是富有趣味的事。昔人诗云"煨得芋头熟，天子不如吾"。懒残和尚在马粪中煨芋，不愿意和人谈禅。山芋虽不及蹲鸱的风味，但拨开热灰，将它放入炉底，大家围着炉，谈话的谈话，做手工的做手工，已忘记炉中有什么东西。过了片时,微焦的香气,透入人的鼻观,知道芋是煨熟了,于是又一个一个从灰里拨出来,趁热剥去皮,香喷喷地吃下,那情味也真教人难忘呀!

收获,我已经说过,收获是令人快乐的。在外国读书时,我曾参与过几次大规模的收获,也就算我平生最快乐的纪念。

一次是在春天,大约是我到里昂的第二年。我的法文补习教员海蒙女士将我介绍到她朋友别墅避暑,别墅在里昂附近檀提页乡,乡以产果子出名。

别墅的主人巴森女士在里昂城中靠近女子中学,开了一座女生寄宿舍,我暑假后在中学上课,便住在这个宿舍中。

到了春假时节,宿舍里的学生,有的回家了,有的到朋友家里去了,有的旅行去了。居停主人带了几个远方的学生,到她别墅领取新鲜空气,我也是她带去的人中之一。

"我们这回到乡下去,可以饱吃一顿樱桃了。"马格利特,一个大眼睛的女孩在火车中含笑对我说。去年夏天,我在檀乡别墅,本看见几株大樱桃树,但那时只有满树葱茏的绿叶,并无半颗樱桃。

车到檀乡,宁蒙赖山翠色欲浮,横在火车前面,好似一个故人,满脸春风,张开双臂,欢迎契阔半年的我。

远处平原,一点点的绵羊,似绿波上泛着的白鸥。新绿丛里,礼拜堂的塔尖,耸然直上,划开蔚蓝的天空。钟声徐动,一下下敲破寂寞空气。和暖的春风拂面吹来,夹带着草木的清香。我们虽在路上行走,却都有些懒洋洋起来,像喝了什么美酒似的。便是天空里的云,也如如不动,陶醉于春风里了。

到了别墅之后,我们寄宿舍的舍监陶脱莱松女士早等候在那里,饭也预备好了。饭毕,开始采撷樱桃。马格利特先爬上树,摘了樱桃,便向草地投下。我们拾着就吃,吃不了的放进藤篮。后来我也上树了。舍监恐怕我跌下受伤,不住地唤我留心,哪知我小时惯会爬树,现在年纪长大,手足已不大灵敏,但还来得一下呢。

法国樱桃和中国种类不同,个个有龙眼般大小,肉多核细,熟时变为黑紫色,晶莹可爱。至于味儿之美,单用"甜如蜜"三字来形容是不够的。果品中只有荔枝、蜜柑、莓子(外国杨梅)、葡萄差可比拟。我们的朱樱,只好给它做婢女罢了。我想到唐时禁苑多植樱桃,熟时分赐朝士,惹得那些文士诗人吟咏欲狂,什么"几回细泻愁仍破,万颗匀圆讶许同",什么"归鞍竞带青丝笼,中使频倾赤玉盘",都说得津津有味似的。假如他们吃到法国的樱桃,不知更要怎样赞美了。总之法国有许多珍奇的果品,都是用科学方法培养出来的。梅脱灵克《青鸟》剧本中"将来世界"有桌面大的菊花,梨子般大的葡萄……中国神话里的"安期之枣大如瓜"将来都要藉科学的力量实现。赞美科学,期待科学给我们带来的黄金世界!

我们在檀提页别墅,住了三天,饱吃了三天的樱桃。剩下的樱桃还有几大筐,舍监封好,带回里昂,预备做果酱,给我们饭后当尾菜。

第二次快乐的收获,是在秋天。一九二四年,我又由法友介绍到里昂附近香本尼乡村避暑,借住在一个女子小学校里。因在假期,学生都没有来,校中只有一位六十岁上下的校长苟理夫人和女教员玛丽女士。

我的学校开课本迟,我在香乡整住了一夏,又住了半个秋天,每天享受新鲜的牛乳和鸡蛋,肥硕的梨桃,香甜的果酱,鲜美的乳饼,我的体重竟增加了两基罗。

到了葡萄收获的时期,满村贴了 La Vendage 的招纸,大家都到田里相帮采葡萄。

记得一天傍晚的天气,我和苟理夫人们同坐院中菩提树下谈天,一个脚登木舄,腰围犊鼻裙的男子,到门口问道:

"我所邀请的采葡萄工人还不够,明天你们几位肯来帮忙么,苟理夫人?"

我认得这是威尼先生,他在村里颇有田产,算得是一位小地主。平日白领高冠,举止温雅,俨然是位体面的绅士,在农忙的时候,却又变成一个满身垢腻的工人了。

苟理夫人答允他明天过去,问我愿否加入?她说采葡萄并不是劳苦的工作,一天还可以得六法郎的工资,并有点心晚餐,她自己是年年都去的。

我并不贪那酬劳,不过她们都走了,独自一个在家也闷,不如去散散心,便也答应明天一同去。

第二天,太阳第一条光线,由菩提树叶透到窗前,我们就收拾完毕了。苟理夫人和玛丽女士穿上 Tablier(围裙一类的衣服)吃了早点,大家一齐动身。路上遇见许多人,男妇老幼都有,都是到田里采葡萄去的。香本尼是产葡萄的区域,几十里内,尽是人家的葡萄圃,到了收获时候,合村差不多人人出场,所以很热闹。

威尼先生的葡萄圃,在女子小学的背后,由学校后门出去,五分钟便到了。威尼先生和他的四个孩子,已经先在圃里,他依然是昨晚的装束。孩子们也穿着极粗的工衣,笨重的破牛皮鞋,另有四五个男女,想是邀来帮忙的工人。

那时候麦垄全黄,而且都已空荡荡的一无所有,只有三五只白色驿点的牛静悄悄地在那里啮草。无数长短距离相等的白杨,似一枝枝朝天绿烛,插在淡青朝雾中,白杨外隐约看见一道细细的河流和连绵的云山,不过烟霭尚浓,辨不清楚,只见一线银光,界住空濛的翠色。天上紫铜色的云像厚被一样,将太阳包裹着,太阳却不甘蛰伏,挣扎着要探出头来,时时从云阵罅处,漏出奇光,似放射了一天银箭。这银箭落在大地上,立刻传明散采,金碧灿烂,渲染出一幅非常奇丽的图画。等到我们都在葡萄地里时,太阳早冲过云阵,高高升起了。红霞也渐渐散尽了,天色蓝艳艳的似一片澄清的海水,近处黄的栗树红的枫,高高下下的苍松翠柏,并在一处,化为一幅斑斓的锦,"秋"供给我们的色彩真丰富呀!

凉风拂过树梢,似大地轻微的噫气。田间垄畔,笑语之声四彻,空气中充满了快乐。我爱欧洲的景物,因它兼有北方的爽皑和南方的温柔,它的人民也是这样,有强壮的体格,而又有秀美的容貌,有刚毅的性质,而又有活泼的精神。

威尼先生田里葡萄种类极多,有水晶般的白葡萄,有玛瑙般的紫葡萄,每一球不下百余颗,颗颗匀圆饱满。采下时放在大箩里,用小车载到他家榨酒坊。

我们一面采,一面拣最大的葡萄吃。威尼先生还怕我们不够,更送来榨好的葡萄汁和切好的面包片来充作我们的点心,但谁都吃不下,因为每人工作时,至少吞下两三斤葡萄了。

天黑时,我们到威尼先生家用晚餐。那天帮忙的人,同围一张长桌而坐,都是木鸟围裙的朋友,无拘无束地喝酒谈笑。玛丽女士讲了个笑话,有两个意大利的农人合唱了一阕意大利的歌。大家还请我唱了一支中国歌。我的唱歌,在中学校时是常常不及格的,而那晚居然博得许多掌声。

这一桌田家饭,吃得比巴黎大餐馆的盛筵还痛快。

我爱我的祖国。然而我在祖国中,只尝到连续不断的"破灭"的痛苦,却得不到一点"收获"的愉快,过去的异国之梦,重谈起来,是何等地教我系恋呵!

(《绿天》,1928年上海北新书局初版,选自1956年台湾光启出版社增订本)

辑二　秋日私语

扁　豆

"多少时候，没有到菜圃里去了，我们种的扁豆，应当成熟了罢？"康立在凉台的栏边，眼望那络满了荒青老翠的菜畦，有意无意地说着。

谁也不曾想到暑假前随意种的扁豆子，经康一提，我恍然记起，"我们去看看，如果熟了，便采撷些来煮吃，好吗？"康点头，我便到厨房里拿了一只小竹篮，和康走下石阶，一直到园的北头。

因无人治理的缘故，菜畦里长满了杂草，有些还是带刺的蒺藜。扁豆牵藤时我们曾替它搭了柴枝做的架子，后来藤蔓重了，将架压倒，它便在乱草和蒺藜里开花，并且结满了离离的豆荚。

折下一枝豆荚，细细赏玩。造物者真是一个伟大的艺术家呵！他不但对于鲜红的苹果，娇艳的樱桃，绛衣冰肌的荔枝，着意渲染；便是这小小一片豆荚，也不肯掉以轻心的。你看这豆荚的颜色，是怎样的可爱，寻常只知豆荚的颜色是绿的，谁知这绿色也大有深浅，荚之上端是浓绿，渐融化为淡青，更抹三层薄紫，便觉润泽如玉，鲜明如宝石。

我们一面采撷,一面谈笑,愉快非常,不必为今天晚上有扁豆吃而愉快,只是这采撷的事实可愉快罢了。我想这或是蛮性遗留的一种,我们的祖先——猿猴——寻到了成熟的榛栗,呼朋唤类地去采集,预备过冬,在他们是最快活的,到现在虽然进化为文明人了,这性情仍然存在。无论大人或小孩子,——自然孩子更甚,逢到收获果蔬,总是感到特别兴趣的,有时候,拿一根竹竿,偷打邻家的枣儿,吃着时,似乎比叫仆人在街上买回的鲜果,还要香甜呢。

我所禀受的蛮性,或者比较的深,而且从小在乡村长大,对于田家风味,分外系恋;我爱于听见母鸡咯咯叫时,赶去拾它的卵,我爱从沙土里拔起一个一个的大萝卜,到清水溪中洗净,兜着回家,我爱亲手掘起肥大的白菜,放在瓦钵里煮。虽然不会挤牛乳,但喜欢农妇当着我的面挤,并非怕她背后掺水,只是爱听那迸射在冰铁桶的嗤嗤声,觉得比雨打枯荷,更清爽可耳。

康说他故乡有几亩田,我每每劝他回去躬耕,今天摘着扁豆,又提起这话,他说我何尝不想回去呢,但时局这样的不安宁,乡下更时常闹土匪,闹兵灾,你不怕么?我听了想起我太平故乡两次被土匪溃兵所蹂躏的情形,不觉深深地叹了一口气。

画

自从暑假以来，仿佛得了什么懒病，竟没法振作自己的精神，譬如功课比从前减了三分之一，以为可以静静儿地用点功了，但事实却又不能，每天在家里收拾收拾，或者踏踏缝纫机器，一天便混过了。睡在床上的时候，立志明天要完成什么稿件，或者读一种书，想得天花乱坠似的，几乎逼退了睡魔，但清早起床时，又什么都烟消云散了。

康屡次在我那张画稿前徘徊，说间架很好，不将它画完，似乎可惜。昨晚我在园里，看见树后的夕阳，画兴忽然勃发，赶紧到屋里找画具！呵，不成，画布蒙了两个多月的尘，已变成灰黄色，画板，涂满了狼藉的颜色，笔呢，纵横抛了一地，锋头给油膏凝住，一枝枝硬如铁铸，再也屈不过来。

今天不能画了，明天定要画一张。连夜来收拾，笔都浸在石油里，刮清了画板，拍去了画布的尘埃，表示我明天作画的决心。

早起到学校授完了功课，午膳后到街上替康买了做衬衫的布料，归家时早有些懒洋洋的了。傍晚时到凉台的西边,将画具放好,极目一望,一轮金色的太阳,正在晚霞中渐渐下降,但他的光辉,还像一座洪炉,喷出熊熊烈焰,将鸭卵青的天,煅成深红。几叠褐色的厚云,似炉边堆积的铜片,一时尚未销熔,然而云的边缘,已被火燃着,透明如水银的溶液了。我拿起笔来想画,呵,云儿的变化真速,天上没有一丝风,——树叶儿一点不动,连最爱发抖的白杨,也静止了,可知天上确没有一丝风——然而他们像被风卷飑着推移着似的,形状瞬息百变,才氤氲蓊郁地从地平线袅袅上升,似乎是海上涌起的几朵奇峰,一会儿又平铺开来,又似几座缥缈的仙岛,岛畔还有金色的船,张帆在光海里行驶。转眼间仙岛也不见了,却化成满天灿烂的鱼鳞。倔强的云儿呵,哪怕你会变化,到底经不了烈焰的热度,你也销熔了!

夕阳愈向下坠了,愈加鲜红了,变成半轮,变成一片,终于突然地沉了;当将沉未沉之前,浅青色的雾,四面合来,近处的树,远处的平芜,模糊融成一片深绿,被胭脂似的斜阳一蒸,碧中泛金,青中晕紫,苍茫炫丽,不可描拟,真真不可描拟。我生平有爱紫之癖,不过不爱深紫,爱浅紫,不爱本色的紫,爱青苍中薄抹的一层紫,然而最可爱的紫,莫如映在夕阳中的初秋,而且这秋的奇光变灭得太快,更教人恋恋有"有余不尽"之致。荷叶上饮了虹光将倾泻的水珠,垂谢的蔷薇,将头枕在绿叶间的暗泣,红葡萄酒中隐约复现的青春之梦,珊瑚枕上临死美人唇边的微笑,拿来比这时的光景,都不像,都太着痕迹。

我拿着笔,望着远处出神,一直到黄昏,画布上没有着得一笔!

书　橱

到学校去上课时，每见两廊陈列许多家具，似乎有人新搬了家来。但陈列得很久了，而且家具又破烂者居多，不像搬家的光景，后来我想或者学校修理储藏室的墙壁地板，所以暂将这些东西移出来，因此也就没有注意。

一天早晨正往学校里走，施先生恰站在门口，见了我就含笑问道：

——Mrs. C. 你愿意在这里买几件合意的东西吗？

——这些东西，是要卖的么？谁的？我问。

——学校里走了的西教授们的，因为不能带回国去，所以托学校替他们卖，顶好，你要了这只梳妆台。他指着西边一只半旧的西式妆台说。

——妆台我不需要，让我看看有什么别的东西。我四面看了一转，看见廊之一隅，有四只大小不同的书橱，磊落地排在那里。我便停了脚步，仔细端详。

虽然颜色剥落,玻璃破碎,而且不是这只折了脚,便是那只脱了板,正如破庙里的偶像,被雨淋日炙得盔破甲穿,屹立朝阳中,愈显出黯淡的神气,但那橱的质料,我认得的,是重沉沉的杉木。

——买只书橱罢。施先生微笑,带着怂恿的口气。

书橱,呵,这东西真合我的用,我没有别的嗜好,只爱买书,一年的薪俸,一大半是散给了,一小半是花在书上。屋里洋装书也有,线装书也有,文艺书也有,哲学书也有,……书也有。又喜欢在大学图书馆里借书,一借总是十几本,弄得桌上,床上,箱背上,窗沿上,无处不是书。康打球回来,疲倦了倒在躺椅上要睡,褥子下垫着什么,抗得腰生疼,掀起一看,是两三本硬书面,拖过椅子来要坐,哗剌一声响,书像空山融雪一般,泻了一地。他每每发恼,说:我总有一天学秦始皇,将你的书都付之一炬!

厨房里一只大木架,移去了瓶罐,抹去了烟煤,拿来充书架,皮不下,还有许多散乱的书,拣不看的书,装在箱子里吧没用,新借来的书,又积了一大堆。

这非添书橱不可的了,然而 S 城,很少旧木器铺,定造新的罢,和匠人讨论样式,也极烦难,你说得口发渴,他还是不懂,书橱或者会做成碗橱。

施先生一提,我的心怦然动了,但得回去与康商量一声,我们无论做什么都要商量一下的。

回家用午膳时,趁便对康说了。康说那只橱,他也看见过,已经太旧了,他不赞成买;我也想那橱的缺点了,折脚不必论,太矮,不能装几本书,想了一想,便将买它的心冷下来了。

过了一个星期或者两个星期罢,一天下午,我从外边归家,见凉台上摆了一架新书橱,扇扇玻璃,反射着灿烂的日光,黑漆的颜色,也亮得耀眼,并有新锯开的油木气味,触人鼻观。

前几天的事,我早已忘了,哪里来的这一架书橱呢?我沉吟着问自己,一个匠人走过来对我说道:
——这是吴先生教我送来的。
——吴先生教你送到这里来的吗?别是错了。
——不会错。吴先生说是庄先生定做的。
——没有的事,一定没有的事,庄先生决不会定做这顶橱——我没有听见他提起,必定大学里,另有一个庄先生,你缠错了。
一番话教匠人也糊涂起来了,结果他答去问吴先生,如果错了,明天就来抬回去。
晚上康回来。我说今天有个笑话,一个木匠错抬了一顶书橱,到我们家里来。
——呵呀!你曾教他抬去么?
——没有,他说明天来抬。
——来!来!让我们把它扛进书斋。康卷起袖子。
——怎么?这橱……
——亲爱的,这是我特别为你定做的。康轻轻地附了我的耳说。

瓦盆里的胜负

　　我们小园之外，有一片大空地，是大学附中的校基，本来要建筑校舍的，却为经费支绌的缘故，多年荒废着，于是乱草荒莱，便将这空场当了滋蔓子孙的好领土，继长争雄，各不相让，有如中国军阀之夺地盘。蓬蒿族大丁多，而且长得又最高，终于得了最后的胜利，不消一个夏天，除了山芋地外，这十余亩的大场，完全成了蓬蒿的国了。歆羡势利的野葛呀，瘦藤呀，不管蓬蒿的根柢如何脆薄，居然将他们当做依附的主人，爬在枝上，开出纤小的花，轻风一起，便笑吟吟点头得意。

　　夏天太热，我多时不到园外去。不久，那门前的一条路，居然密密蒙蒙地给草莱塞断了。南瓜在草里暗暗引蔓抽藤，布下绊索，你若前进一步，绊索上细细的狼牙倒须钩，便狠命地钩住你的衣裳，埋伏的荆棘，也趁机舞动铦利的矛，来刺你的手，野草带芒刺的籽，更似乱箭般攒射在你的胫间，使人感受一种介乎痛与痒之间的刺激。这样四面贴着无形的"此路不通"的警告，如果我没有后门，便真的成了草莱的 Prisoner 了。

因此想到富于幽默趣味的古人，要形容自己的清高，不明说他不愿意和世人来往，却专拿门前的草来做文章，如晏子的"堂上生蓼藿，门外生荆棘"，孔淳之的"茅屋蓬户，庭草芜径"，教人读了，疑心高人的屋，完全葬在深草中间。现在我才知道他们扯了一半的谎，前门长了草，后门总可通的，没有后门，不但俗士不能来，长者之车，也不能来了。而且高士虽清高，到底不是神仙，不能不吃饭，如真"三径就荒"，籴米汲水，又打从哪里出入？

康从北京回来，天气渐凉，蓬蒿的盛时，已经过去了，攀附它们的野藤花，也已憔悴可怜。我们有时到园外广场上游玩，看西坠的夕阳，和晚霞中的塔影。

草里蚱蜢蟋蟀极多，我们的脚触动乱草时，便浪花似的四溅开来。记得去秋我们初到时，曾热心地养了一回蟋蟀。草里的蟋蟀，躯体较寻常者为魁伟，而且有翅能飞，据说是草种，不能打架的。果然它们禁不起苦斗，好容易撩拨得开牙，斗一两合便分出输赢了，输的以后望风而逃，死也不肯再打。我小时曾见哥哥们斗蟋蟀，一对小战士，钢牙互相钩着，争持总是好半天，打得激烈时，能连接翻十几个筋斗，那战况真有可观。

我们没法搜寻好蟋蟀，而草种则园外俯拾即是，所以居然养了十来匹。那时吴秀才张胡帅正在南口与冯军相持，而蒋介石也在积极北伐，我们的瓦盆，照南北各军将领的名字，编成了三种号码。我是倾向革命军的，我的第一号盆子，贴了蒋总司令四字，其余则为唐生智何应钦等。康有一匹蟋蟀，本来居于张作霖的地位，但很厉害，不惟打败了阿华的冯焕章，连我的蒋介石，都抵敌不住，我气不过，趁康出去时，将他的换了来，于是我的蒋总司令，变了他的张大帅，他的张大帅，变了我的蒋总司令，康后来觉察了，大笑一阵，也就罢了。

　　将蟋蟀来比南北军人的领袖，我自己知道是很不敬的，但中国的军人，谁不似这草种的蟋蟀，他们的战争，哪一次不像这瓦盆里的胜负呢？

小汤先生

我们的好邻居汤君夫妇于暑假后迁到大学里去了。因为汤夫人养了一个男孩，而他们在大学都有课，怕将来照料不便，所以搬了去。今天他们请我和康到新居吃饭，我们答允，午间就到他们家里。

上楼时，汤夫人在门口等候我们，她产后未及一月，身体尚有些软弱，但已容光焕发，笑靥迎人，一见就知道她心里有隐藏不得的欢乐。

坐下后，她从书架上抽出一本书，说是美国新出的婴儿心理学。我不懂英文，但看见书里有许多影片，由初生婴儿到两岁时为止，凡心理状态之表现于外的，都摄取下来，按次序排列着。据说这是著者自己儿子的摄影，他实地观察婴儿心理而著为此书的。又有一本皮面金字的大册子，汤夫人说是她阿姑由美国定做寄来，专为记录婴儿生活状况之用，譬如某页粘贴婴儿相片，某页记婴儿第一次发音，某页记婴儿第一次学步，以及洗礼，圣诞，恩物，为他来的宾客……都分门别类地排好了，让父母记录。我想这婴儿长大后，翻开这本册子看时，定然要感到无穷的兴味，而且借此知道父母抚育他的艰难，而生其爱亲之心。这用意很不错，中国人似乎可以效法。

婴儿哺乳的时候到了，我笑对汤夫人说，我要会会小汤先生，她欣然领我进了她的寝室。这室很宽敞，地板拭得明镜一般，向窗处并摆了两张大床，浅红的窗帷，映着青灰色的墙壁和雪白的床罩，气象温和而严洁。室中也有一架摇篮，但是空的，小汤先生睡在大床上。

掀开了花绒毯子和粉霞色的小被，我已经看见了乍醒的婴儿的全身。他比半个月前又长胖了些，稀疏的浅栗色发，半覆桃花似的小脸，那两只美而且柔的眼，更蔚蓝得可爱。屋里光线强，他又初醒，有点羞明，眼才张开又阖上，有如颤在晓风中的蓝罂粟花。

汤夫人轻轻将他抱起来，给他乳喝，并且轻轻地和他说着话，那声音是沉绵的，甜美的，包含无限的温柔，无限的热爱，她的眼看着婴儿半闭的眼，她的魂灵似乎已融化在婴儿的魂灵里。我默默地在旁边看着，几乎感动得下泪。当我在怀抱中时，母亲当然也同我谈过心，唱过儿歌使我睡，然而我记不得了，看了他们，就想自己的幼时，并想普天下一切的母子，深深了解了伟大而高尚的母爱。

记得汤夫人初进医院时，我还没有知道，有一晚，我在凉台上乘凉，汤先生忽然走过来，报告他的夫人昨日添了一个孩子。

我连忙道贺，他无言只微笑着一鞠躬。

又问是小妹妹呢，还是小弟弟，他说是一个小弟弟。我又连忙道贺，他无言只微笑着又一鞠躬。

在这无言而又谦逊的鞠躬之中，我在他眼睛里窥见了世界上不可比拟的欢欣，得意。

现在又见了汤夫人的快乐。

可羡慕的做父母的骄傲呵！有什么王冠，可以比得这个？

一路回家，康不住地在我耳边说道：我们的小鸽儿呢？喂！我们的小鸽儿呢？

金鱼的劫运

S城里花圃甚多,足见花儿的需要颇广,不但大户人家的亭,要花点缀,便是蓬门筚窦的人家,也常用土盆培着一两种草花,虽然说不上什么紫姹红嫣,却也有点生意,可以润泽人们枯燥的心灵。上海的人,住在井底式的屋子里,连享受日光,都有限制的,自然不能说到花木的赏玩了,这也是我爱S城,胜过爱上海的原因。

花圃里兼售金鱼,价钱极公道:大者几角钱一对,小的只售铜元数枚。

去秋我们买了几对二寸长短的金鱼,养在一口缸里,有时便给它们面包屑吃,但到了冬季,鱼儿时常沉潜于水底,不大浮起来。我记得看过一种书,好像说鱼类可以饿几百天不死,冬天更是虫鱼蛰伏的时期,照例是断食的,所以也就不去管它们。

春天来了,天气渐渐和暖,鱼儿在严冰之下,睡了一冬,被温和的太阳唤醒了潜伏着的生命,一个个圉圉洋洋,浮到水面,扬鳍摆尾,游泳自如,日光照在水里,闪闪的金鳞,将水都映红了。有时我们无意将缸碰了一下,或者风飘一个榆子,坠于缸中,水便震动,漾开圆波纹,鱼们猛然受了惊,将尾迅速地抖几抖,一翻身钻入水底。可怜的小生物,这种事情,在它们定然算是遇见大地震,或一颗陨星!

康到北京去前,说暑假后打算搬回上海,我不忍这些鱼失主,便送给对河花圃里,那花圃的主人,表示感谢地收受了。

上海的事没有成功,康只得仍在 S 城教书,听说鱼儿都送掉了,他很惋惜,因为他很爱那些金鱼。

在街上看见一只玻璃碗,是化学上的用具,质料很粗,而且也有些缺口,因想这可以养金鱼,就买了回来,立刻到对河花圃里买了六尾小金鱼,养在里面。用玻璃碗养金鱼,果比缸有趣,摆在几上,从外面望过去,绿藻清波,与红鳞相掩映,异样鲜明,而且那上下游泳的鱼儿,像游在幻镜里,都放大了几倍。

康看见了,说你把我的鱼送走了,应当把这个赔我,动手就来抢。我说不必抢,放在这里,大家看玩,算做公有的岂不是好。他又道不然,他要拿去养在原来的那口大缸里,因为他在北京中央公园里看见斤许重的金鱼了,现在,他立志也要把这些金鱼养得那样大。

鱼儿被他强夺去了,我无如之何,只得恨恨地说道:"看你能不能将它们养得那样大!那是地气的关系,我在南边,就没有见过那样大的金鱼。"

——看着罢!我现在学到养金鱼的秘诀了,面包不是金鱼适当的食粮,我另有东西喂它们。

他找到一根竹竿,一方旧夏布,一些细铁丝,做了一个袋,匆匆忙忙地出去了,过了一刻,提了湿淋淋的袋回家,往金鱼缸里一搅,就看见无数红色小虫,成群地在水中抖动,正像黄昏空气中成团飞舞的蚊蚋。金鱼往来吞食这些虫,非常快乐,似人们之得享盛餐——

呵！这就是金鱼适当的食粮！

康天天到河里捞虫喂鱼，鱼长得果然飞快，几乎一天改换一个样儿，不到两个星期，几尾寸余长的小鱼，都长了一倍，有从前的鱼大了。康说如照这样长下去，只消三个月，就可以养出斤重的金鱼了。

每晨，我如起床早，就到园里散步一回，呼吸新鲜的空气。有一天，我才走下石阶，看见金鱼缸上立着一只乌鸦，见了人就翩然飞去。树上另有几只鸦，哑哑乱噪，似乎在争夺什么东西，我也没有注意，在园里徘徊了几分钟，就进来了。

午后康捞了虫来喂鱼。

——呀！我的那些鱼呢？我听见他在园里惊叫。

——怎么？在缸里的鱼，会跑掉的吗？

——一匹都没有了！呵！缸边还有一匹——是那个顶美丽的金背银肚鱼。但是尾巴断了，僵了，谁干的这恶剧？他愤愤地问。

我忽然想到早晨树上打架的乌鸦，不禁大笑，笑得腰也弯了，气也塞了。我把今晨在场看见的小小谋杀案告诉了他，他自然承认乌鸦是这案的凶手，没有话说了。

——你还能养斤把重的金鱼？我问他。

辑三　遁斋随笔

家

家的观念也许是从人类天性带来的。你看鸟有巢,兽有穴,蜜蜂有窠,蚂蚁有地底的城堡。而水狸还会作木匠,作泥水匠,作捍堤起坝的功夫,经营它的住所哩。小儿在外边玩了小半天,便嚷着要家去。从前在外面做大官的,上了年纪,便要告老回乡,哪怕外面有巴黎的繁华,纽约的富丽,也牵绊他不住,这叫做树高千丈,叶落归根。楚霸王说富贵不归故乡,如衣锦夜行。道士以他企图达到的境界为仙乡,为白云乡。西洋宗教家也叫天国为天乡。家乡二字本有连带的意义,乡土不就是家的观念的扩大吗?

我曾在另一篇文章里说过:鸟儿到了春天便有筑巢的冲动,人到中年也便有建立家庭的冲动。这话说明了一种实在情况。我们仔细观察那些巢居的鸟类,平常的日子只在树枝上栖身,或者随便在哪里混过一夜。到了快孵卵了,才着忙于筑巢,燕子便是一个例。人结婚之后,有了儿女,家的观念才开始明朗化起来,坚强化起来。少年时便顾虑家的问题,呸,准是个没出息的种子!

我想起过去的自己了。——当文章写到转不过弯时，或话说到没有得说时，便请出自己来解围，这是从吴经熊博士学来的方法。一半是天性，一半是少时多读了几种中世纪式的传奇，便养成了一种罗曼蒂克的气质。美是我的生命，优美，壮美，崇高美，无一不爱。寻常在诗歌里，小说里，银幕里，发见了哀感顽艳，激昂慷慨的故事时，我决不吝惜我的眼泪。有时候，自觉周身血液运行加速，呼吸加急，神经纤维一根根紧张得像要绷断。好像面对着什么奇迹，一种人格的变换，情感的升腾，使我忘失了自己，又神化了自己。我的生命像整个融化在故事英雄生命里，本来渺小的变伟大了，本来龌龊的变崇高了。无形的鞭策，鼓舞我要求向上，想给自己造成一个美的人格，虽然我的力量是那么薄弱。

那时候我永远没想到家是什么，一个人要家有什么用。因为自己是学教育出身的，曾想将自己造成一个教育家，并非想领略得天下英才而教育之的私人乐趣，其实是想为国储才。初级师范卒业后，当了一年多小学教师，盲目的热心，不知摧残了几个儿童嫩弱的脑筋。过度的勤劳，又在自己身体里留下不少病痛的种子。现在回想，真是一场可爱而又可笑的梦。在某些日子里，我又曾发了一阵疯，想离开家庭，独自跑向东三省垦荒去。赚了钱好救济千万穷苦的同胞。不管自己学过农业没有，也不管自己是否具有开创事业的魄力与干才，每日黄昏望着故乡西山尖的夕阳默默出神，盘算怎样进行的计划。那热烈的心情，痛苦的滋味，现在回想，啊，又是一场可爱而可笑的梦。

于今这一类的梦想，好像盈盈含笑的朝颜花，被现实的阳光一灼，便立刻萎成一绞儿枯焦的淡蓝了。教育家不是我的份，实业家不是我的份，命定只配做个弄弄笔头的文人。于今连笔也想放下，只想有一个足称为自己主有物的住所，每天早起给我一盏清茶，几片涂着牛油的面包，晚上有个温暖的被窝，容我伸直身子睡觉，便其乐融融,南面王不易也。

家,我并不是没有。安徽太平县乡下有一座老屋,四周风景,分得相离不远的黄山的雄奇秀丽。隐居最为相宜。但自从我的姓氏上冠上了另一个字以后,它便没有了我的份。南昌也有一座几房同居的老屋,我不打算去住。苏州有一座小屋倒算得是我们自己的。但建筑设计出于一个笨拙工程师之手。本来是学造船出身的,却偏要自作聪明来造屋,屋子造成了一只轮船,住在里面有说不出的不舒服,所以我又不大欢喜。于今这三座屋子,有两座是落在沦陷区里,消息阻隔,也不知变成怎样了。就说幸而瓦全,恐怕已经喂了白蚁。这些戴着人头的白蚁是最好拣那无主的屋子来蛀。先蛀窗棂门扇,再蛀顶上的瓦,墙壁的砖,再蛀承尘和地板。等你回来,屋子只剩下一个空壳。甚至全部都蛀完,只留给你一片白地。所以我们的家的命运,早已成了未知数,将来战事结束,重回故乡,想必非另起炉灶不可了。

记得少壮时性格善于变动,不喜住在固定的地方。当游览名山胜水,发现一段绝佳风景时,我定要叫着说:喔,我们若能在这里造座屋子住多好!于是康,即上述的笨拙工程师,就冷冷地讪嘲我:"我看你不必住房子,顶好学蒙古人住一种什么毡庐或牛皮帐。他们逐水草而迁徙,你呢,就逐好风景而迁徙。"对呀,屋子能搬场是很合理的思想,未来世界的屋子一定都是像人般长了脚能走的。忘记哪位古人有这么一句好诗,也许是吾家髯公吧,"湖山好处便为家",其中意境多可爱。行脚僧烟蓑雨笠,到处栖迟,我常说他们生活富有诗意,就是为了这个。

由髯公联想到他的老表程垓。他的书舟词,有使我欣赏不已的《满江红》一首云:

> 茸屋为舟,身便是烟波钓客。况人间原似浮家泛宅,秋晚雨

声蓬背稳,夜深月影窗棂白。满船诗酒满船书,随意索。

也不怕云涛隔,也不怕风帆侧,但独醒还睡,自歌还歇。卧后从教鳅鳝舞,醉来一任乾坤窄。恐有时撑向大江头,占风色。

这词中的舟并非真舟,不过想像他所居之屋为舟,以遣烟波之兴而已。我有时也想假如有造屋的钱,不如拿来造一只船。三江五湖,随意遨游,岂不称了我"湖山好处便为家"的心愿。不过船太小了,像张志和的舴艋,于我也不大方便,我的生活虽不十分复杂,也非一竿一蓑似的简单,而且我那几本书先就愁没处安顿。太大了,惹人注目,先就没胆量开到太湖。我们不能擘破三万六千顷青琉璃,周览七十二峰之胜,就失却船的意义了。

以水为家的计划既行不通,我们还是在陆地上打主意吧。

像我们这类知识分子,每日都需要新的精神食粮,至少一份当天报纸非入目不可。所以家的所在地点离开文化中心不可太远,但又不必定在城市之中,若能半城半郊,以城市而兼山林之乐,那就最好没有了。为配合那时经济情形起见,屋子建筑工料,愈省愈好。墙壁不用砖而用土,屋顶用茅草也可以。但在地板上不可不多花几文,因为它既防潮湿又可保持室中温度,对卫生关系极为重大。地板离地高须二尺,装置要坚固,不平或动摇,最为讨厌。一个人整天在杌陧不安的环境里度日,精神是最感痛苦的。屋子尽可以不油漆,而地板必抹以桐油。我们全部生命几乎都消耗于书斋之中,所以这间屋是必须加意经营的。朝南要有一面镶玻璃大窗,冬受暖日,夏天打开,又可以招纳凉风。东壁开一二小窗。西北两壁的地位则留给书架。后面一间套房,作为我的寝室,只须容得下一榻二橱之地。套房和书斋的隔断处,要用活动的雕花门扇。糊以白纸,或浅蓝鹅黄色的纸。雕花是中国建筑的精华,图样多而美观,我们故乡平民家的窗棂门户,多有用之者，工价并不贵。它有种种好处：光线柔和可爱，空气流通，一间房里有了炭火，另一间房可以分得暖气。这种艺术我以为应当予以恢复。造屋子少不了一段游廊，风雨时可以给你少许回旋之地，夏夜陈列藤椅竹榻，可与朋友煮茗清谈；或与家人谈狐说鬼，讲讲井市琐闻，或有趣味的小故事，豆棚瓜架的味儿，是最值得人怀恋的。

屋旁要有二亩空旷之地，一半莳花，一半种菜，养几只鸡生蛋，一只可爱的小猫，晚上赶老鼠，白昼给我做伴。书，从前梦想的是万卷琳琅，抗战以后，物力维艰，合用的书有一二千卷也够了。要参考时不妨多跑几趟图书馆，所以图书馆距离要近，顶好就在隔壁。外文书也要一些。去旧书铺访求，当然比买新的便宜，又可替国家节省外汇，岂非一举两得。图书馆或旧书铺弄不到的书，可以向藏书最多的朋友去借。我别的品行不敢自信，借书信用之好，在朋友间是一向闻名的，想朋友们决不至于拿"借书一瓻"的话来推托吧。书有了，于是花前灯下，一卷陶然，或于纸窗竹榻之间，抒纸伸笔，写我心里一些想说的话。写完之后，抛向字篓可以，送给报纸杂志发表也可以。有时用真姓名与读者相见，有时捏造个笔名用也可以。再重复一句，我写的文字无论如何不好，总是我真正心里想说的话。我决不为追逐时代潮流，迎合世人口味，而歪曲了我创作的良心。我有我的主见，我有我的骄傲。

只有做皇帝的人才能说富有四海，臣属万民的话。但我们若肯用点脑筋，将自然给予我们的恩惠，仔细想想，每个人都有这一项资格的。飞走之物的家，建筑时只有两口儿的劳力，所以大都因陋就简。据说喜鹊的窝做得最精巧，所以常惹斑鸠眼红，但你若将鹊巢研究一下，咳，可怜，大门是向天开的，育儿时遇见风雨，母鸟只好拱起背脊硬抵，请问人类的母亲受得这苦不？就说那硬尾巴，毛光如漆的小建筑师吧。它能采木，能运石，可算最伶俐了，但我敢同你打赌，请你进它屋子去住,你一定不肯。人呢,就不然了。譬如我现在客中所住的一间书斋,虽说不上精致,但建筑时先有人制图,而后有木匠泥水匠来构造。木材是从雅安一带森林砍下,该锯成板的锯成板,该削成条子的削成条子,扎成木排,顺青衣江而下淌,达到嘉定城外。一堆堆,一堆堆积着。要用时,由江边一些专靠运木为生的贫民扛来,再由木匠搭配来用。木匠的斧子,锯子,刨子,钉子,原料是由本城附近某矿山出产的,又用某矿山的煤来锻炼的,开矿的,挖煤的,运铁煤的,烧炉的,打铁的,你计算计算看,该有多少人?全房的油漆,壁上糊的纸,窗上的玻璃和帘幕,制造和贩卖的,又该有多少人?我桌上有一架德国制造的小闹钟,一管美国制造的派克自来水笔,一瓶喀莱尔墨水,几本巴黎某书店出版的小说,一把俄国来的裁纸刀。在抗战前,除那管笔花了我二十元代价之外,其余都不值什么。但你也别看轻这几件小东西,它们渡过惊波万重的印度洋和太平洋,穿过数千里雪地冰天的西伯利亚,一路上不知换了多少轮船,火车,木船,薄笨车,不知经过多少人的手,方能聚首于我的书斋,变成与我朝夕盘桓的雅侣。

　　飞走之物无冬无夏,只是一身羽毛。孔雀锦鸡文采最绚烂,但这一套美丽衣服若穿烦腻了,想同白鹭或乌鸦换一身素雅的穿,换换口味,竟不可能。我们则夏纱,秋夹,冬棉皮,还有羊毛织的外套。要什么样式就什么样式,要什么颜色就什么颜色。谈及吃的,则虎豹之类吃了肉便不能吃草,牛马之类吃了草又不能吃肉。蚊子除叮人无别法生活,被人一巴掌拍杀,也决无埋怨。苍蝇口福比较好,什么吃的东西都要爬爬喈喈,但苍蝇也最受憎恶,人类就曾想出许多法子消灭它。人则对于动植物,甚至矿物都吃,而有钱人则天天可以吃荤。有些好奇的有钱人则从人参,白木耳,猩猩的唇,黑熊的掌,骆驼的峰,麋鹿的尾,猴子的脑,燕儿的窝,吃到兼隶动植物二界的冬虫夏之者，工价并不贵。它有种种好处：光线柔和可爱，空气流通，一间房里有了炭火，另一间房可以分得暖气。这种艺术我以为应当予以恢复。造屋子少不了一段游廊，风雨时可以给你少许回旋之地，夏夜陈列藤椅竹榻，可与朋友煮茗清谈；或与家人谈狐说鬼，讲讲井市琐闻，或有趣味的小故事，豆棚瓜架的味儿，是最值得人怀恋的。

屋旁要有二亩空旷之地，一半莳花，一半种菜，养几只鸡生蛋，一只可爱的小猫，晚上赶老鼠，白昼给我做伴。书，从前梦想的是万卷琳琅，抗战以后，物力维艰，合用的书有一二千卷也够了。要参考时不妨多跑几趟图书馆，所以图书馆距离要近，顶好就在隔壁。外文书也要一些。去旧书铺访求，当然比买新的便宜，又可替国家节省外汇，岂非一举两得。图书馆或旧书铺弄不到的书，可以向藏书最多的朋友去借。我别的品行不敢自信，借书信用之好，在朋友间是一向闻名的，想朋友们决不至于拿"借书一瓻"的话来推托吧。书有了，于是花前灯下，一卷陶然，或于纸窗竹榻之间，抒纸伸笔，写我心里一些想说的话。写完之后，抛向字篓可以，送给报纸杂志发表也可以。有时用真姓名与读者相见，有时捏造个笔名用也可以。再重复一句，我写的文字无论如何不好，总是我真正心里想说的话。我决不为追逐时代潮流，迎合世人口味，而歪曲了我创作的良心。我有我的主见，我有我的骄傲。

只有做皇帝的人才能说富有四海，臣属万民的话。但我们若肯用点脑筋，将自然给予我们的恩惠，仔细想想，每个人都有这一项资格的。飞走之物的家，建筑时只有两口儿的劳力，所以大都因陋就简。据说喜鹊的窝做得最精巧，所以常惹斑鸠眼红，但你若将鹊巢研究一下，咳，可怜，大门是向天开的，育儿时遇见风雨，母鸟只好拱起背脊硬抵，请问人类的母亲受得这苦不？就说那硬尾巴，毛光如漆的小建筑师吧。它能采木，能运石，可算最伶俐了，但我敢同你打赌，请你进它屋子去住,你一定不肯。人呢,就不然了。譬如我现在客中所住的一间书斋,虽说不上精致,但建筑时先有人制图,而后有木匠泥水匠来构造。木材是从雅安一带森林砍下,该锯成板的锯成板,该削成条子的削成条子,扎成木排,顺青衣江而下淌,达到嘉定城外。一堆堆,一堆堆积着。要用时,由江边一些专靠运木为生的贫民扛来,再由木匠搭配来用。木匠的斧子,锯子,刨子,钉子,原料是由本城附近某矿山出产的,又用某矿山的煤来锻炼的,开矿的,挖煤的,运铁煤的,烧炉的,打铁的,你计算计算看,该有多少人?全房的油漆,壁上糊的纸,窗上的玻璃和帘幕,制造和贩卖的,又该有多少人?我桌上有一架德国制造的小闹钟,一管美国制造的派克自来水笔,一瓶喀莱尔墨水,几本巴黎某书店出版的小说,一把俄国来的裁纸刀。在抗战前,除那管笔花了我二十元代价之外,其余都不值什么。但你也别看轻这几件小东西,它们渡过惊波万重的印度洋和太平洋,穿过数千里雪地冰天的西伯利亚,一路上不知换了多少轮船,火车,木船,薄笨车,不知经过多少人的手,方能聚首于我的书斋,变成与我朝夕盘桓的雅侣。

  飞走之物无冬无夏,只是一身羽毛。孔雀锦鸡文采最绚烂,但这一套美丽衣服若穿烦腻了,想同白鹭或乌鸦换一身素雅的穿,换换口味,竟不可能。我们则夏纱,秋夹,冬棉皮,还有羊毛织的外套。要什么样式就什么样式,要什么颜色就什么颜色。谈及吃的,则虎豹之类吃了肉便不能吃草,牛马之类吃了草又不能吃肉。蚊子除叮人无别法生活,被人一巴掌拍杀,也决无埋怨。苍蝇口福比较好,什么吃的东西都要爬爬嘬嘬,但苍蝇也最受憎恶,人类就曾想出许多法子消灭它。人则对于动植物,甚至矿物都吃,而有钱人则天天可以吃荤。有些好奇的有钱人则从人参,白木耳,猩猩的唇,黑熊的掌,骆驼的峰,麋鹿的尾,猴子的脑,燕儿的窝,吃到兼隶动植物二界的冬虫夏草。人是从平地上的吃到山中的，水底的；从甜的吃到苦的，香的吃到臭的。猥琐如虫豸总可饶了吧？也不饶，许多虫类被人指定了当做食料，连毒蛇都弄下了锅作为美味。这才真的是"玉食万方"哩。

可见上帝虽将亚当夏娃赶出地上乐园，待遇他们的子孙，其实不坏。我们还要动不动怨天咒地，其实不该。譬如做父母的辛辛苦苦，养育儿女，什么东西都弄来给他享受，还嫌好道歹，岂不教父母寒心，回头他老人家真恼了，你可要当心才好。——有人说人不但是上帝的爱子，同时是万物的灵长，自然界的主人，我想无论是谁，对于这话是不能否认的。

你虽则是丝毫没有做统治者的思想，但是在家里，你的统治意识却非常明显。这小小区域便是你的封邑，你的国家。你可以自由支配，自由管理。你有你的百官，你有你的人民，你有你的府库。你添造一间屋，好似建立一个藩邦；开辟一畦草莱，好似展拓几千里的疆土；筑一道墙，又算增加一重城堡；种一棵将来足为荫庇的树，等于造就无数人才；栽一株色香俱美的花，等于提倡文学艺术。家里几桌床榻的位置，日久不变，每易使人厌倦，你可以同你的谋臣——你的先生或太太——商议，重新布置一番。布置妥帖之后，在室中负手徐行，踌躇满志，也有政治上除旧布新的快感。或把笔床茗碗的地位略为移动，瓦瓶里插上一枝鲜花，墙壁间新挂一幅小画，等于改革行政，调动人员，也可以叫人耳目一新，精神焕发。怪不得古人有"山中南面"之说，人在家里原就不啻九五之尊啊。

够了，再说下去，人家一定要疑心我得了什么帝王迷，想关起门来做皇帝。其实因为有一天和朋友袁兰子女士谈起家的问题，她说英国有一句俗语："英国人的家，就是他的城堡"，具有绝对的主权，绝对的尊严性，觉得很有意思，就惹起我上面那一大堆废话罢了。

实际上，家的好处还是生活的自由和随便。你在社会上与人周旋，必须衣冠整齐，举止彬彬有礼，否则人家就要笑你是名士派。在家你口衔烟卷，悠然躺在廊下；或跋着一双拖鞋，手拿一柄大芭蕉扇，园中来去；或短衣赤脚，披襟当风，都随你的高兴。听说西洋男人在家庭里想抽支烟也要得太太的许可；上餐桌又须换衣服，打领结，否则太太就要批评他缺少礼貌，甚或有提出离婚的可能。啊，这种丈夫未免太难做吧。幸而我不是西洋的男人，否则受太太这样拘束，我宁可独身一世。

没有家的人租别人房子住，时常会受房东的气。房租说加多少就多少，你没法抗议。他一下逐客之令，无论在什么困难情形之下，你也不得不拖儿带女一窝儿搬开。若和房东同住，共客厅，共厨房，共大门进出，你不是在住家，竟是住旅馆。住旅馆，不过几天，住家却要论年论月，这种喧闹杂乱的痛苦，最忍耐的心灵，也要失去他的伸缩性。虽说人生如逆旅，但在短短数十年生命里，不能有一日的自由，做人也未免太可怜，太不值得了。

人到中年，体气渐衰，食量渐减，只要力之所及，不免要讲究一点口腹之奉。对于食谱，烹饪单一类的书，比少年时代的爱情小说还会惹起注意。我有旨蓄，可以御冬：腌菜，酸齑，腐乳，芝麻酱，果子酱，无论哪个穷措大的家庭，也要准备一些。于是大坛小罐也成为构成家庭乐趣的成分，对之自然发生亲切之感。这类坛罐之属，旅馆是没地方让你安置的，不是固定的家也无意于购备，于是家就在累累坛罐之中，显出它的意味。人把感情注到坛罐上去，其庸俗宁复可耐，但"治生那免俗"，老杜不早替我们解嘲了吗？

但一个人没有家的时候就想家，有了家的时候，又感到家的累赘。我们现在不妨谈谈家的历史。原始时代家庭设备很简单，半开化时代又嫌其太复杂。孟子虽曾提倡分工合作之说，但中国人日常生活的需要，几乎件件取诸宫中。一个家庭就等于一个社会。乡间富人家里有了牛棚，豕牢，鸡埘，鹅棚不算，米豆黍麦的仓库不算，还有磨房，舂间，酒浆坊，纺车，织布机，染坊，只要有田有地有人，关起门来度日，一世不愁饿肚子，也不愁没衣穿，现在摩登化的小家庭，虽删除了这些琐碎节目，但一日三餐也够叫人麻烦。人类进化已有了几千年，吃饭也有了几千年，而这一套刻板文章总不想改动一下，不知是何缘故。假如有人将全地球所有家庭主妇每日所费于吃饭问题的时间，心思，劳力，做一个统计，定叫你吃一大惊。每天清早从床上滚下地，便到厨房引燃炉火，烧洗脸水，煮牛乳，烤面包，或者煮粥，将早餐送下全家肚皮之后，提篮上街买菜。买了菜回家差不多十点钟了，赶紧削萝卜，剥大蒜，切肉，洗菜，淘米煮饭，一面注意听饭甑里蒸气的升腾，以便釜底抽薪，一面望着锅里热油的滚沸，以便倒下菜去炒。晚餐演奏的还是这样一套序目。烹饪之余，更须收拾房子，洗浆衣服，缝纫，补缀，编织毛织物。夜静更深，还要强撑倦眼在昏灯下记录一天用度的账目。有了孩子，则女人的生活更加上两三倍的忙碌，这里我不必详细描写，反正有孩子的主妇听了就会点头会意。有钱人家的主妇，虽不必井臼躬操，而家庭大，人口多，支配每天生活也够淘神。你说放马虎些，则家中盐米，不食自尽，不但经济发生问题，丈夫也要常发内助无人之叹，假如男人因此生了外心，那可不是玩的。我以为生活本应该夫妇合力维持的，可是男人每每很巧妙地逃避了，只留下女人去抵挡。虽说男人赚钱养家，不容易，也很辛苦，但他究竟不肯和生活直接争斗，他总在第二线。只有女人才是生活勇敢的战士，她们是日日不断面对面同生活搏斗的。每晨一条围裙向腰身一束，就是擐好甲胄，踏上战场的开始。不要以为柴米油盐酱醋茶，微末不足道，它就碎割了我们女人全部生命，吞蚀尽了我们女人的青春、美貌和快乐。女人为什么比男人易于衰老，其缘故在此。女人为什么比男人琐碎、凡俗，比男人显得更爱硁硁较量，比男人显得更实际主义,其缘故亦在此。

未来世界家庭生活的需要,应该都叫社会分担了去。如衣服有洗衣所,儿童有托儿所和学校,吃饭有公共食堂。不喜欢到公共食堂的,每顿肴膳可以由饭馆送来。那时公共食堂和饭馆的饮食品,用科学方法烹制,省人工,价廉物美。具有家庭烹饪的长处,而滋养分搭配得更平均,更合乎卫生原则。自己在家里弄点私菜,只要你高兴,也并非不允许的事。将来的家庭眷属,必紧缩得仅剩两三口。家庭的设备,只有床榻几椅及少许应用物件而已。不愿意住个别的家便住公共的家。每人有一二间房子,可以照自己趣味装潢点缀。各人自律甚严,永不侵犯同居者的自由。好朋友可以天天见面,心气不相投合的,虽同居一院,也老死不相往来。这样则男人女人都可以省出时间精力,从事读书、工作、娱乐,及有益自己身心和有益社会文化的事。

理想世界一天不能实现,当然我们每人一天少不了一个家。但是我们莫忘记现在中国处的是什么时代,整个国土笼罩在火光里,浸渍在血海里;整个民族在敌人刀锋枪刺之下苟延残喘。我们有生之年莫想再过从前的太平岁月了。我们应当将小己的家的观念束之高阁,而同心合意地来抢救同胞大众的家要紧。这时代我们正用得着霍去病将军那句壮语:"匈奴未灭,无以家为。"

(选自《东方杂志》,1941年1月38卷第2期)

故乡的新年

中国是个农业社会，对于过年过节，特别起劲，这也无怪。我们"七日来复"的制度已全付遗忘，更谈不上什么"周末"，一年到头忙碌劳苦，逢着年节，当然要痛快地过一阵，藉此休息筋骨并调剂精神。

我的故乡是在安徽省太平县一个僻处万山之中的乡村，风俗与江南各省大同小异。自离大陆，忽忽十年，初则飘泊海外，继则执教台湾，由于年龄老大，且客中心绪欠佳，每逢年节，不过敷衍一下聊以应景而已，从前那股蓬勃的兴趣再也没有了。现特从记忆里将我乡过年情节搜索一点出来，就算回乡一次呢。

我家在太平乡间也算是个乡绅之家，经济虽不富裕，勉强也可度日，因之一切场面均须维持一个乡绅体统。我们又是一个大家庭，平时气氛已不寂寞，到了过年时候当然更形热闹。大概一到腊月，即一年最后一个月，我们便步入了"过年"的阶段，全家上下为这件事忙碌起来。

家乡做衣裳都是先上城上镇选购了衣料，然后请裁缝来家缝制的。全家大小每人都要缝件新衣过年。大陆冬季气候，不比台湾或南洋，冬衣是棉袄、皮裘一类。皮毛可由旧物翻新，棉则非新不可。讲究点则用丝绵，既轻且暖，穿在身上十分舒适。这类材料，配个粗布面子，你想适合么？当然非绸缎不行，于是一家为了做新衣服，先要大大支出一笔。

乡间家家养猪，并养鸡鸭。祖宗原是我们惟一宗教信仰的对象。到了冬至那一天，从猪栏里牵出一头又大又肥的猪，雇屠夫来杀。杀剥后架上木架，连同预先备下的十几色祭品，抬到祠堂祭祀祖宗——祖祭是由拈阄决定，并非每家每年都要当值。

祭祖毕，将猪抬回家分割。至亲之家要送新鲜猪肉一二斤不等，余者则腌成腊肉，或切碎成肉丁和五香灌制香肠。一头猪的肠不够，要预先到肉铺添购几副，才能做成许多串肠子供大家庭食用。腌鸡、腌鸭、腌各色鱼也于此时动手。猪头必须保持完整，头部只留毛一撮，以备将来应用时编成小辫，上插红纸花。同时腌下首尾留毛羽的大公鸡，长二尺以上的大鲤鱼各一，称为"三牲"，留作除夕"谢年"之用。

以后又翻黄历，在腊月里，挑选一个吉日，做年糕米粿等类。材料是糯粳米各半，水磨成粉，搓半干，揿入枣木制的模型中。那些模型虽比不上《红楼梦》里什么"莲叶羹"的银制模型精致，花色却颇繁多，有"福禄寿三星"，有"刘海戏金蟾"，有"黄金万两"、"步步平安"，还有"财神送宝"、"观音送子"等，无非是取个好兆头罢了。糕饼制成后，入大蒸笼蒸熟摊冷，用新泉浸于大缸，新年里随意取若干枚，或炒或煮，用以招待亲朋，一直要吃到元宵以后。

做妥年糕米粿，接着送黄豆到豆腐作坊换取豆腐。换来后，切块，煎以香油，渍以青盐，盛于瓦钵，供正月里佐膳之用。因为新年里有好多天买不到豆腐。

孩子们最欢喜的莫如"做糖"了。先预备了炒微焦的芝麻、爆米,用溶化的麦芽糖在热锅里将这些材料混合,起锅趁热搓成长条,拍得方整,利刀切片。纯粹的黑白芝麻糖,顶香、顶好吃;单是爆米的则为次等货。花生米、蚕豆、豌豆、葵籽,逢到新年,消耗量数可观,所以也要大事预备。

送灶,各地皆在腊月廿四,我乡为了廿四接祖,故改在廿三。香烟纸马外,供品里必不可少的是麦芽糖和糯米圆子二色。因为灶君上天,将在玉皇大帝前报告我们一家这一年里所行各事。人们行事总是恶多善少,老头儿据实上陈,我们尚感吃不住,倘若他一时高兴,加些油盐酱醋,那岂不更糟。麦芽糖和糯米团最富黏性,黏住灶公牙齿,他上天奏事的时候,说话含糊不清,玉帝心烦,挥手令退,他老人家自己也内愧于心,及时住口了。愚弄鬼神一事,我们中国人可算聪明第一:宋代便有"醉司命",用酒糟敷满神龛,使得灶公醉醺醺地上天无法播弄是非。独怪灶公年年上当永不觉悟,这种颠顶老子,真只配一辈子坐在厨房里,火烈烟熏!

前面说过祖宗崇拜是我们家乡惟一宗教。祖宗不惟在全村第一宏丽的家祠里接受阖族祭祀,还要回到各个家庭,和子孙一起过年。腊月廿四日,乃祖宗"下驾"之日,各家先数日收拾正厅,洒扫至洁,从全家最高处的阁楼,将祖宗遗容请出,一幅幅挂起。祖宗服装,从明朝的纱帽玉带直到清代的翎顶朝珠,将来当然还要加上民国的燕尾服,大礼帽,不过在我这一代还没有看见,想必将来祖宗喜神仅用照片,不必绘画了。那个正厅,上挂红纱宫灯,下铺红毯,供桌和坐椅一律系上红呢帷幕,案上红烛高烧,朱盘高供,满眼只觉红光晃漾,喜气洋洋!

"接祖"的一桌供品,丰盛自不必说。礼毕,只留干果素肴,荤菜则由家人享受。

到了除夕，又须大祭祖宗一次。又向天摆出猪头等三牲，名曰"谢年"，并将灶公接回凡间。而后阖家老幼，团聚吃"年饭"，饭毕，长辈互相用喜庆话道贺，晚辈则向长辈磕头辞岁，大人则每人赏以红包，名曰"压岁钱"。以前每人不过青蚨一百，渐变为银洋一元。恐小孩无知，说出不吉利的话，预先用粗草纸将各孩子嘴巴一擦，并贴出一张字条，大书"童言无忌"，则可逢凶化吉。

吃年饭的时候，照例要在中堂置一大火盆炽满兽炭，火光熊熊，愈旺愈好，象征一年的好运。

有守岁者，或摸着小牌，或嗑着瓜子闲谈，开始精神颇旺，似乎可以熬个通宵，晨鸡初唱，便觉呵欠连连，不由沉入睡乡。不过元旦总该早起，打开大门，放一串鞭炮，以迎东来之喜气。

除夕前春联喜帖早已贴就，红纸条由正房、正厅直贴到猪栏、鸡栅，甚至扫帚上也贴，粪勺把儿上也贴。纸条上所写的无非是吉利话。

新正三日是我们中国人绝对休息的日子，读书人不开书卷，不拈笔墨，女人不引线穿针，嗑得满地瓜子壳，抛得满地纸屑，只有由它。第二日，实在看不过了，才略略扫向屋角，说这些是"财气"，保留屋中才是聚财之道。直到第三日，室中垃圾，始用畚箕之类扫除出去。

元旦一早，凡家中男子都衣冠整肃，到宗祠向祖宗贺年，女子则没有这项权利，这是旧时代"重男轻女"习惯所酿成的现象。距宗祠过远者，只在家里拜拜了事。

拜祖后，大家开始互相登门贺岁。到处是恭喜声，断续鞭炮声，孩子掷"落地金钱"的劈啪声，家庭里则纸牌声、麻将声，连续七日。到了"上七"，又要办供品祭祖，自己也享受一顿。

每逢新年，人们个个放松自己，尽量休息，我们的肠胃则恰得其反，不但不能罢工，还要负起两三倍劳动责任。大概自腊月廿四祖宗下驾日吃起，直吃到上七，天天肥鱼大肉，糖饼干果，一张嘴没有片刻之闲。顶苦的是到人家贺年一定要"端元宝"。所谓元宝便是茶叶鸡蛋。你到了人家当然要坐下款语片刻，主人端出盛满各色糖果的"传盒"，你拈起一粒糖莲子，或几颗瓜子尚不算费事，等他捧出内盛"元宝"两枚的一只盖碗，无论如何，非端不可，一家两只元宝，十家便是廿只，你便有布袋和尚的大肚皮，想也盛不下，只有向主人说"元宝存库"，明年再来"端"吧。但也有许多主人，不肯负保管责任，非要你当场"端"去不可，那才叫你发窘。我想中国人很多患胃扩张症，又多患消化不良，也许与过年过节之际，痴吃蛮胀有关。

过了上七必须忙元宵的灯会，青年们兴高采烈，扎出各色灯彩，又要预备舞狮子、玩龙灯，过了元宵，年事才算完结。大家收拾起一个多月以来松懈、散漫的生活，又来干各人正当生活了。

（原载台湾《中国晚报》）

想起四川的耗子

——子年谈鼠

今年适逢甲子属鼠。一九五二年,我自海外回到台湾,倏忽过了三十一二年,巧逢鼠年,几及三个,但以今年大家谈鼠的兴趣最浓。打开报章杂志,总读到谈鼠的文章,见大家谈鼠谈得这么高兴,我不妨也来凑一脚。

老鼠之为物,到处都是,而四川老鼠则硕大、狡猾,巧于智谋,工于心计,好像具有人类的灵性,其宗族又异常繁多,人家屋子容不下,甚至扩张地盘,到了街巷。

民国二十七年夏,为避日寇的侵略,我随国立武汉大学迁移到四川一个三等县的乐山,与老鼠开始周旋,才知四川老鼠之可恶与可怕。

乐山那个县份大街上,虽已铺有柏油路面,比较偏僻的街巷,所有人行道仍用石板铺成。石板下面是沟渠,石板每块相接处留宽缝,下雨则雨水由石缝漏下沟中,街道上便不致积水。有许多老鼠竟在石板下的沟渠两旁打洞，作为巢穴，繁殖子孙，常自石板缝钻出觅食。白昼也公然在街道上施施行走，并不畏人。人说"老鼠过街，人人喊打"，四川则并无此说，人们对于老鼠已见怪不怪，并且知道它们种类繁多，打不胜打，喊亦无益。就是狗儿猫儿遇见这些老鼠也懒得追扑，因为每条石缝都是它们逃脱之路，才一追扑，它们已逃得无影无踪。既如此，又何必白费气力，习惯成自然，猫狗对鼠儿也就视同无睹了。

至于人家的房室更是鼠类的天下。白昼它们在庭院固自由出没，灭灯后，它们在屋子里更奔驰跳跑，打斗叫闹，不但你吃的东西搁不住，任何物件都不免于它们利齿的啮咬。真像柳宗元所记永州之鼠，搞得那主人家"室无完器，橇无完衣"，那家主人因自己属鼠，故爱鼠而不杀，我们并不都属鼠——即属鼠也不曾爱鼠。

人家告诉我老鼠惯偷油，连盛在油瓶里的油也会偷。果然，我有一瓶油在厨房皮架上，老鼠竟能将那软木塞拔开。瓶口小，鼠嘴虽尖，也伸不进，则以尾伸进，蘸满了油，再拖出让友伴舐吮。轮流来，一而再，再而三，你一整瓶的油便去了半瓶。老鼠又会偷蛋，我买了一篮蛋搁在皮架上，每天总会少几个。疑心是房东家中小孩干的，问她又矢口否认。房东告诉我这应该是老鼠的杰作，他就曾亲眼见过老鼠的这种把戏。他曾有一篮蛋搁在地上，见一只大鼠四只脚紧紧抱住蛋，仰面躺卧，然后又来几只老鼠衔着它的尾巴，拖着走入它们的巢穴，共同享受。

老鼠偷油偷蛋的伎俩天下一般，本不必说。但我的油瓶塞得极紧，自己用油时，拔开尚费力，又搁在一条甚狭的皮架上，它们竟能拔开瓶塞，未将瓶子弄倒摔于地上摔碎，功夫真正不凡。至于那篮鸡蛋，系悬挂于梁上，篮距灶头丈许远，竟能一鼠仰卧抱蛋，群鼠拽其尾空中飞渡到灶头，更不知它们用的是何种方法，可赞之为神通了。

这种老鼠的神通，我至今还想不透！

抗战时代，物力维艰，我们教书匠每天为柴米油盐发愁，哪里经得起老鼠无穷尽的偷窃？总是设法严封密盖，使这群"宵小"之徒无从施技。可是战时后方一个玻璃罐子或一个马口铁盒子视同罕物，我们只有用川地粗陶制的泡菜坛。这类大小坛子便是我们储藏养命之源的器皿，大大小小，高高下下，床底桌下，到处陈列。一到夜晚，老鼠成群而至，掀开坛盖，各取所需。那合力掀揭的声音，盖子落地破碎的声音，它们劫略得手后满屋狂舞乱窜的脚步声和吱吱地所唱胜利之曲的声音，谱成一阕交响乐，倒也异常热闹。次日起来一看，除了盐罐它们不动外，糖是整块扛去（四川的蔗糖是红砂糖熬成，大块有重数斤者），干豆笋条、面粉和其他少许饼饵都浅了几层，并撒得满地都是。虽说老鼠浑身带有足资传染的毒菌，我们那时也顾不得，东西得来不易，岂忍将所余的废弃，收拾一下，仍照吃不误。真像柳子厚所记永州爱鼠的主家"饮食皆鼠之余"了。

记得我们有口米缸，其大可容一石，系我从一店家连盖买来的，盖系川地杉制，重约十几斤，以为鼠辈万难掀动，谁知它们仍有妙法，就是"群策群力"，合十几只老鼠共同来掀。我们睡到半夜，每忽闻室中砰、砰、砰的声音，其声甚厉，但有韵律，便知是鼠儿在掀缸盖。那些鼠儿站在靠近米缸的小几上，一齐将头向缸盖碰去，想将它碰下地来，至少也要碰开一条缝。并不闻它们喊一、二、三，它们的动作竟能这样一致，真是奇怪！它们碰这样重的缸器，鼠头恐难免碰裂，至少痛吧！而它们的头并不裂，也不觉得痛。想这些老鼠都是"铁头将军"，由鼠王特别选出来执行这种任务的吧！

我大声呵叱，并敲击板壁，它们毫不畏惧，猛碰如故。划根火柴，想点燃油灯。乐山经敌机大轰炸后，电灯早已绝迹，想看个究竟，却右点不着、左燃不着，次日一看，灯池中的灯芯已不知何时被鼠儿拖走了，淋了一桌子的油。那晚鼠儿合力碰我的米缸盖，原是谋定后动，志在必得的，所以预先来这一着，你看鼠儿的战略高明不高明呢？

当然缸盖碰开以后，全屋的老鼠都来参加盛宴，我缸里的米浅了一层不必说，那撒落满地的米粒和纵横鼠迹，又害我清扫了一个上午。

有一回，我发愤同鼠子决战，把它们常所出入的洞穴尽行堵塞，仅留一穴不堵，先预备了几支蜡烛，一根木棍，一闻鼠声，便起身燃烛扑打，进来的几只，很顺利自原穴逃脱，仅留下一只行动稍迟钝些的。我先把那一穴也封住，便持棍追扑。满室瓶罍，追扑极不容易，真是"投鼠忌器"，后来不知怎样，这只鼠儿竟跃上窗子，冲破窗纸走了，我们空折腾了半夜。

次夜，我在睡梦中，忽有水自我帐顶冲下，淋了我一脸，疑是天雨屋漏，但未闻窗外雨声，用手摸了就鼻一嗅，腥臊难闻，才觉悟是鼠溺。这一定是昨晚被我追扑的老鼠报仇来了。我和家姊对床而眠，这只老鼠竟能辨认哪张床是我所睡，并知我睡在哪一头，就是头脸露出衾被外的那一头，竟能爬上帐子，给我来个"醍醐灌顶"！

鼠类最喜在板壁上打洞，有人说鼠牙不磨则会长得太长，所以常要磨之使短。又有人说老鼠到处打洞，是要全屋所有房间贯通为一，以便来去自如。一日，我发现一间房子的门缝有鼠啮的痕迹，遂找了些破碎玻璃，插在它们所常啮处。次日一看，那些锋利的玻片都被搬开一旁，我插玻片时节，手指尚被划破一处，搽了好多红汞水，不知老鼠搬时受伤没有？我想它们灵巧胜人，一定不会。

听说武大卫生组有一些砒霜，不知作何用，我原同校医相熟，讨了一小撮，用水溶解，再用药棉涂在门缝，以为老鼠来咬啮时，不被砒霜毒死，也会叫它病上一场。那晚我在睡梦中，左耳轮似被物猛咬一下，痛醒后，疑心是蛇，川地因多蛇，但它不会进屋。是蜈蚣？我从前曾被蜈蚣咬过，痛楚情况相类，不过这座屋子尚未见蜈蚣踪迹。翌日，家姊察看我耳轮伤口，从细细沁出的鲜血里有两个齿痕，是属于老鼠的。才知又是老鼠为砒霜来报复的结果。

老鼠两次报仇，一回撒尿，一回咋耳，不找家姊，却专找我，想必知道我是与它们为敌的正主。老鼠竟有这样聪明，我若非亲自得过那两次的经验，人家说给我听，我无论如何不会相信。

领了老鼠这次大教后，我不得不举手向鼠兄投降了。咋耳尚未酿成大害，咬瞎了我的魂灵之窗，那结果便严重了！

后来养猫，鼠患始稍弥。但四川老鼠之可怕，我至今尚深镌脑中，不能忘记。

(选自《遁斋随笔》，1989年台湾中央日报社出版部出版)

猫的悲剧

　　窗外的小猫叫起来了,引起我藏在心灵深处的一个渺小而哀惋的回忆。
　　我们故乡,是个不产猫的土地,人家所有的猫,都是由大通等处贩来的。然而贩来的猫,都是些又瘦又懒的劣种,上得猫谱的骏物,百中不能得一。猫贩子却说:猫买来时都是好的。不过经过铜波湖的老鼠闸,压坏了威风了。那铜波湖近青邑之处,有两座小山,东西相对,远远望去有些像伏着的老鼠,相传猫经此处,不死也变成没用,因为这个风水是极不利于猫的。凡自大通来的猫贩子必须经过这两座山,所以他们担子里的货物便低劣些,我们也无从挑眼了。
　　有一年我家买到一只猫,黑色。脸圆尾短,两只玲珑的绿眼睛,尤其可爱。这是一个徽州客人带来的,家人因它没有经过老鼠闸,以为其神独全,所以很欢喜。我是一个猫的朋友,自小时就爱猫,得了这只猫之后,喂饭之责,竟完全归了我,并将它肇赐佳名曰黑缎,因猫的毛是乌黑有光,如同缎子。我既这样喜爱这猫,猫眼中惟一的主人也只是我。见了我时,便将尾巴竖起,发出柔和的叫声,并走来将头在我脚上摩擦,表示亲爱的意思。

距今六年前暑假期内,我从北京回家,见黑缎蜷卧在母亲房里的一张椅儿上,我走过去抚摸它,母亲说下手须轻轻儿的,而且不可触它的腹部,因为它已怀有小猫了,不久就要生哩。大姊告诉我说,黑缎已经做过一回母亲了,这是去年的冬天,家人听见小猫在二哥寝室的楼上叫。但过了几日,却又寂然,而母猫只常常在厨房里,不见有上楼哺乳的形迹。家人很动疑,上楼察看,果然见楼角破箱里有两只小花猫,然早已饿死了。原来我二嫂上楼取东西时,误将楼门掩上,母猫不能进去哺乳的缘故,这不知道是它第一回做母亲,爱子之心尚不热烈呢?还是它记性不好,走开之后,便忘怀呢?总之它并没有叫闹。

现在它又怀孕了,我们希望不再发生什么不幸。

过了几天,黑缎的肚皮又消瘦了,但小猫却又不知生在什么地方。

然而我居然于一星期之后,在祖父住过的空房里发见了小猫了。这回也是两只,一只是玳瑁色,而另一则黑的,眼睛都未开,但很肥胖,我心里非常的喜欢,连母猫一总搬到母亲的楼上,放在一只空的摇篮里,衬上柔软的纸,因为天气太热,不敢用棉花。

小孩们听见这个消息,个个想上楼去看,母亲说凡属虎和狗的孩子是不能看初生的小猫的,因为看过之后,母猫就会变心,不哺儿子的乳了,甚至还将它们吃掉。我呢,则无论属何的孩子们,一概摒绝参观。为的我看见他们玩弄蝉和蜻蜓时,往往将腿儿翅儿玩脱。柔弱的小猫,哪里禁得住这样的玩弄?

小猫一天天的长大起来了。我上楼看时,总见它们在母猫腹下,并着头安安稳稳饮乳,听见有人进来,便迅速地从腹下钻出小头,竖起耳朵，睁开铃般的眼睛，向你望着，发出呼呼的吼声。它们忘记了自己的渺小，有时竟像小豹似的，向我直扑过来，然而总教我喜悦。

不到一个月，母猫渐渐带它们下楼，满院里奔跑跳掷，十分活泼。这时我对于小孩子的戒严令已经解除。他们便和小猫做了极相得的伴侣。

只是有一天，小外甥告诉我说，小猫身上有许多跳蚤。我提过一只来，翻过腹部看时，果然有许多蚤在浅毛里游行。我觉得这样于小猫是极有害的，须得替它们消除。恍惚记得小时在塾中读书时，听见先生说过一个除蚤法，不免要试一试。

我打开积年不动的衣箱，找出许多藏在皮衣中间的樟脑丸，将它捣成细末，将小猫提过一只来用粉末撒在它毛上然后用手轻轻搓揉。小猫闻见樟脑的气味，似乎很不舒服，便挣扎的想从我手中脱去。但被我用手按住，动弹不得。法子果然灵验，那些跳蚤初则一齐向头足等处乱钻，继则纷纷由猫身跌落地上，积了薄薄的一层，恰似芝麻一般。替这只猫消过蚤后，便照样地收拾那一只。在试验一种方法的成功的快感之下，我将母猫提来也用樟脑粉末撒上，黑缎也像它的孩子们，显出不舒服而倔强的神气。我轻轻的用手抚摸它，并说"黑缎呵，这是为你的好，你听我的话呵！"黑缎到底是大猫，较有灵性，它似乎懂得我的意思，便俯首帖耳地伏着不动，随我摆布。但显然是出于勉强的，它终于不能忍受樟脑猛烈的气味，乘我一松手便爬起来跑了。

第二天早晨我从床上醒来，听见大姊和女仆黄妈在院中说话，

"怎么会都死了的，昨天还好好的呢。"大姊问。

"昨夜我听见它们在佛堂里发疯似地叫和跑，今夜便都死了，想是樟脑气味熏的罢。"我来不及扣钮子披了衣拖着鞋便赶出房门，问："什么东西死了？"

"你的小猫!"姊姊指着地上直僵僵的两个小尸体。

我发了呆了,望着地上,半天不能说话……

至于母猫呢?自晨至夕总也不曾回来,小外甥说:"昨天下午看见它在隔溪田垄上伏着在呕吐。"过去看时,它早从草里一钻,溜得无影踪了。又过了两天,它还不回来,家人疑议说,定然死了,我心里充满了惋惜和悔恨,但也颇祝望这疑议之为事实。如果它还不曾死,有朝更回家,看见这寂寂的小楼,空空的摇篮,它的小心灵里是怎样的悲哀呵!

(原载《语丝》,1925 年 10 月 19 日,第 49 期)

辑四　人生四季

青 春

记得法国作家曹拉的《约翰·戈乐之四时》（*Quatre journeesde jean Gourdon*）曾以人之一生比为年之四季，我觉得很有意味，虽然这个譬喻是自古以来，就有人说过了。但芳草夕阳，永为新鲜诗料，好譬喻又何嫌于重复呢？

不阴不晴的天气，乍寒乍暖的时令，一会儿是袭袭和风，一会儿是濛濛细雨，春是时哭时笑的。春是善于撒娇的。

树枝间新透出叶芽，稀疏琐碎地点缀着，地上黄一块，黑一块，又浅浅的绿一块，看去很不顺眼，但几天后，便成了一片蓊然的绿云，一条缀满星星野花的绣毡了。压在你眉梢上的那厚厚的灰黯色的云，自然不免教你气闷，可是他转瞬间会化为如纱的轻烟，如酥的小雨。新婚紫燕，屡次双双来拜访我的矮椽，软语呢喃，商量不定，我知道他们准是看中了我的屋梁，果然数日后，便衔泥运草开始筑巢了。远处，不知是画眉，还是百灵，或是黄莺，在试着新吭呢。强涩地，不自然地，一声一声变换着，像苦吟诗人在推敲他的诗句似的。

绿叶丛中紫罗兰的嗫嚅，芳草里铃兰的耳语，流泉边迎春花的低笑，你听不见么？我是听得很清楚的。她们打扮整齐了，只等春之女神揭起绣幕，便要一个一个出场演奏。现在她们有点浮动，有点不耐烦。春是准备的。春是等待的。

几天没有出门，偶然涉足郊野，眼前竟换了一个新鲜的世界。到处怒绽着红紫，到处隐现着虹光，到处悠扬着悦耳的鸟声，到处飘荡着迷人的香气，蔚蓝天上，桃色的云，徐徐伸着懒腰，似乎春眠未足，还带着惺忪的睡态。流水却瞧不过这小姐腔，他泛着潋滟的霓彩，唱着响亮的新歌，头也不回地奔赴巨川，奔赴大海……春是烂漫的，春是永远地向着充实和完成的路上走的。

春光如海，古人的比方多妙，多恰当。只有海，才可以形容出春的饱和，春的浩瀚，春的磅礴洋溢，春的澎湃如潮的活力与生意。

春在工作，忙碌地工作，他要预备夏的壮盛，秋的丰饶，冬的休息，不工作又怎么办？但春一面在工作，一面也在游戏，春是快乐的。

春不像夏的沉郁，秋的肃穆，冬的死寂，他是一味活泼，一味热狂，一味生长与发展，春是年轻的。

当一个十四五岁或十七八岁的健美青年向你走来，先有爽朗新鲜之气迎面而至。正如睡过一夜之后，打开窗户，冷峭的晓风带来的那一股沁心的微凉和葱茏的佳色。他给你的印象是爽直、纯洁、豪华、富丽。他是初升的太阳，他是才发源的长河，他是能燃烧世界也能燃烧自己的一团烈火，他是目射神光，长啸生风的初下山时的乳虎，他是奋鬣扬蹄，控制不住的新驹。他也是热情的化身，幻想的泉源，野心的出发点，他是无穷的无穷，他是希望的希望。呵！青年，可爱的青年，可羡慕的青年！

青年是透明的，身与心都是透明的。嫩而薄的皮肤之下，好像可以看出鲜红血液的运行，这就形成他或她容颜之春花的娇，朝霞的艳。所谓"吹弹得破"，的确教人有这样的耽心。忘记哪一位西洋作家有"水晶的笑"的话，一位年轻女郎嫣然微笑时，那一双明亮的双瞳，那二行粲然如玉的牙齿，那唇角边两颗轻圆的笑涡，你能否认这"水晶的笑"四字的意义么？

青年是永远清洁的。为了爱整齐的观念特强，青年对于身体，当然时时拂拭，刻刻注意。然而青年身体里似乎天然有一种排除尘垢的力，正像天鹅羽毛之洁白，并非由于洗濯而来。又似乎古印度人想像中三十二天的天人，自然鲜洁如出水莲花，一尘不染。等到头上华萎，五官垢出，腋下汗流，身上那件光华夺目的宝衣也积了灰尘时，他的寿命就快告终了。

青年最富于爱美心，衣履的讲究，头发颜脸的涂泽，每天费许多光阴于镜里的徘徊顾影，追逐银幕和时装铺新奇的服装的热心，往往叫我们难以了解，或成了可怜悯的讽嘲。无论如何贫寒的家庭，若有一点颜色，定然聚集于女郎身上。这就是碧玉虽出自小家，而仍然不失其为碧玉的秘密。为了美，甚至可以忍受身体上的戕残，如野蛮人的文身穿鼻，过去妇女之缠足束腰。我有个窗友因面麻而请教外科医生，用药烂去一层面皮。三四十年前，青年妇女，往往就牙医无故拔除一牙而镶之以金，说笑时黄光灿露，可以增加不少的妩媚。于今我还听见许多人为了门牙之略欠整齐而拔去另镶的，血淋淋地也不怕痛。假如陆判官的换头术果然灵验，我敢断定必有无数女青年毫不迟疑地袒露其纤纤粉颈，而去欢迎他靴统子里抽出来那柄锯利如霜小匕首的。

青年是没有年龄高下之别的，也永远没有丑的，除非是真正的嫫母和戚施。记得我在中学读书时，眼中所见那群同学，不但大有美丑之分，而且竟有老少之别。凡那些皮肤粗黑些的，眉目庸蠢些的，身材高大些的，举止矜庄些的，总觉得她们生得太"出老"一点，猜测她们年龄时，总会将它提高若干岁。至于二十七八或三十一二的人——当时文风初开的内地学生年龄是有这样的——在我们这些比较年轻的一群看来，竟是不折不扣的"老太婆"了。这样的"老太婆"还出来念什么书，活现世！轻薄些的同学的口角边往往会漏出了这样嘲笑。现在我看青年的眼光竟和以前大大不同了，嫌妍胖瘦，当然还分辨得出，而什么"出老"的感觉，却已消失于乌有之乡，无论他或她容貌如何，既然是青年，就要还他一份美，所谓"青春的美"。挺拔的身躯，轻矫的步履，通红的双颊，闪着青春之焰的眼睛，每个青年都差不多，所以看去年纪也差不多。从飞机下望大地，山陵原野都一样平铺着，没有多少高下隆洼之别，现在我对于青年也许是坐着飞机而下望的。哈，坐着年龄的飞机！

但是，青年之最可爱的还是他身体里那股淋漓元气，换言之，就是那股愈汲愈多，愈用愈出的精力。所谓"青年的液汁"（La sevede la jeunese），这真是个不舍昼夜滚滚其来的源泉，它流转于你的血脉，充盈于你的四肢，泛滥于你的全身，永远要求向上，永远要求向外发展。它可以使你造成博学，习成绝技，创造惊天动地的事业。青年是世界上的王，它便是青年王国拥有的一切的财富。

当我带着书踱上讲坛，下望墨压压的一堂青年的时候，我的幻想，往往开出无数芬芳美丽的花：安知他们中间将来没有李白、杜甫、荷马、莎士比亚那样伟大的诗人么？安知他们中间，将来没有马可尼、爱迪生、居里夫人一般的科学家，朱子、王阳明、康德、斯宾塞一般的哲学家么？学经济的也许将来会成为一位银行界的领袖；学政治的也许就仗着他将中国的政治扶上轨道；学化学或机械的也许将来会发明许多东西，促成中国的工业化、现代化。也许他们中真有人能创无声飞机，携带什么不孕粉，到扶桑三岛巡礼一回，聊以答谢他们三年来赠送我们的这许多野蛮残酷礼品的厚意。不过，我还是希望他们中间有人能向世界宣传中国优越的文化，和平的王道，向世界散布天下为公的福音，叫那些以相斫为高的刽子手们，初则眙愕相顾，继则心悦诚服……青年的前途是浩荡无涯的，是不可限量的，但能以致此，还不是靠着他们这"青年的精力"？

春是四季里的良辰，青年是人生的黄金时代。是春天，是该鸟语花香，风和日丽，但霪雨连绵，接连三四十日之久，气候寒冷得像严冬，等到放晴时，则九十春光，阑珊已尽，这样的春天岂非常有？同样，幼年多病，从药炉茶鼎间逝去了寂寂的韶华；父母早亡，养育于不关痛痒者之手，像墙角的草，得不着阳光的温煦，雨露的滋润；生于寒苦之家，半饥半饱地挨着日子，既无好营养，又受不着好教育，这种不幸的青年，又何尝不多？咳，这也是春天，这也是青年！

西洋文学多喜欢赞美青春歌颂青春，中国人是尚齿敬老的民族，虽然颇受嗟卑叹老，却瞧不起青年。真正感觉青春之可贵，认识青春之意义的，似乎只有那个素有佻达文人之名的袁子才。他对美貌少年，辄喜津津乐道，有时竟教人于字里行间，嗅出浓烈的肉味。对于历史上少年成功者，他每再三致其倾慕之忱，而于少年美貌而又英雄如孙策其人者，向往尤切。以形体之完美为高于一切，也许有点不对，但这种希腊精神，却是中国传统思想里所难以找出的。他又主张少年的一切欲望都应当给以满足，满足欲望则必需要金钱，所以他竟高唱"宁可少时富，老来贫不妨"这样大胆痛快的话，恐怕现在还有许多人为之吓倒吧。他永久羡着青春，湖上杂咏之一云：

葛岭花开三月天，游人来往说神仙，

> 老夫心与游人异，不羡神仙羡少年。

说到神仙，又引起我的兴趣来了。中国人最羡慕神仙，自战国到宋以前一千数百年，帝皇、妃后、贵族、大官以及一般士庶，都鼓荡于这一股热潮中。中国人对修仙付出了很大的代价，抱了热烈的科学精神去试验，坚决的殉道精神去追求。前者仆而后者继，这个失败了，那个又重新来，唐以后这风气才算衰歇了些，然而神仙思想还盘踞于一般人潜意识界呢。

做神仙最大的目的，是返老还童和长生。换言之，就是保持青春于永久。现在医学界盛传什么恢复青春术，将黑猩猩，大猩猩，长臂猿的生殖腺移植人身，便可以收回失去的青春。不过这方法流弊很多，又所恢复的青春，仅能维持数年之久，过此则衰惫愈甚，好像是预支自己体中精力而用之，并没多大便宜可占，因之尝试者似乎尚不踊跃。至于中国神仙教人炼的九转还丹，只有黍子大的一颗，度下十二重楼，便立刻脱胎换骨，而且从此就能与天地比寿，日月齐光了。有这样的好处，无怪乎许多人梦寐求之，为金丹送命也甘心了。

不过炼丹时既需要仙传的真诀，极大的资本，长久的时间，吃下去又有未做神仙先做鬼的危险，有些人也就不敢尝试。况且成仙有捷径也有慢法，拜斗踏罡，修真养性慢慢地熬去，功行圆满之日，也一样飞升。但这种修炼需时数十年至百余年不等，到体力天然衰老时，可不又惹起困难度？于是聪明的中国人又有什么"夺舍法"。学仙人在这时候，推算得什么地方有新死的青年，便将自己的灵魂钻入其尸体，于是钟漏垂歇的衰翁，立刻便可以变成一个血气充盈的小伙子，这方法既简捷又不伤廉，因为他并没有伤害尸主之生命。

少时体弱多病，在凄风冷雨中度过了我的芳春，现在又感受早衰之苦。所以有时遇见一个玉雪玲珑的女孩，我便不免于中一动。我想假如我懂得夺舍法据这可爱身体而有之，我将怎样利用她青年的精力而读书，而研究，而学习我以前未学现在想学而已嫌其晚的一切。便是娱乐，我也一定比她更会享受。这念头有点不良，我自己也明白，可是我既没有获得道家夺舍法之秘传，也不过是骗骗自己的空想而已。

中年人或老年人见了青年，觉得不胜其健羡之至，而青年却似乎不能充分地了解青春之乐。所谓"不识庐山真面目，只缘身在此山中"，谁说不是一条真理？好像我们称孩子的时代为黄金，其实孩子果真知道自己快乐么？他们不自知其乐，而我们强名之为乐，我总觉得这是不该的。

再者青年总是糊涂的，无经验的。以读书研究而论，他们往往不知门径与方法，浪费精神气力而所得无多。又血气正盛，嗜欲的拘牵，情欲的缠纠，冲动的驱策，野心的引诱，使他们陷于空想、狂热、苦恼、追求以及一切烦闷之中，如苍蝇之落于蛛网，愈挣扎则缚束愈紧。其甚者从此趋于堕落之途，及其觉悟则已老大徒悲了。若能以中年人的明智，老年人的淡泊，控制青年的精力，使它向正当的道路上发展，则青年的前途，岂不更远大，而其成功岂不更快呢？

仿佛记得英国某诗人有再来一次的歌，中年老年之希望恢复青春，也无非是这"再来一次"的意识之刺激罢了。祖与父之热心教育其子孙，何尝不是因为觉得自己老了，无能为力了，所以想利用青年的可塑性，将他们抟成一尊比自己更完全优美的活像。当他们教育青年学习时，凭自己过去的经验，授与青年以比较简捷的方法，将自己辛苦探索出来的路线，指导青年，免得他们再迂回曲折地乱撞。他们未曾实现的希望，要在后一代人身上实现，他们没有满足的野心，要叫后一代人来替他们满足。他们的梦，他们的愿望，他们奢侈的贪求，本来都已成了空花的，现在却想在后代人头上收获其甘芳丰硕的果。因此，当他们勤勤恳恳地教导子孙时，与其说是由于慈爱，勿宁说出于自私，与其说是在替子孙打算，勿宁说是自己慰安。这是另一种"夺舍法"，他们的生命是由此而延续，而生命的意义是靠此而完成的。

据说法朗士尝恨上帝或造物的神造人的方法太笨：把青春位置于生命过程的最前一段，人生最宝贵的爱情，磨折于生活重担之下。他说假如他有造人之权的话，他要选取虫类如蝴蝶之属做榜样。要他先在幼虫时期就做完各种可厌恶的营养工作，到了最后一期，男人女人长出闪光翅膀，在露水和欲望中活了一会儿，就相抱相吻地死去。读了这一串诗意的词句，谁不为之悠然神往呢？不止恋爱而已，想到可贵青春度于糊涂昏乱之中之可惜，对于法朗士的建议，我也要竭诚拥护的了。

不过宗教家也有这么类似的说法，像基督教就说凡是热心爱神奉侍神的人，受苦一生，到了最后的一刹那，灵魂便像蛾之自蛹中蜕出，脱离了笨重躯壳，栩栩然飞向虚空，浑身发大光明，出入水火，贯穿金石，大千世界无不游行自在。又获得一切智慧，一切满足，而且最要紧的是从此再不会死。这比起法朗士先生所说的一小时蝴蝶的生命不远胜么？有了这种信仰的人，对于人世易于萎谢的青春，正不必用其歆羡吧？

（选自《屠龙集》，1941年商务印书馆出版）

中　年

如果说人的一生，果然像年之四季，那么除了婴儿期的头，斩去了死亡期的尾，人生应该分为四个阶段，即青年、壮年、中年、老年是也。自成童至二十五岁为青春期，由此至三十五岁为壮年期，由此至四十五岁为中年期，以后为老年期。但照中国一般习惯，往往将壮年期并入中年，而四十以后，便算入了老年，于是西洋人以四十为生命之开始，中国人则以四十为衰老之开始。请一位中国中年，谈谈他身心两方面的经验，也许会涉及老年的范围，这是我们这未老先衰民族的宿命，言之是颇为可悲的。若其身体强健，可以活到八九十或百岁的话，则上述四期，可以各延长五年十年，反之则缩短几年。总之这四个阶段的短长，随人体质和心灵的情况分之，不必过于呆板。

中年和青年差别的地方，在形体方面也可以显明地看出。初入中年时，因体内脂肪积蓄过多，而变成肥胖，这就是普通之所谓"发福"。男子"发福"之后，身材更觉魁伟，配上一张红褐色的脸，两撇八字小胡，倒也相当的威严。在女人，那就成了一个恐慌问题。如名之为"发福",不如名之为"发祸"。过丰的肌肉,蚕食她原来的娇美,使她变成一个粗蠢臃肿的"硕人"。许多爱美的妇女,为想瘦,往往厉行减食绝食,或操劳,但长期饥饿辛苦以后,一复食和一休息,反而更肥胖起来。我就看见很多的中年女友,为了胖之一字,烦恼哭泣,认为那是莫可禳解的灾殃。不过平心而论,这可恶的胖,显然夺去了你那婀娜的腰身,秀媚的脸庞和莹滑的玉臂,也偿还你一部分青春之美。等到你肌肉退潮,脸起皱纹时,你想胖还不可得呢。

四十以后,血气渐衰,腰酸背痛,各种病痛乘机而起。一叶落而知天下秋,一星白发,也就是衰老的预告。古人最先发现自己头上白发,便不免要再三嗟叹,形之吟咏,谁说这不是发于自然的情感。眼睛逐渐昏花,牙齿也开始动摇,肠胃则有如淤塞的河道,愈来愈窄。食欲不旺,食量自然减少。少年凡是可吃的东西,都吃得很有味,中年则必须比较精美的方能入口。而少年据案时那种狼吞虎咽的豪情壮概,则完全消失了。

对气候的抗拒力极差。冬天怕冷,夏天又怕热。以我个人而论,就在乐山这样不大寒冷的冬天,棉小袄上再加皮袍,出门时更要压上一件厚大衣。晚间两层棉被,而汤婆子还是少不得。夏天热到八九十度,便觉胸口闭窒,喘不过气来。略为大意,就有触暑发痧之患。假如自己原有点不舒服,再受这蒸郁气候压迫时,便有徘徊于死亡边沿的感觉。古人目夏为"死季",大约是专为我们这种孱弱的中年人或老年人而说的吧。

再看那些青年人,大雪天竟有仅穿一件夹袍或一件薄棉袍而挺过的。夏季赤日西窗,挥汗如雨,一样可以伏案用功。比赛过一场激烈的篮球或足球后,浑身热汗如浆,又可以立刻跳入冷水池游泳。使我们处这场合,非疯瘫则必罹重感冒了。所以青年在我们眼里不但怀有辟尘珠而已,他们还有辟寒辟暑珠呢。啊,青年真是活神仙!

记得从前有位长辈,见我常以体弱为忧,便安慰我说,青年人身体里各种组织都很脆弱而且空虚,到了中年,骨髓长满,脏腑的营养功能也完成了,体气自然充强。这话你们或者要认为缺少生理学的根据,而我却是经验之谈,你将来是可以体会到的。听了这番话后,我对于将来的健康,果然抱了一种希望。忽忽二十余年,这话竟无兑现之期,才明白那长辈的经验只是他个人的经验而已。不过青年体质虽健旺而神经则似乎比较脆弱。所以青年有许多属于神经方面的疾病。我少年时,下午喝杯浓茶或咖啡,或偶尔构思,或精神受了小小刺激,则非通宵失眠不可。用脑筋不能连续二小时以上,又不能天天按时刻用功。于今这些现象大都不复存在,可见我的神经组织确比以前坚固了。不过这也许是麻木,中年人的喜怒哀乐,都不如青年之易于激动,正是麻木的证据。

有人说所谓中年的转变,与其说它是属于生理方面,勿宁说它是属于心理方面。人生到了四十左右,心理每会发生绝大变化,在恋爱上更特别显明。是以有人定四十岁为人生危险年龄云云。这话我从前也信以为真,而且曾祈祷它赶快实现。因为我久已厌倦于自己这不死不生的精神状况,若有个改换,哪管它是由哪里来的,我都一样欣喜地加以接受。然而没有影响,一点也没有。也许时候还没有到,我愿意耐心等待。可是我预料它的结局,也将同我那对生理方面的希望一般。要是真来了呢,我当然不愿再行接受邱比特的金箭,我只希望文艺之神再一度拨醒我心灵创作之火,使我文思怒放,笔底生花,而将十余年预定的著作计划,一一实现。听说四十左右是人生的成熟期,西洋作家有价值的作品,大都产于此时。谁说我这过奢的期望,不能实现几分之几?但回顾自己的身体状况,又不免灰心,唉,这未老先衰民族的宿命!

中年人所最恼恨自己的,是学习的困难。学习的成绩,要一个仓库去保存它，那仓库就是记忆力，但人到中年，这份宝贵的天赋，照例要被造物主收回。无论什么书，你读过一遍后，可以很清晰地记得其中情节，几天以后，痕迹便淡了一层，一两个月后，只留得一点影子，以后连那点影子也模糊了。以起码的文字而论，幼小时学会的结构当然不易遗忘，但有些俗体破体先入为主——这都是从油印讲义，教员黑板，影印的古书来的——后来想矫正也觉非常之难。我们当国文教师的人，看见学生在作文簿上写了俗破体的字，有义务替他校正。校过二三回之后，他还再犯，便不免要生气怪他太不小心，甚至心里还要骂他几声低能。然而说也可怜，有些不大应用的字，自己想写时，还得查查字典呢。

我有亲戚某君，中学卒业后，为生活关系，当了猢狲王。常自恨少时英文没有学好，四十几岁以上，居然下了读通这门文字的决心。他平日功课太忙，只能利用暑假，取古人三冬文史之意。这样用了三四个假期的功，英文果大有进步，可以不假字典而读普通文学书，写个作文，不但通而且可说好。但后来他还是把这"劳什子"丢开手了。他告诉我们说，中年人想学习一种新才艺，不惟事倍功半，竟可以说不可能，原因就为了记忆力退化得太厉害。以学习生字来讲，幼时学十多个字要费一天半天工夫，于今半小时可以记得四五十个。有时窃窃自喜，以为自己的头脑比幼时还强。是的，以理解力而论，现在果大胜于幼年时代，这种强记的本领，大半是靠理解力帮忙的。但强记只能收短时期的功效。那些生字好比一群小精灵，非常狡猾，它们被你抓住时，便伏伏帖帖地服从你指挥，等你一转背，便一个一个溜之大吉。有人说读外国文记生字有秘诀，天天温习一次，就可以永为己有了。这法子我也曾试过，效果不能说没有，但生字积上几百时，每天温习一次，至少要费上几小时的时间，所学愈多，担负愈重，不是经济办法，何况搁置一久，仍然遗忘了呢。翻开生字簿个个字认得，在别处遇见时，则有时像有些面善，但仓卒间总喊不出它的名字；有时认得它的头，忘了它的尾；有时甲的意义会缠到乙上去。你们看见我英文写读的能力，以为学到这样的程度，抛荒可惜，不知那点成绩是我在拼命用功之下产生出来的，是努力到炉火纯青时，生命锤砧间，敲打出来的几块钢铁。将书本子搁开三五个月，我还是从前的我。一个人非永远保有追求时情热，就维持不住太太的心，那么她便是天上神仙，也只有不要。我的生活环境既不许我天天捧着英文念，则我放弃这每天从坠下原处再转巨山上山的希腊神话里，受罪英雄的苦工，你们该不至批评我无恒吧。

不仅某君如此，大多数中年用功的人都有这经验。中年人用功往往是"竹篮打水一场空"，照法国俗话，又像是"檀内德的桶"（Le tonneau de Danaides），这头塞进，那头立刻脱出。听说托尔斯泰以八十高龄还能从头学习希腊文。而哈理孙女士七十多岁时也开始学习一种新文字。那是天才的头脑，非普通人所能企及的。——不过中年人也不必因此而灰了做学问的雄心，记忆力仍然强的，当然一样可以学习。

所以，青年人禀很高的天资，又处优良的环境，而悠悠忽忽不肯用心读书；或者将难得光阴，虚耗在儿戏的恋爱和无聊的征逐上，真是莫大的罪过，非常的可惜。

学问既积蓄在记忆的仓库里，而中年人的记忆力又如此之坏，那么你们究竟有些什么呢？嘘，朋友，我告诉你一个秘密，轻轻地，莫让别人听见。我们是空洞的。打开我们的脑壳一看，虽非四壁萧然，一无所有，却也寒伧得可以。我们的学问在哪里？在书卷里，在笔记簿里，在卡片里，在社会里，在大自然里。幸而有一条绳索，一头连结我们的脑筋，一头连结在这些上，只须一牵动，那些埋伏着的兵，便听了暗号似的，从四面八方蜂拥出来，排成队伍，听我自由调遣。

这条绳索，叫做"思想的系统"，是我们中年人修炼多年而成功的法宝。我们可以向青年骄傲的，也许仅仅是这件东西吧。设若不幸，来了一把火，将我们精神的壁垒烧个精光，那我们就立刻窘态毕露了。但是，亏得那件法宝水火都侵害它不得，重挣一份家当还不难，所以中年人虽甚空虚，自己又觉得很富裕。

上文说中年喜怒哀乐都不易激动，不过这是神经麻木而不是感情麻木。中年的情感实比青年深沉，而波澜则更为阔大。他不容易动情，真动时连自己也怕。所谓"中年伤于哀乐"，所谓"中年不乐"正指此而言。青年遇小小伤心事，便会号啕涕泣，中年的眼泪则比金子还贵。然而青年死了父母和爱人，当时虽痛不欲生，过了几时，也就慢慢忘记了。中年于骨肉之生离死别，表面虽似无所感动，而那深刻的悲哀，会啮蚀你的心灵，镌削你的肌肉，使你暗中消磨下去。精神的创口，只有时间那一味药可以治疗，然而中年人的心伤也许到死还不能愈合。

中年人是颓废的。到了这样年龄，什么都经历过了，什么味都尝过了，什么都看穿看透了。现实呢，满足了。希望呢，大半渺茫了。人生的真义，虽不容易了解，中年人却偏要认为已经了解，不完全至少也了解它大半。世界是苦海，人是生来受罪的，黄连树下弹琴，毒蛇猛兽窥伺着的井边，啜取岩蜜，珍惜人生，享受人生，所谓人生真义不过是这么一回事。中年人不容易改变他的习惯，细微如抽烟喝茶，明知其有害身体，也克制不了。勉强改了，不久又犯，也许不是不能改，是懒得改，它是一种享受呀！女人到了三十以上，自知韶华已谢，红颜不再，更加着意装饰。为什么青年女郎服装多取素雅，而中年女人反而欢喜浓妆艳抹呢？文人学士则有文人学士的享乐，"天上一轮好月，一杯得火候好茶，其实珍惜之不尽也"。张岱《陶庵梦忆》，就充满了这种"中年情调"。无怪在这火辣辣战斗时代里，有人要骂他为"有闲"。

人生至乐是朋友,然而中年人却不易交到真正的朋友。由于世故的深沉,人情的历练,相对之际,谁也不能披肝露胆,掏出性灵深处那片真纯。少年好友相处,互相尔汝,形迹双忘,吵架时好像其仇不共戴天,转眼又破涕为欢,言归于好了。中年人若在友谊上发生意见,那痕迹便终身拂拭不去,所以中年人对朋友总客客气气地有许多礼貌。有人将上流社会的社交,比做箭猪的团聚:箭猪在冬夜离开太远苦寒,挤得太紧又刺痛,所以它们总设法永远保持相当的距离。上流人社交的客气礼貌,便是这距离的代表。这比喻何等有趣,又何等透彻,有了中年交友经验的人,想来是不会否认的。不过中年人有时候也可以交到极知心的朋友,这时候将嬉笑浪谑的无聊,化作有益学问的切磋,酒肉征逐的浪费,变成严肃事业的互助。一位学问见识都比你高的朋友,不但能促进你学业上的进步,更能给你以人格上莫大的潜移默化。开头时,你俩的意见,一个站在南极的冰峰,一个据于北极的雪岭,后来慢慢接近了,慢慢同化了。你们辩论时也许还免不了几场激烈的争执,然而到后来,还不是九九归元,折衷于同一的论点。每当久别相逢之际,夜雨西窗,烹茶蓺烛,举凡读书的乐趣,艺术的欣赏,变幻无端的世途经历,生命旅程的甘酸苦辣,都化作娓娓清谈,互相勘查,互相印证,结果往往是相视而笑,莫逆于心。其趣味之隽永深厚,决不是少年时代那些浮薄的友谊可比的。

除了独身主义者,人到中年,谁不有个家庭的组织。不过这时候夫妇间的轻怜蜜爱,调情打趣都完了,小小离别,万语千言的情书也完了,鼻涕眼泪也完了,闺闼之中,现在已变得非常平静,听不见吵闹之声,也听不见天真孩气的嬉笑。新婚时的热恋,好比那春江汹涌的怒潮,于今只是一潭微澜不生,莹晶照眼的秋水。夫妇成了名义上的,只合力维持着一个家庭罢了。男子将感情意志,都集中于学问和事业上。假如他命运亨通，一帆风顺的话，做官是已做到部长次长；教书，则出洋镀金以后，也可以做到大学教授；假如他是个作家，则灾梨祸枣的文章，至少已印行过三册五册；在商界非银行总理，则必大店的老板。地位若次了一等或二等呢，那他必定设法向上爬。在山脚望着山顶，也许有懒得上去的时候，既然到半山或离山顶不远之处，谁也不肯放弃这份"登峰造极"的光荣和陶醉不是？听说男子到了中年，青年时代强盛的爱欲就变为权势欲和领袖欲，总想大权独揽，出人头地，所以倾轧、排挤、嫉妒、水火，种种手段，在中年社会里玩得特别多。啊，男子天生个个都是政客！

男子权势欲领袖欲之发达，即在家庭也有所表现。在家庭，他是丈夫，是父亲，是一家之主。许多男子都以家室之累为苦，听说从前还有人将家庭画成一部满装老小和家具的大车，而将自己画作一个汗流气喘拼命向前拉曳的苦力。这当然不错，当家的人谁不是活受罪，但是，你应该知道做家主也有做家主的威严。奴仆服从你，儿女尊敬你，太太即说是如何的摩登女性，既靠你的养活，也不得不委曲自己一点而将就你。若是个旧式太太，那更会将你当作神明供奉。你在外边受了什么刺激，或在办公所受了上司的指斥，憋着一肚皮气回家，不妨向太太发泄发泄，她除了委屈得哭泣一场之外，是决不敢向你提出离婚的。假如生了一点小病痛，更可以向太太撒撒娇，你可以安然躺在床上，要她替你按摩，要她奉茶奉水，你平日不常吃到的好菜，也不由她不亲下厨房替你烧。撒娇也是人生快乐之一，一个人若无处撒娇，那才是人生大不幸哪！

女人结婚之后，一心对着丈夫，若有了孩子，她的恋爱就立刻换了方向。尼采说："女人种种都是谜，说来说去，只有一个解答，叫做生小孩。"其实这不是女人的谜，是造物主的谜，假如世间没有母爱，嘻，你这位疯狂哲学家，也能在这里摇唇弄笔发表你轻视女性的理论么？女人对孩子，不但是爱，竟是崇拜，孩子是她的神。不但在养育，也竟在玩弄，孩子是她的消遣品。她爱抚他，引逗他，摇撼他，吻抱他，一缕芳心，时刻萦绕在孩子身上。就在这样迷醉甜蜜的心情中，才能将孩子一个个从摇篮尿布之中养大。养孩子就是女人一生的事业，就这样将芳年玉貌，消磨净尽，而忽忽到了她认为可厌的中年。

　　青年生活于将来，老年生活于过去，中年则生活于现在。所以中年又大都是实际主义者。人在青年，谁没有一片雄心大志，谁没有一番宏济苍生的抱负，谁没有种种荒唐瑰丽的梦想。青年谈恋爱，就要歌哭缠绵，誓生盟死，男以维特为豪，女以绿蒂自命；谈探险，就恨不得乘火箭飞入月宫，或到其他星球里去寻觅殖民地；话革命，又想赴汤蹈火与恶势力拼命，披荆斩棘，从赤土上建起他们理想的王国。中年人可不像这么罗曼蒂克，也没有这股子傻劲。在他看来，美的梦想，不如享受一顿精馔之实在；理想的王国，不如一座安适家园之合乎他的要求；整顿乾坤，安民济世，自有周公孔圣人在那里忙，用不着我去插手。带领着妻儿，安稳住在自己手创的小天地里，或从事名山胜业，以博身后之虚声，或丝竹陶情，以写中年之怀抱，或着意安排一个向平事了，五岳毕游以后的娱老之场。管他世外风云变幻，潮流撞击，我在我的小天地里还一样优哉游哉，聊以卒岁。你笑我太颓唐，骂我太庸俗，批评我太自私，我都承认，算了，你不必再寻着我缠了。

　　不过我以上所说的话，并不认为每个中年人都如此，仅说我所见一部分中年人呈有这种现象而已。希望中年人读了拙文，不至于对我提起诉讼，以为我在毁坏普天下中年人的名誉。其实中年才是人生的成熟期，谈学问则已有相当成就，谈经验则也已相当丰富，叫他去办一项事业，自然能够措置有方，精神灌注，把它办得井井有条。少年是学习时期，壮年是练习时期，中年才是实地应用时期，所以我们求人才必求之于中年。

少年读古人书，于书中所说的一切，不是盲目地信从，就是武断地抹煞。中年人读书比较广博，自能参伍折衷，求出一个比较适当的标准。他不轻信古人，也不瞎诋古人。他决不把婴儿和浴盆的残水都泼出。他对于旧殿堂的庄严宏丽，能给予适当的赞美和欣赏，若事实上这座殿堂非除去不可时，他宁可一砖一石，一栋一梁，慢慢地拆，材料若有可用的，就保存起来，留作将来新建筑之用，决不卤卤莽莽地放一把火烧得寸草不留，后来又有无材可用之叹。少年时读古人书，总感觉时代已过与现代不发生交涉，所以恨不得将所有线装书一齐抛入茅厕；甚至西洋文艺宗哲之书，也要替它定出主义时代的所属，如其不属他们所信仰的主义和他们所视为神圣的时代，虽莎士比亚、拉辛、贝多芬、罗丹等伟大天才心血的结晶，也恨不得以"过时"、"无用"两句话轻轻抹煞。中年人则知道这种幼稚狂暴的举动未免太无意识，对于文化遗产的接受也是太不经济，况且古人书里说的话就是古人的人生经验，少年人还没有到获得那种经验的年龄，所以读古人书总感觉隔膜，到了中年了解世事渐多，回头来读古人书又是一番境界，他对于圣贤的教训，前哲的遗谟，天才血汗的成绩，不像少年人那么狂妄地鄙弃，反而能够很虚心地加以承认。

青年最富于感染性，容易接受新的思想。到了中年，则脑筋里自然筑起一千丈铜墙铁壁，所以中年多不能跟着时代潮流跑。但据此就判定中年"顽固"的罪名，他也不甘伏的。中年涉世较深，人生经验丰富，断判力自然比较强。对于一种新学说新主义，总要以批评的态度，将其中利弊，实施以后影响的好坏仔细研究一番。真个合乎需要，他采用它也许比青年更来得坚决。他又明白一个制度的改良，一个理想的实现，不一定需要破坏和流血，难道没有比较温和的途径可以遵循？假如青年多读些历史，认识历来那些不合理性革命之恐怖，那些无谓牺牲之悲惨，那些毫无补偿的损失之重大，也许他们的态度要稳健些了。何况时髦的东西，不见得真个是美，真个合用，年轻女郎穿了短袖衫，看见别人的长袖，几乎要视为大逆不道，可是二三年后又流行长袖，她们又要视短袖为异端了。幸而世界是青年与中老年共有的，幸而青年也不久会变成中老年，否则世界三天就要变换一个新花样，能叫人生活得下去么？还是谢谢吧。

踏进秋天园林，只见枝头累累，都是鲜红，深紫，或黄金色的果实，在秋阳里闪着异样的光。丰硕，圆满，清芬扑鼻，蜜汁欲流，让你尽情去采撷。但你说想欣赏那荣华绚烂的花时，哎，那就可惜你来晚了一步，那只是春天的事啊！

(选自《屠龙集》，1941年商务印书馆出版)

老　年

　　你说你此来是想向我打听点老年人的生活状况，好让你去写篇文章。好的，好的，朋友，我愿意将所知道的一切供给你。若有我自己还不曾经验过的，我可以向同类老人去借。我老了，算早已退出人生的舞台了，但也曾阅历过许多世事来，也曾干过一番事业来，我的话也许可以供你们做人方面和行事方面的参考。古人不有过老马识途的话吗？虽说现在的道路新开辟的多，临到三岔口，老马也会迷了方向。那不妨事，当闲话听也可以……

　　不要怕我说话多了伤气，老头儿精神还好，谈锋很健。况且十个老人九个噜苏，只愁没人耐烦听他，不愁自己没得说。

　　你说先想知道老人饮食起居的情形，那很简单。肠胃作用退化，上桌时不能多吃，但又容易饥饿，于是天然采取了婴儿"少吃多餐"的作用，平常人一天吃三顿或两顿，老年人至少五顿。老人又像婴孩般的馋。我幼小时看见年老的祖母，不论冬夏，房里总有个生着火的大木桶，玩魔术似的里面不断有一小罐一小罐吃的东西变出来。莲子、花生、蚕豆、核桃仁，每天变换着花样。她坐在桶边，慢慢剥着，细细吃着，好像很香甜，而对于她暮年的生活也以此为最满足。我父亲和叔父们在外边做了官，想接她到任上享享福，住不上一年半载，就嚷着要回故乡去。因为她实在舍不得离开那只四季皆春的火桶，和那些自己田地里产生的吃不完的果子。富贵人家便要讲究吃银耳、燕窝、洋参。古时候，七十以上仅仅以衣帛食肉为幸福，未免太寒酸，文明程度太不够。不过我所说的是富贵人，穷人不但没有肉吃，还不是一样要咬紧老牙根对付酸菜头和腌萝卜吗？

起居完全受习惯支配。习惯这怪物中年时便在你身体里生了根，到老年竟化成你血肉的部分，生命的一部分。无论新环境怎样好，老人总爱株守他住惯的地方。强迫老人移居是最残酷的，不但教他感觉不便，而且还教他感觉很大的痛苦。所以汉高祖迎太公到长安，不得不把丰沛故乡的父老连同鸡犬街坊一古脑儿搬了去——没有帝王家移山转海的神力，老太太还是宁愿守着家乡老火桶，而不贪图儿子任上的荣华。不说教老人移居，他卧房里床榻几凳的位置，你也莫想移动分毫，否则逼着你立刻还原不算，还要教他半天的咕哝。他的眼镜盒子原放在抽屉左边角上，你不能移它到右边，手杖原搁在安乐椅背后，你不能移它到门后，他伸手一摸不着，就要生气骂人了。

你口里虽没说什么，心里定要纳罕老人何以这样难伺候。哈，哈，老人有老人的脾气，也像少年人有少年人的脾气。七八十岁以上的老人还更麻烦哩。你听见过返老还童的话没有？所谓还童是这样意义：神明一衰，所有感情意志，言谈举止，都和以前不同，而执拗，偏僻，乖戾，多疑心，易喜怒，易受人欺骗，俨然孩童模样。这种老人顶不容易对付，论辈份他是你的曾祖父，论性情他是你五岁儿子的弟弟。老莱子彩衣弄皱，担水上堂仆地佯啼的那一套，我疑心他并非真想娱亲，倒是他自己一时的童心来复。他的老太爷和老太太童心一定更浓。不然玩的人可以这么起劲，看的人却未必会这么开心。

你问老人贪吝心较强，是不是真的。哦，这并不假。从前孔圣人也曾说"及其老也，戒之在得"。据叔本华说，人三十六岁前使用生活力像使用利钱，三十六岁以后便动用血本，年龄愈进，血本动用愈多，则贪得之欲自随之加强，所以这现象是由于生理关系。但我还要为这话补充一下，我以为除了生理关系以外，生活习惯的陶冶训练更为切要。少年时用的是父母的钱，当然不知爱惜，到了用自己挣来的钱时，知道其来之不易，就不免要打打算盘了。生儿育女之后，家庭负担更重，少年时对人的慷慨和豪爽，不得不把地位让给对儿女的慈心。譬如这笔钱本打算捐给某慈善机关的，忽然想到雄儿前日要我替他买套五彩画册，我还没有买给他呢，于是打开了钱袋，又不由自主地扣上了。这十余元本想寄给一个贫寒学生的，忽然想到昨日阿秀的娘说阿秀差件绒线衫。啊，别人的事还是让别人自己去解决罢，哪见得天底下真有饿死的人！年事愈高，牵累愈重，也就愈加看不开，甚至养成贪小便宜的脾气。人家送礼，一律全收，等到要回礼时，便要骂中国社会繁文缛节讨厌。同人家打牌，赢了要人当面给钱，输了就想赖账，明知人家想讨老人家喜欢，几个小钱，不至于同他计较。而一见天下雨喘呀喘呀端大盆接屋檐水，孙儿泼了半匙饭在地上赶紧叫人扫去喂鸡，儿子给她零用钱，一文不用，宁可塞在墙壁缝里破棉鞋里，让别人偷。又是一般老婆子常态，不必细述。

老人也有老人独享的清福。朋友，想你也有过趁早凉出门的经验。早起出门，雾深露重，身上穿得很多，走一程，热一程，衣服便一件一件沿途脱卸。我们走人生路程的也一程程脱卸身上的负担，最先脱卸的是儿童的天真和无知，接着是青年的各种嗜好和欲望，接着是中年以后的齿、发、血、肉、脂肪、胃口，最后又脱卸了官能和活动力，只留给他一具枯瘠如蜡的皮囊，一团明如水晶的世故，一片淡泊宁静的岁月。那百花怒放，蜂蝶争喧的日子过去了。那万绿沉沉，骄阳如火，或黑云里电鞭闪闪，雷声赶着一阵阵暴雨和狂风那种日子过去了。那黄云万亩，镰刀如雪，银河在天，夜凉似水的日子也过去了。现在的景象是：木叶脱，山骨露，湖水沉沉如死，天宇也沉沉如死，偶有零落的雁声叫破长空的寥廓。晚上，拥着宽厚的寝衣躺在软椅里，对着垂垂欲烬的炉火，听窗外潇潇冷雨的细下，或凄凄雪霰的迸落，屋里除了墙上的答的答的钟摆声，一根针掉下地也听得见。静，静极了，好像自有宇宙以来只有一个我，好像自有我以来才有这个宇宙。想看过去的那些跳跃、欢唱、涕泪、悲愁、迷醉的恋爱、热烈的追求、发狂的喜欢、刻骨的怨毒、切齿的诅咒、勇敢的冒险、慷慨的牺牲、学问事业的雄图大念，凡那些足以形成生命的烂漫和欣喜，生命的狂暴和汹涌，生命的充实和完成的，都太空浮云似的，散了，不留痕迹了。有时以现在的我回看从前的我，宛如台下看台上人演剧，竟不知当时表演的力量是从哪里来的，为什么悲欢离合演得如此逼真呢。现在身体从声色货利的场所解放出来，心灵从痴嗔爱欲的桎梏中解放出来，将自己安置在一个萧闲自在的境界里。方寸间清虚日来，秽滓日去，不必斋戒沐浴，就可以对越上帝。想到从前种种不自由，倒觉得可怜了。

不但国家社会的事于今用不着我管，家务也早交给儿曹了。现在像一个解甲归田的老将，收拾起骏马宝刀的生活，优游林下，享受应得的一份清闲。高兴时也不妨约几个人到山里打打猎，目的物不过兔子野雉，谁耐烦再去搏狮子射老虎。现在像一个退院的闲僧，一间小小屋子里，药炉经卷，断送有限的年光，虽说前院法鼓金铙，佛号梵呗，一样喧闹盈耳，但都与我无干，再也扰不了我安恬的好梦了。

啊，这淡泊，这宁静，能说不是努力的酬庸，人生的冠冕，天公特为老年人安排的佳境？

不过你们为过多的嗜好，和炽盛的欲望所苦恼着的青年人，也不必羡我。你要知道欲望是生命的真髓，创造力的根源。你们应当了解节制的意义，铲除则不必也不可能。韩愈氏究竟是个聪明人，他做序送一个会写字的和尚，曾调侃他说艺术进步的推动力在"情炎于中，利欲斗进"，出家人讲究窒情绝欲，他的书法的造诣恐怕不易达到高深之境云云。假如不明知说这话的人是唐朝文士，我们是否要疑心他是佛洛衣德的信徒？

再者老年人欲念的淡泊，其实是生理关系的反映。开花不是老树的事，一株老树若不自揣度，抖擞精力，开出一身繁盛的花，则其枯槁可以立待。设想以中年的明智，老年的淡泊，来支配青年的精力，恐怕是不合自然的理想。假如道家"夺舍法"果有灵验，叫中年老年的灵魂，钻入孩子的躯壳，那孩子定然长不大。试想深沉的思索，是否娇嫩脑筋所能胜任？哀乐的荡激，哪是脆弱的心灵所能经受？神童每多病而善夭亡，正为了他们智慧发展过早。所以孩子的糊涂是孩子幸运的庇托，青年的嗜欲是青年创造的策动，老年的淡泊也是老年生命的维持。颠倒了，就违反自然的程序，而发生意外的灾殃。思虑短浅的人们，对于造物主的计划，是不能妄肆推测的。

你想我谈谈老年人朋友问题。哈，究竟是少年人，一开口就是朋友。细推物理，有时觉得很有趣。有生之物，各成集团，永远不能互通声气。画梁间筑了香巢的燕子，从不见有喜鹊或鹧鹩来拜访。猫见了狗总要拱起背脊，吼着示威，哪怕它们是同在一家的牲畜。一样是人类，七八岁的孩子不爱和两三岁的孩子玩，也不爱和十二三岁的孩子玩，他们自有他们的道伴。青年人也不能和中年和老年人交朋友，所谓"忘年之交"不能说没有，但总不多。少年人见了年龄略比自己大些的人物，便觉得他们老气横秋，不可接近，甚至要叫他们做老头子老太婆。至于那些真正黄发驼背的老头子，或皱成干姜瘪枣的老婆子，和我竟是另一世界的人物了。他们世界和我们距离如此之远，有如地球之与火星和天狼星。听说火星里的人类头大如斗，腿细如鸟爪，天狼星里的人类身长百千丈，地球一只巨舰粘在他们指甲尖上只似一叶浮萍，虽说这样奇形怪状，我们并不怕，我们和他们本是永远不发生关系的呀。现在的青年人对于我虽说不至于以天狼星和火星人物相待，无形间的隔阂，一定是免不了的。所以老年人只好找老人做朋友，各人身上的病痛，各人的生活经验，各人由年龄带来的怪癖，由习惯养成的气质，彼此可以了解，彼此可以同情，因之谈起来也就分外对劲。况且我一开始就告诉你：老年人身心一切退化，只有说话的精神偏比从前好。牢骚发不完，教训教不完，千言万语，只是一句话，天天念诵的还是那段古老经文。性情爽直的青年哪里耐得住，他们对你采取敬而远之的态度，又何怪其然呢。至于两老相对，随你整天埋怨现在的生活比从前贵了啦，现在的人心比从前坏了啦，甚至天气也比从前热得多，蚊子比从前叮人更痛啦，自己养下来是八斤，儿子只七斤，孙女儿只有六斤半，可以证明一代不如一代啦，还有什么什么啦，对方听了决不会暗中摇头皱眉，或听瞌睡了额角碰上屏风，而惹你一场嗔喝的。

不过无论什么知心朋友，各有家庭，各有境遇，未必能同你整天相守。所以朋友以外还得有个老伴。老伴的资格应当是老兄弟或老姊妹，顶好是老夫妇。本来夫妇结合的意义，青年时代是恋人，中年时代是家庭合作者，老来就变成互慰寂寥的老伴儿了。

青年眼睛里的老年人好像是另一世界的人物，你说这话你也承认的。但你想知道老年人眼睛里的青年究竟像个什么？哈，哈，朋友，不恭敬得很，老人看青年，个个都是孩子，都是所谓"娃儿"们。自己家里子侄不必论，学校的学生，社会上一切年轻人，看起来也都是娃儿。其实这些娃儿并不老实。让我讲个小小故事你听。记得我从前有个朋友的女儿，我眼见她出世，眼见她长大，一向将她当做一个纯洁天真，毫不知世事的安琪儿。同她说话时，总像同小儿说话似的不知不觉把声音放柔软了，她在我面前也纯乎一团孜孜孩气。一天，我在她家客厅里翻阅报纸，等候她父母的归来。正看到一篇政敌争论的文字，忽听得隔壁这位十二龄的小天使和一位比她还少一岁的朋友谈天。原来她们在攻击她们的教师呢。一大串无耻啦，卑鄙啦，连珠般从两人口角滚出来。腔调那么自然，字眼又运用得那么辛辣，正不知我耳朵听的同刚才报纸上读的有什么分别。听了以后，不由得毛骨悚然，这才知道人不可貌相，孩子们离开大人，就变成大人了。现在那些十八九或二十二三岁的大学生在你面前说话，无论男女都温柔腼腆，未语脸先红地羞怯可怜，教你浑疑他们是只才出壳的雏儿，但谁知他或她不已是一个丈夫，一个妻子，或两三个孩子的双亲呢？谁知他或她从前不会在学校当过几年的教师，或在社会服过多年的务呢？他们恭恭敬敬，低声下气地尊你为某先生，某老师时，转过背来在他们同伙里，也许要以老成的风度，尖刻的口吻，喊着你的姓名，或提着你的绰号，批评你教授法的优劣，学术的浅深呢。

学生最爱替教师取绰号，这玩意我从前在学校时也干过。所取的绰号有极切合的，有不大切合的，有善意的，有恶意的。每人总有一种可笑之点。绰号就恰恰一把捉住这可笑之点而加以放大，教大家听了发笑。一人倡之，百人和之，顷刻传遍全校。虽不致"死作墓铭"，而的确"生为别号"。学生一批批毕业走了，你的绰号却不随之而走，除非你离开这学校，它才消灭。这段话本是节外生枝，不过因谈及绰号二字而连带及之云尔。

啊，我们不能尽说逗笑的闲话，也该讨论点正经问题才是。凭我过去经验，要想有所成就，就要惜阴，现代打仗术语是争取时间。"尺璧非宝，寸阴是竞"，老头儿不怕人笑，要搬出小时三家村塾读的两句千字文，当作青年贵重的赠品。西洋哲学家曾说：必须自己活得长，才能知道生命的短。青年正在生命道路上走着，所以觉得前路漫漫，其长无限。老人却算已爬上生命的顶峰，鸟瞰全局，知道它短长的究竟。孩童顶欢喜过年，从年事逐渐紧张的腊月初盼到除夕，也感觉有一段很长的时间。长大后便觉得一年过得很快，一本日历挂上壁，随手撕撕，一年便了。老人则更快而又快了。时间在孩童是蜗牛，在中年是奔马，在老人则是风轮，是火车。你别羡慕以八千岁为春秋的大椿国人的长寿，在他们感觉里，那么悠久的光阴也许只是电火的一闪，同蟪蛄朝菌差不多少呢。譬如十年的光阴罢，青年看来似乎甚长，老人则觉其甚短，一霎眼就有几个十年过去了。

但是，在短促的人生里，十年的光阴，也真不能说短。我要替那位哲学家的话再补上一句：必须自己活得长，才能觉察生命的长。无意在道旁插根柳枝，经过十年，居然成了一棵绿叶婆娑，可为荫庇的大树。建造一座屋，经过十年，地板退漆，墙壁缘满薛荔，俨有古屋意味。雕镂一方玉石图章，经过十年，棱角消磨，文字也有些漫灭，你还不常用呢。十年前摄了一帧相片，同镜中现在的自己一比，可怜竟判若两人。十年前存进银行一千元，现在会变成二千；一万就变成二万。你挣这个一万元，不知曾受多少苦辛，滴多少血汗，而那个一万元呢，是光阴先生于你不知不觉之间，暗中替你搬运来的。十年里你接过多少亲友结婚的喜帖，汤饼会的订约，死亡的讣告。十年里你看过多少社会情况的变迁，政局波澜的起伏，世界风云的变幻。你研究一门学问，经过十年，应该可以大成了，发明一件事物，经过十年，也该有个端绪了，办一项事业，经过十年，其成绩定已可观，就说建立国家罢,那当然不是短时间内所能奏功的,但经过两个"五年计划",至少也筑下一个坚固基础了。我们知道十年是如何的短,就该好好把握它。知道十年是如何的长,就该好好利用它。朋友,珍重你们那如花的最有生发的十年,善用你那无价的一去不复返的十年,别醉生梦死混过,弄得将来老大徒悲啊。

西洋人说老人是一部历史,又说老人是一部哲学,所以你想同我研究点人生问题。喔,人生问题,提起这题目先就吓人。这是个最神秘的谜,无论什么聪明人也不能完全了解。况且上寿不过百年,以这样短的生命而想在司芬克斯面前交卷,不被它一爪子打下山崖,跌个稀烂才怪。但我们可以想个经济办法,以三四十年的经历做基础,再饱读中外历史,再加上一点子浮薄的天文知识。当我们脑子里有了四五千年的历史知识,我们的生命就无形延长了四五千年。知道北斗星离开我们多远,知道银河里那些恒河沙数的太阳系的光线,到达地球需要几个光年,我们对于"时间"的观念便又不同了。正因老人的眼光看得远一点,所以老人对于历史的兴废,国家的盛衰,不大动心,也不易悲观。失败的不见得永久失败,兴隆的也不见得永久兴隆,生于忧患者死于安乐,先号咷者后必笑。在最艰难最痛苦的时代,我们只要拿出勇气来同恶势力奋斗,最后的胜利总要归于你的。一失望就失望颓废,那么就没有办法了。

喔,我们又把话说得离开范围了。快收回来。我不妨同你谈谈知人论世,这也是人生问题的重要节目,不可不知的。要论世先须知人,青年时代对人的看法很单纯,中年便不同,老年更不同。孩子捧着万花筒,看见里面一幕一幕色彩的变换,每惊喜得乱叫乱跳。老人早明白那不过几片玻璃作怪,并不稀罕。但你虽明白了它变化的原则,当你将筒子凑近眼眶,也不能不承认那颜色的悦目,图案错综得有趣。老人坐着没事,静静翻阅人生这部奇书,对于这几页总不肯轻轻放过，因为它委实教人欣赏，够人玩味呀。

明白青年人容易，年轻女郎漂亮是她生命，年轻男人，恋爱是他迫切的要求。好像花到春天一定要开，猫儿到了春天，一定要在屋顶乱叫。啊，男青年恋爱之外，还爱谈革命，不是马克思，便是牛克思，准没有错儿。明白知识低陋的人容易：农夫最大的愿望是秋天的丰收，人力车夫最大的愿望是多碰见几个主顾，多收入几角钱，晚上好让他多喝几杯烧酒。明白特殊的人也容易，你顶好莫向守钱奴要求布施，莫劝妒妇允许丈夫交女朋友，莫劝土豪劣绅不再鱼肉乡民，莫想日本军阀，自动地放下他们的屠刀。但世界上也有许多你认为极聪明的，极睿智的，有高深学问的，有丰富人生经验的，他的行事偏会出人意料之外，教你看不透，摸不准。比方一个学者写起国际论文来，天下大势，了如指掌，而处理身边小事，却又往往糊涂可笑。又有人辛苦多年，建设一番事业，却因后来知人不明，就此一座庄严的七宝楼台，跌成了满地碎屑。也有人精明强干，而偏好阿谀，他正在进行的事业，就不能发展，已成功的事业，也因此失败了。也有英雄，叱咤风云，鞭笞宇内，奴役了亿兆人民，破灭了许多国家，谁知他自己却甘隶妆台，听温柔的号令，结果身败名裂，为天下后世笑骂。可怜世人就是这么愚蠢，这么短视，这么矛盾。不怕你是个铜筋铁骨的英雄，足跟总还留下一寸致命的弱点。这样看来，历史所告诉我们的话都是真的，西洋十六世纪的剧作家以"性格"为造成悲剧的原因，也是不错的。所以唯物史家，以经济环境决定人的一切，我认为理论不完全。世上还有许多禀赋之偏的人哩：有的生来自私自利，只爱占别人的便宜。有的生来狼心狗肺，利之所在，至亲骨肉都下得绝手。有的生来一肚皮的机械，连同床共枕的人也猜不透他的为人究竟。有的生来气量褊狭，多疑善妒，苦了他人，又苦了自己。还有古怪的，偏执的，暴虐的，狠戾的，好权势的，伪善的，说也说不完，举例也举不得这么多。总而言之，这种人你在人生旅途上随时可以遇见。我们同一个人相处，应该明白他的痼癖之所在，他的弱点是什么，或对症下药，设法治疗他，或设法避免与他正面冲突，更要预防这种人在与你共同事业上必然发生的恶影响，这才勉强说得上知人两字。

　　论世，那更不易言了。长久世途的经历，各地不同风俗人情的比较，几千年历史启示的接受，教我们明白是非没有一定的标准，善与恶没有绝对的价值，没有一句教条具有永久的真理，没有一项信仰，值得我们生死服膺。而且一个人的成功与失败，只算某种条件下的成功与失败。这道理在历史人物身上，更容易看得出来。比方平常一个人犯了杀人之罪时，不受法律的裁制，就得受良心的裁制，他的灵魂永久莫想安宁，人命是关天的呀！可是手握大权的政治领袖们，有时为了发泄他个人的喜怒，或满足他个人的野心，不惜涂炭百万生灵，将一座地球化成尸山血海，他反而成为人间的奇杰，历史的英雄。寻常无故拿人一点东西，就被人奉上盗贼的雅号，等你把坚船大炮，轰进别个和平国土，却反美其名为开疆辟土，或拓展殖民地了。什么是正义的答案：成则为王，败则为寇。什么是公理的答案：窃钩者诛，窃国者侯。以个人而论，有的人立身行事，其实只算个小人，而在某种环境里，他却被人目为君子，有的人说的话，干的事，其实祸国殃民，足贻万世人心之祸，然而为了某种政治关系，他反而成为大众崇拜的对象。当时无数文字有意撒谎地歌颂他，后代历史以讹传讹地揄扬他，他不但成了当世一尊金光灿烂的偶像，居然还成了永久活在国民心目中的神。你再放眼看看历史上的例证：同样殉国烈士，有的流芳，有的湮没。同样卖国奸邪，有的挨骂，有的不挨骂。同样一个文学家，善于自己标榜的，或有门生故吏捧场的，声名较大，寂寞自甘的声名较小。更使人不平的有许多真正的志士仁人，当时被人钉上十字架，身后还留下千载骂名。假如他的事迹完全保存，也许将来还有昭雪之一日，否则只好含冤终古。一部二十四史多少人占了便宜，多少人吃了亏。多少人得的是不虞之誉，多少人得的是意外之谤。不但古代如此，现代也还如此，不但中国如此，外国也还如此，若一件件平反起来，历史大部分要改编过。但改编也未必有用，中国历史很多是有两部的，平反了些什么来？历史的错误可以矫正，人类的偏见却不容易矫正啊！

当我初次发现这些历史的欺诳，和社会上种种不平事实时，所感到的不仅是愤怒，是害怕，而是寒心，啊，透胆的寒心，彻骨的寒心。即如此，我们还努力做人干吗？我们应当学乖，学巧，学狡猾，拣那最讨便宜的道儿走。带着一张春风似的笑脸，一颗玲珑剔透的心肝，一套八面圆通的手段，走遍天下也不怕不得意，也不怕没人欢迎。

这样，男人就成了"老奸"，女人就成了"积世老婆婆"，哈，哈，你听见这话忍不住笑，对了，这真有点好笑。可是老头儿要正言厉色告诉你："奸"同"老"容易发生联系，但也不定就发生联系。人到中年，见多识广，思想有一度黑暗是真的。等到所见更多，所识更广，他的灵台方寸之地反而光明起来。所以老年人心地多比较的忠厚，比较的正大，而对于真理的信仰更加坚定。我只问你，为什么我们发现了社会不平事实，你会愤怒？你发现了历史的欺诳，你就刻不容缓地想把它平反过来，你自己不能平反，见了别人平反，你一样感到痛快？哪怕是你自幼崇奉的偶像，一觉察它的虚伪时，你也不得不忍心将它一脚踢出你的心龛去。好了，好了，这就是人类天生的是非心，人类天生的正义感，人类天生的真理爱。它的表面虽然时常改变，它的本质却是永不改变的。我们人类靠了这个才能维持生活的秩序，世界的文化靠了这个才能按步进行。但丁游了炼狱地狱之后，才能瞻仰到上帝的慈颜；老人也经过无穷思想的冲突，无穷悲观的黯淡，才能折衷出这个道德律。它就是上帝的化身，具有无上的尊严，无上的慈祥恻隐之性的。

我再同你谈谈人生：

人生像游山。山要亲自游过，才能知道山中风景的实况。旁人的讲说，纸上的卧游，究竟隔膜。即如画图，摄影，银幕，算比较亲切了，也不是那回事。朝岚夕霭的变化，松风泉韵的琤琮，甚或沿途所遇见的一片石，一株树，一脉流水，一声小鸟的飞鸣，都要同你官能接触之后，才能领会其中的妙处，渲染了你的感情思想和人格之后，才能发现它们灵魂的神秘。凡是名山，海拔总很高，路径也迂回陡峭难于行走，但游山的人反而爱这迂回，爱这陡峭。困难是游名山的代价，而困难本身也具有一种价值。胜景与困难，给予游山者以双倍的乐趣。名山而可以安步当车去游，那又有多大的意思呢。

人生有时是那么深险不测。好像意大利古基督教徒的地洞，深入地底十余丈，再纵横曲折人身筋脉似的四布开来，通往几十里以外。探这种地洞是有相当危险的。各人打着火把，一条长长的绳索牵在大家手里，一步一步向前试探，你才能由这座地底城市的那一头穿出来。听说某年有一群青年，恃勇轻进，无意将手中线索弄断，火把又熄了，结果一齐饿死在里面。啊，多么地可怕！

人生紧张时，又像一片大战场，成群的铁鸟在你顶上盘旋，这里一炮弹落下，迸起一团浓烟，那里一阵机关枪子开出一朵朵火花。沙土交飞，磨盘大的石头，冲起空中十余丈。四面天昏地惨，海立山崩，大地像变成了一座冒着硫磺气和火花的地狱。你眼瞎了，耳聋了，四肢百骸都不是你自己的了，而的打的打的冲锋号在背后催，除了前进，没有第二条路。啊，这又多么可怕！

我们应该排除万难，开辟荆棘，攀登最高的山峰，领略万山皆在脚下，烟云荡胸，吞吐八荒的快乐。我们应该兢业地牵着"经验"的线索，小心地打着"理智"的火炬，到地底迷宫去探险。打这头进去的不能打那头出来,不算好汉。我们应该胸前挂了手榴弹,手里挺起上了刺刀的枪,勇敢而敏捷地向敌人阵地扑去。我们的目的,不是成功就是死。死在战场上才是壮士的光荣。

人是生来战斗的,同人战斗,同自然战斗,也同自己战斗。只有打过生命苦仗的人,才允许他接受生命的荣誉奖章,才允许他老来安享退休的清俸。那些懒惰的,偷安的,取巧的,虽然便宜一时,最后所得到的只是耻辱和严酷的审判。冥冥中自有公平的法官。

真金是烈火里锻炼出来的,伟大的人格也是从逆境里磨炼出来的。温室中的玫瑰花,金丝笼里的芙蓉鸟,颜色何尝不悦目,歌声何尝不悦耳,无奈它们究竟离不开温室和金丝笼。一朝时势改变,失去了平安的托庇所,与外边烈日严霜相接触,末日便立刻到来了。青年时代多受折磨——只须不妨碍身心自然的发展——并非坏事。自己筋骨强固,志气坚刚,可以担当社会国家的大事,对别人的痛苦能够深切地了解而给予同情,而激发为大众牺牲的仁勇。自幼娇生惯养的人,多容易流为自私自利的个人主义者。一生都一帆风顺,也只能成为一个酒囊饭袋,社会是不需要这类人的。

认定了你良心之所安,真理之所在,便该勇往直前地干去。不必顾虑一时的毁誉得失,也不必顾虑后世的毁誉得失。脚跟要站得实,眼光要放得远。不要想得太多,过于发达了头脑,也许会痿痹了手脚。不要做孔子所责备的乡愿,世上惟有那种人最可耻。不要做耶稣所叱骂的法利赛人,世上惟有那种人最可恶。

做人要懂得一点幽默,生活才不至于枯燥。古今伟大作品多少带着一种幽默味。天分相当高明的人说话也自然隽永而多风趣。幽默虽然不是人人所能学,而了解幽默的能力却是可培养的。幽默可以刷清我们沉滞的头脑,振奋我们疲乏的灵魂,而给予我们以新的做人的趣味。好像我们在人生战场作战一番之后,坐在战壕里休息时,不妨由这个兄弟唱一段京戏,那个兄弟讲一个笑话,至少扮个鬼脸,互相取笑一下,也可以叫人感觉轻松,而增加再度冲锋的勇气。幽默可以使我们的人格增加弹性,使我们处纷华不致迷失本性,处贫贱不致咨嗟怨叹,戚戚终日;教我们含笑迎受横逆的境遇,哂视死神的脸。平常时候,你尚不知幽默的功用,到了困难痛苦的时候,幽默不但拯救你的性灵,还能拯救你的生命。

人活着不仅为自己,也为大众,个体消灭了,细胞何以存在?不仅要侍奉自己,也要侍奉别人,救主也曾为他门徒洗脚。不要太实际,带一点中世纪传奇气氛,做人可以美丽些。思想要有远景,不必把穿衣吃饭,讨老婆,生孩子,当做人生的究竟。生命是贵重的,必要时该舍弃生命,如同抛掷一只烂草鞋。我们自有远大的企图,神圣的鹄的在。

你听见老头儿信口开河,由自己生活经验,直扯到万万里外的星球,以为必有一番妙谛奇诠,可以启发我们的心意。谁知说来说去,仍不过几句老生常谈。这几句老生常谈,我们哪一本书里没有读过,哪一天报纸上不见过,哪一位先生长者训话不听过,用得你这老东西费这许多唾沫来说。哈哈,娃儿,你认错了指路碑,上了老头儿的当了。我所能指示你的也只这样一个平凡境界。可是世界上哪件事不平凡,譬如你每日三餐还不是平凡极了,为什么这刻板文章你总不能不写?老头儿到银河会见了牛郎织女,上天空拜谒了北斗星君,回来所能带给你们的,也只不过这几句老生常谈而已。

半日冗长的谈话,你回去想也要写得头昏腕酸,我早申明了老头儿的噜苏,谁教你来招惹他自讨这番苦吃。哈哈。

(选自《屠龙集》,1941年商务印书馆出版)

当我老了的时候

我的同学某女士常对人说,她平生最不喜接近的人物为老人,最讨厌的事为衰迈,她宁愿于红颜未谢之前,便归黄土;不愿以将来的鸡皮鹤发取憎于人,更取憎于对镜的自己。女子本以美为第二生命,不幸我那朋友便是一个极端爱美的人。她的话乍听似乎有点好笑,但我相信是从她灵魂深处发出的。"美人自古如名将,不许人间见白头",也许不是天公不许美人老,而美人自己不愿意老,女人殉美的决心,原同烈士殉国一样悲壮啊。

我生来不美,所以也不爱美,为怕老丑而甘心短命,这种念头从来不曾在我脑筋里萌生过。况且年岁是学问事业的本钱,要想学问事业的成就较大,就非活得较长不可。世上那些著作等身的学者,功业彪炳的伟人,很少在三四十岁以内的。所以我不怕将来的鸡皮鹤发为人所笑(至于镜子照不照,更是我的自由),只希望多活几岁,让我多读几部奇书,多写几篇只可自怡悦的文章,多领略一点人生意义就行。

但像我这样体质,又处于这个时代,也许嘉定的雾季一来,我就会被可怕的瘴气带了走,也许几天里就恰恰有一颗炸弹落在头顶上,或一粒机关枪子从胸前穿过,我决没有勇气敢同命运打赌,说可以夺取"老"的锦标。然则现在何以忽然用这个题目写文章呢?原来一则新近替某杂志写了篇老年,有些溢出的材料,不忍抛弃,借此安插;二则人到中年,离开老也不远了,自然而然会想到老境的种种。所以虚构空中楼阁,骗骗自己,聊作屠门之快,岂有他哉。

形体龙钟,精神颠顶,虽说是一般老人的生理现象,但以西洋人体格而论,六十五岁以内的老人如此,便不算正常状态。我不老则已,老则定与自然讲好"健"的条件,虽不敢希冀那一类步履如飞精神纯粹的老神仙的福气,而半死半活的可怜生命,我是不愿意接受的。

老虽有像我那位朋友所说的可厌处,但也有它的可爱处。我以为老人最大的幸福是清闲的享受。真正的清闲,不带一点杂质的清闲的享受。

这里要用个譬喻来说明。当学生的人喜爱星期六下午更甚于星期日。普通学校每天都有功课,而星期六下午往往无课。六天紧张忙碌的生活,到这时突然松弛下来,就好像负重之驴卸去背上担负而到清池边喝口水那么畅快。况且星期六下午自一时起到临睡前十时止,也不过九十个钟头,因其短促,更觉可贵,更要想法子利用。或同朋友作郊外短距离的散步,或将二小时的光阴花费于电影馆溜冰场,或上街买买东西,或拜访亲朋。有家的则回家吃一顿母亲特为我制备的精美晚餐,与兄弟姊妹欢叙几天的契阔。晚餐以后的光阴也要将它消磨在愉快的谈话与其他娱乐里,然后带着甜蜜之感,上床各寻好梦。到了次日,虽说有整天的自由,但想到某先生的国文笔记未交,某先生的算学练习题未演,某先生的英文造句未做,不得不着急,于是只好埋头用功了。懒惰的学生不愿用功,而心里牵挂这,牵挂那,也不能安静。老年就是我们一生里的星期六。为什么呢？世界无论进化到何程度,生活总须用血和汗去换来,不过文化进步的社会,人类精力的浪费比较少些罢了,由粗的变成精的,猥贱的变成高尚的罢了。种田的打铁的以为我们知识分子谋生不需血汗,其实文人写稿子买米下锅,艺术家拿他作品去换面包,教书匠长年吃粉笔灰,长年绞脑汁读参考书编讲义,无形的血汗也许比他们流得更多。生活的事哪里有容易的呢！当少壮中年辛苦奋斗之后,到老年便是休息的日子来到。少壮和中年不易得到闲暇,即偶尔得点闲暇,心里还是营营扰扰,割不断,拨不开。惟有老了,由社会退到家庭里,换言之,就是由人生的战场退到后方,尘俗的事,不再来烦扰我,我也不必想去想念它,便真正达到心迹双清的境界。

"有闲"本来要不得,本来是布尔乔亚的口气。但不被生活重担压得精疲力竭的人,不知闲的快乐；不到自己体力退化而真正来不得的人,也不知闲之重要；不是想利用无多的生命从事心爱的事业——例如文人之于写作,学者之于研究——而偏不可得的人,也不知闲的可贵。动辄骂人有闲,等自己遇着上述这些情景,也许失了再开口的勇气呢。

仿佛哈理孙女士曾说她爱老年,老年不但可以获得一切的尊敬,结交个男朋友,他对你也不致怀抱戒心,社会也不致有所疑议。我读此言,每发会心的微笑。今日中国社交虽比从前自由,但还未达到绝对公开的地步,事实上男女间友谊与恋爱,也还没有定出严格分别的标准。你若结交一位异性朋友,不但社会要用一双猜疑的眼在等候你的破绽,对方非疑你有意于他而不敢亲近你。则自己误堕情网,酿成你许多麻烦。总之,在中国像欧美社会那种异性间高尚纯洁的友谊是很少的,甚至可以说完全没有。我以为朋友只有人格学问趣味之不同，不应有性的分别。为避嫌疑而使异性朋友牺牲其砥砺切磋之乐，究竟是社会的不大方与不聪明。但社会习惯也非一时可改，我们将来若想和异性做朋友，还是借重自己年龄的保障吧。

爱娇是青年女郎天性，说话的声气，要婉转如出谷新莺；笑的时候，讲究秋波微转，瓠犀半露，问年龄几乎每年都是"年方二八"。所以女作家们写的文章，大都扭扭捏捏，不很自然。不自然是我所最引为讨厌的，但也许过去的自己也曾犯了这种毛病。到老年时，说话可以随我的便，爱怎么说就怎么说。要骂就摆出老祖母的身份严厉给人一顿教训。要笑就畅快地笑，爽朗地笑，打着哈哈地笑。人家无非批评我倚老卖老，而自己却解除了捏着腔子说话的不痛快。

人老之后，自己不能作身体的主，免不得要有一个或两个侍奉她的人。有儿女的使儿女侍奉，没儿女的就使金钱侍奉。没儿女而又没钱，那只好硬撑着老骨头受苦。年老人身体里每有许多病痛，如风湿，关节炎，筋骨疼痛，阴雨时便发作，往往通宵达旦不能睡眠。血脉循环滞缓，按摩成了老人最大的需要。听说我的祖母自三十多岁起，便整天躺在床上，要我母亲替她捶背，拍膝，捻脊筋。白昼几百遍，夜晚又几百遍。我姊妹长大后，代替母亲当了这个差使，大姊是个老实女孩，宁可让祖母丫头水仙菊花什么的，打扮得妖妖气气，出去同男们厮混，而自己则无日无夜替祖母服劳。我也老实，但有些野。我小时最爱画马，常常偷大人的纸笔来画，或在墙上乱涂乱抹。我替祖母按摩时，便在祖母身上画马，几拳头拍成一个马头，几拳头拍成一根马尾，又几拳头拍成马的四蹄。本来拍背，会拍到颈上去，本来捶膝，会捶到腰上去，所以祖母最厌我，因此也就豁免我这项苦差。我现在还没有老，但白昼劳碌筋骨或用了脑力以后，第二天醒在床上，便浑身酸痛，发胀。很希望有人能替我捶捶拍拍，以便舒畅血脉。想到白乐天的"一婢按我腰，一婢捶我股"，对于此公的老福，颇有心向往之之感。朋友某女士年龄同我差不多，也有了我现在的生理现象，她为对付现在及将来，曾多方设法弄了个小使女，但后来究竟不堪种种淘气，仍旧送还其家。她说老年图舒服，不如养个孝顺儿女的好，所以她后悔没有结婚。

听说中国是个善于养老的国家，圣经贤传累累数千万言，大旨只教你一个"孝"字。我不敢轻视那些教训，但不能不承认它是一部"老人法典"，是老人根据自私自利的心理制定的。照内则及其他事亲的规矩，如昏定、晨省、冬温、夏清、出必告、返必面、父母在不敢远游那一套，或扶持搔抑，倒痰盂，涤溺器……儿女简直成了父母的奴隶。奴隶制度虽不人道，而实为人生安适和幸福所不可无。游牧民族的阶级只有主奴两层。前清的大官，洗面穿衣抽烟都要"二爷"动手，而古罗马的文明据说建筑在奴隶身上。现代文明人用机械奴隶，奴隶数目愈多，则愈足为其文明之表示。细微动物如蚂蚁也有用奴的发明，奴之不可少也如是夫！但最善于用奴的还是中国人。奴隶被强力压迫替你服务，心里总不甘伏，有机会就要反叛。否则他就背后捣你的鬼，使你怄气无穷。至于儿子，既为自己的亲骨血，有感情的维持，当然不愁他反叛，一条"孝"的软链子套在他的颈脖儿上，叫他东不敢西，叫他南不敢北，叫他死也不敢不死，这样称心适意的奴隶哪里去访求呢？不过叫青年人牺牲半辈子的劳力和光阴，专来伺候我这个无用老物，像我母亲之于我祖母，及世俗相传的二十四孝之所为，究竟有点说不过去。儿女受父母养育之恩，报答是天经地义，否则就不是人，但父母抱着养儿防老的旧观念，责报于儿女，就不大应该了。有人说中国当儿女的人能照圣贤教训行的，一万人里也找不出一两个，大半视为具文，敷衍个面子光就是。真正父子间浓挚的感情似乎还要到西洋家庭里去寻觅，所以你的反对岂非多此一举？是的，这番话我自己也承认，多余的，但我平生就憎恶虚伪，与其奉行虚伪的具文，不如完全没有的好，所以我祈祷大同世界早日实现，有设备完全的养老院让我们去消磨暮景，遣送残年。否则我宁可储蓄一笔钱，到老来雇个妥当女仆招呼我。我不敢奴隶下一代国民——我的儿女，假如我有儿女的话。

婆媳同居的制度更不近人情，不知产生多少悲剧。欧风东渐，大家庭的制度自然破坏，有人以为人心世道之忧，我却替做媳妇的庆幸，也替做公婆的庆幸，从此再没有兰芝和唐氏的痛史，以及胡适先生买肉诗里的情形，不好吗？每日儿孙绕膝，这个分给一个梨，那个分给一把枣，当然是老人莫大的乐趣，不能常得，也算了。养一只好看的小猫，它向你咪呜咪呜地叫，同小嘴娇滴滴唤"奶奶"似乎有同样的悦耳；当你的手摩抚着它的背毛时，它就咕噜咕噜打呼，表示满腔的感恩和热爱，也够动人爱怜。况且畜生们只须你喂养它，便依依不去，从不会嫌憎你的喋喋多言，也不会讨厌你那满脸皱纹的老丑的。

人应该在老得不能动弹之前死掉。中国虽说是个讲究养老的国家，其实对于老人常怀迫害之意。原壤老而不死，干孔子甚事，孔子要拿起手杖来敲他的脚骨，并骂他为"贼"。书传告诉我们，有将老人供进鸡窝的，有送进深山饿死的。活到百岁的人，一般社会称之为"人瑞"，而在家庭也许被视为妖怪。这里我想起几种乡间流传的故事。某家有一老婆子活到九十多岁，除聋瞆龙钟外亦无他异。一日，她的孙媳妇在厨房切肉，忽见一大黄猫跃登肉砧，抢了一块肉就吃，孙媳以刀背猛击之，倏然不见。俄闻祖婆在房里喊背痛，刀痕宛然，这才发现她已经成了精怪。又某村小孩多患夜惊之疾，往往不治而死。巫者说看见一老妇骑一大黑猫，手持弓箭，自窗缝飞入射小儿，所以得此病。后来发现作祟者是某家曾祖母与她形影不离的猫。村人聚议要求某家除害，某家因自己家里小儿也不平安，当然同意。于是假托寿材合成，阖家治筵庆祝，乘老祖母醉饱之际，连她的猫拥之入棺，下文我就不忍言了。宜城方面对于老而不死的妇人，有夜骑扫帚飞上天之传说，则近于西洋女巫之风，但究竟以与猫的关系为多，也许是因为老妇多喜与猫作伴之故。我最喜养猫，身边常有一只，我也最爱飞，希望常常能在青天碧海之间回翔自得，只恨缺乏安琪儿那双翅膀，如果将来我的爱猫能驮着我满天空飞，那多有趣；扫帚也行，虽然没有巨型容克机那么威武，反正不叫你花一文钱。现在飞机票除了达官大贾有谁买得起。

当我死的时候，我要求一个安宁静谧的环境。像诗人徐志摩所描写的她祖老太太临终时那种福气，我可丝毫不羡。谁也没有死过，所以谁也不知死的况味。不过据我猜想，大约不苦，不但不苦，而且很甜。你瞧过临终人的情况没有？死前几天里呻吟辗转，浑身筋脉抽搐，似乎痛苦不堪。临断气的一刹那忽然安静了，黯然的双眼，放射神辉，晦气的脸色，转成红润，蔼然的微笑，挂于下垂的口角，普通叫这个为"回光返照"，我以为这真是一个难以索解的生理现象，安知不是生命自苦至乐，自短促至永久，自不完全投入完全的征兆？我们为什么不让他一点灵光，从容向太虚飞去，而要以江翻海沸的哭声来打搅他最后的清听？而要以恶孽般牵缠不解的骨肉恩情来攀挽他永福旅途的第一步？若不信灵魂之说，认定人一死什么都完了，那么死是人的休息，永远的休息，我们一生在死囚牢里披枷戴锁，性灵受尽了拘挛，最后一刹那才有自在翱翔的机会，也要将它剥夺，岂非生不自由，死也不自由吗？做人岂非太苦吗？

我死时，要在一间光线柔和的屋子里，瓶中有花，壁上有画，平日不同居的亲人，这时候，该来一两个坐守榻前。传汤送药的人，要悄声细语，蹑着脚尖来去。亲友来问候的，叫家人在外室接待，垂死的心灵，担荷不起情谊的重量，他们是应当原谅的。灵魂早洗涤清洁了,一切也更无遗憾,就这样让我徐徐化去,像晨曦里一滴露水的蒸发,像春夜一朵花的萎自枝头,像夏夜一个梦之澹然消灭其痕迹。

空袭警报又呜呜地吼起来了。我摸摸自己的头,也许今日就要和身体分家。幻想,去你的吧。让我投下新注,同命运再赌一回看。

(选自《屠龙集》,1941年商务印书馆出版)

辑五　晴窗札记

齿　患

　　人类生命之所以维持，无非靠空气和食物。五分钟不呼吸，就要闭气而死，十几天不吃饭，就要饥饿而死。食物又要经过种种消化机关，如牙齿、胃、肠，才能变成我们身体里的营养料。食物不经牙齿磨碎，胃肠的工作加倍繁重，结果便要因疲乏而怠工，或因过劳而生病，于是营养不能充分摄入身体，而人的健康和寿命，也要受其影响了。

　　中国人说长寿之徵，在耳轮之大而且厚。假如一个人生来两耳垂肩，则将来定有成为寿星的希望。但《三国演义》上刘备即曾具此异表，而这位有名的"大耳儿"似乎也只活了六十几岁。《镜花缘》又告诉我们，聂耳国的人民耳朵之长，睡时可当被褥，生了儿女，又可携带耳中，像袋鼠的袋似的，然而也没有听见聂耳国人如何长寿。则大耳之不足为寿徵也明矣。据我的观察，凡长寿的人都生有一副好牙齿，或者他的牙齿比普通人迟坏十数年。中国著名相经如《麻衣相法》，也没有齿牙一项，实为缺点，我以为应该增入。

我不幸生来体气比人弱,而一口牙齿又比别人坏。活不长是一定的了,而一年到头,为了牙齿麻烦不完,尤足令人恨恨。况且我牙齿之坏,并非完全天生,而大半是由人为,是无知和卤莽所致。现在且将廿余年来齿患的经过,写在下面。若同患者能引为鉴戒,则这篇文章就不算全无意义吧。

孩童时代若吃多了糖果,牙齿少有健康的。我幼小时因家境关系并没有多少糖果轮到我吃。但八九岁时一口新牙齿才换齐全,与大姊同时感染麻疹,有人从山东来带了两大袋山楂果给我祖母。这东西顶酸,平常时还不宜多吃,何况是出疹子的时候,可怜从前老辈对于小儿的卫生是毫不讲究的,小儿患病时的照料更漫不经心,这两袋放在我们病榻后的山楂,竟被我和大姊陆续摸空了半袋。这样就埋伏下我和姊姊终身的牙患的根源。咳,山楂果,你真该诅咒!

孩子们除了少数人外,谁没有一副美观而坚固的牙齿。我自八岁到十五岁一口牙齿还不是既整齐而又洁白,紧紧镶在红润的龈肉里,玉似的发亮?甘蔗根、干牛脯、炒蚕豆,甚至小胡桃,现在这些望而生畏的东西,从前还不是一咬就断,一磨就碎?十五岁以后,右下颚一颗因酸素受损而现黑纹的臼齿开始发难,一年总要痛几次,一痛就痛得腮高颊肿,眠食难安。"牙痛不是病,痛死无人问",大人们除了教你含口烧酒,或摊平一个鸦片烟泡贴在患处外边,也更无他法。有一回我和姊姊同时发了牙痛,女工介绍了一个挑牙虫的女人来替我们捉牙虫。她教我们先预备一碗冷水,用一根银簪在我病牙上挖上几挖,再向水里一搅,居然有许多蛆虫似的小生物在水中蠕蠕游动。看了之后,不禁毛骨悚然。我从此对于那颗病牙发生了莫大的憎恶,对于自己的身体也发生了莫大的怀疑。我那时已能略窥佛经,于佛所说人身宅有八万四千虫户,深信不疑。其实人的牙齿里哪容得肉眼所能窥见的虫类,无非是江湖妇女玩的手法而已。这秘密直到十年后读了一部黑幕大全之类的书才揭破。

后入安庆某教会学校读书,这颗病牙又作痛。学校将我送到同为教会所办之某医院诊治。主诊的是一位女医生。因内地西医缺乏,她在社会上薄负虚名,便心高气傲,不可一世。她又本不是牙医专科出身,遇有牙痛来请教的,不问青红皂白,一拔了事。替我略为诊断,便宣布要拔。我自从牙婆挑虫之后,对于那颗病齿的印象本已不佳,也以去之为快。但从来不曾拔过牙,不知拔时如何痛楚,就一口拒绝她,说自己宁可回家再用土法医治。世上竟有那样蛮不讲理的医生,她大约虐待贫苦病人太多了,残酷成性,专以病人痛苦为娱乐。我不让拔,她硬要替我拔,叫几个助手将我紧紧捉住,在我大哭大嚷之下,将我那颗白齿拔去了。既没有注射麻药针,女人腕力又弱,钳子在我口中挣挫了三四次,才能把那颗牙连根拔起。当我迎着大北风,吐着一口口鲜血,泪痕满面回学校时,确把那女医生恨入骨髓。不过病牙除去之后,立刻其痛若失,又感谢她起来了。

三年后,左下腭又病了一颗白齿。病情比前轻得多,但我有了一拔痛止的经验,又那时开始迷信科学,以为科学是万能的,将来到京沪一带找个西法镶牙的镶上一个,还不是同真的一样。于是决心以严厉手段对付这颗存心叛乱的牙齿。这回请教的是个男医生,教他注射了一管麻药,只一下就拔去了。可是腕力过猛,钳子碰着我的上腭,竟将我上边好好一颗白齿,敲去了半边。

从此我下腭左右各留一空隙。少年人牙根想必比较松,其余牙齿就向空隙挤。四五年后,两头几乎合了缝。下边所有之牙全生出空罅来,吃东西容易嵌,弄得像老人似的,牙签常不离手。升学北京后,左下腭靠空隙处,又有一颗白齿作痛。找了个姓张的牙医说明连医带镶,因无钱只镶右边的,一共不过廿元代价。这医生用银粉补了我的痛牙,又磨小了我右边两只康健的白齿,做了个金罩,算将一边缺陷补满了。但那颗病牙还是痛,从前还可用烧酒、冰麝片,或别的药水来麻醉它,现在表面上罩了一层金罩,痛在里面,药品也无济于事。而且张姓牙医替我做的金罩也不坚固,不久就破损脱落了。父亲那时恰因谋事在京,见我痛得可怜,带我去见那大名鼎鼎的徐××牙科博士。他先把那姓张的医生骂了一顿,说这些人都不过是当牙医助手出身的,毫无学术,不该盲目地去找他。又叫助手钻通我那痛牙的银粉以便用药。谁知姓张的给我镶的牙齿不牢,补的却非常之牢,接连钻了两三个钟头,还没钻通,而人已痛得受不住。徐博士等得不耐烦了,拔去罢,拔去罢,提起钳子只一下,又去了我一颗根株尚很坚固的白齿,连在安庆所拔的已去了三枚了。他替我左右各做了一列金牙,连虚带实替我做了七个金牙,要了我父亲七十银圆。七十银圆,在那时代可以敷衍两个八口之家一个月的生活,也算很贵的了。

民国十年,赴法读书,平安地过了两年。左边蒙在金罩下一颗智齿又有点不安分。没法,只好请医生将罩子取下,用药治疗。痛止后再上罩。但不久之后,又痛了。金罩必须锯破才能取下,锯破后则医生就要当新做的算钱。法国俗话道:"牙齿就是强盗",我这个穷留学生哪里胜得过强盗们的勒索。第二回卸下金罩治疗时,我要求医生将齿中神经杀死,免得它再作怪。医生不肯,说死了的牙齿没有抵抗力易于腐朽;根据他医生的道德是不能这样干的。但我要求甚坚,医生扭不过,只好用一种小电棒似的东西在我病齿里一点,一种很锐利的痛楚像炸药着火般从牙里爆发开来。很快的波及全口牙齿,很快的波及头颅,又很快的波及全身。结果浑身发出急剧的痉挛;痛得额角冷汗直淋,痛得心肝肠胃的位置都像翻覆,痛得人一阵阵发昏,但意识却分外清楚,叫你体认着这无可言喻的痛楚。好像传说地狱的刀锯和油鼎,把你锯成了两半,把你煎成了油炸桧,还不教你死。挨过了几小时,才慢慢缓和了。这是我平生第一次经验痛楚的感觉。它在我脑海里留下一个永远鲜明的记忆。

口中镶的金牙既多，我竟患了一种梦中磨牙病，睡到半夜，全口牙齿就捉对厮打起来。一上一下，一往一复，拉锯般拉得真起劲。据同室共寝的人说那磨戛的声音真可怕，真所谓"咬牙切齿"。清楚时无论如何也没有这般力量。所以我的义齿用不上三年，就给睡魔磨通了，又得花一笔钱从新做过。回国十余年间，重做了四五次。遇见的医生，一蟹不如一蟹，材料劣，手术差，我梦中磨牙也愈来愈厉害。听说金屑可以杀人，十余年来，我睡中吞下的金屑当亦不在少数，而我竟未死，可见古人的话也有靠不住的。你们总该听见有所谓卧游病者罢，人睡在半夜里会爬起来闭着眼干他白昼的工作。有起来编织几双草鞋的，有到井边挑两担水倾在缸里的，有爬上很高的屋子在危檐边行走一通再摸回榻上的。这仅仅是病症并非妖人在行什么邪法，但我听见这些故事，身上总不免毛瘆瘆的，假如真遇见那类病人也不免要将他当妖物看待。所以我知道自己有梦中磨牙病时就深为讨厌，想借医药的力将它治愈。请教中医说是心火，请教西医又说是神经拘挛现象，用了许多药，始终没医好。现在下腭的牙齿所存已无几了。上腭的牙齿，经过十余年梦中的磨戛，也全部动摇了，这怪病竟同我不辞而别了。直到于今，同一位牙科医生谈起，才知道这病是由义齿关合面不合而来。旧法镶牙必用金罩，不但为了一颗病牙牺牲两颗好牙，上下关合面也不容易和从前一样吻合而无间。人体构造真奇妙，它各部分的衔接和各部分的组织都有一定，分毫不能差错。若有什么不合式的地方，神经末梢，就通信给你的大脑中枢，唤醒你的意识，叫你赶紧想法子调整。若你还置之不理，你的下意识就要越俎代谋了。我的梦中磨牙正是下意识指挥筋肉修正牙齿关合面的作用。但磨坏全口的牙齿，下意识却不能负责，因为它本是机械的。于今新法镶牙，不用金罩而用金桥，不改动关合面，就不致发生这种不幸现象。

或者每年请牙医诊察一次，改正龃龉处（这种龃龉，隐约得连自己也不觉察，所以需要牙医诊察）。我因为不知道，就白白牺牲了一口牙齿。咳，可惜啊可惜！

白齿虽都动摇，门牙总算还好。上下四枚犬齿尤其大而坚，洁而白，我曾戏封之为"四健将"。这本来只打算再活十五年，想这四枚犬齿总该可以与我生命同其悠久罢。不意民国廿五年冬，下腭靠右边犬牙的一颗小白齿忽因发炎而作痛，后又生了一个牙痈，时常出脓，到武昌请教一位牙科医生，他说非拔不可。这位医生是新从四川成都某教会办的牙科大学毕业的。据说这大学牙科方法之新，在世界都数一数二。卒业出来的学生，布散全国，就和传道的教徒一般，负有传播新法的使命。医士年龄颇轻，见了我这个知识分子的主顾，一心想宣扬他们的医道，在注射麻药后等待药力发作的一个半钟头里，他的舌头就没有停过半分钟，就在运用手术时还在滔滔不断地说着话。拔牙之后，顺便上街买点东西，就布店镜子偶尔一照，哟，坏了，坏了，他拔去的不是病齿，而是那颗四健将之一的犬牙。我那时一气真非同小可，赶回牙医处同他理论，那当然是白费口舌。落花不能重返枝头，拔除了的牙齿难道还可以装进口里吗？无非把他的糊涂谴责了一顿，要他补拔那颗病齿，就此和平了结。因右下腭除门牙外都是假的，要做固定金桥无处安根，只好做了一个活动橡皮托子。活动的比固定的的确麻烦多了。第一不干净：每吃东西，残屑总要积集托子下面去，非取下洗刷一番不可。第二容易遗忘：漱口刷牙取下每忘记安上，或者已走出大门一大段路了，又为它折回。第三咀嚼不便：硬的嚼不动，软的如糯米糕饼之类，就将它粘起，打得其他牙齿咯落咯落地响。

抗战发生后，随学校迁移四川某县。又有几颗白齿作痛。我因为拔得太寒心了，百计千方用药疗治，只想将它们保留在口里。谁知中年牙齿不比少年，不痛则已，痛了之后，就不能再止。这时候的痛也不如少年时剧烈，只是阴丝丝地。但这痛可也厉害，叫你每天身上隐隐发寒发热，叫你饮食减少，逐渐消瘦下去。归根还是一个个拔去了。拔下来的牙齿都无病，病在牙根，这又是十余年梦中磨戛的结果。这里还得补叙一笔，我在法国留学时，不是强要医生杀死一颗智齿的神经吗？这颗牙齿经过四五年以后，果然烂成一团黑灰，于是我左下腭接连三颗白齿都空了。那一列金牙失了撑支点也跌了下来。在上海有人介绍一位牙医，他说有办法再镶。他磨小了我一颗犬牙，一颗小白齿，连同原来磨小的一颗，套在三个相连金罩下，金罩靠里一头又做了三颗假的，看去也颇美观，咀嚼却无甚力量。而且上腭牙齿的力，压在那三颗无根假齿上，照物理学上杠杆原理，重点力点同支点距离相等，重点的重量超过力点，杠杆就要倾斜。我那三颗无病的真齿，天天受假齿压力的牵掣，也就日趋倾斜起来，并且常常作痛，幸而我发觉尚早，赶紧请别的医生将这支杠杆拿掉，总算还保全了一颗犬牙，半颗小白齿——因为它虽不再痛，可是根株动摇，不能算是一颗完全的了。到嘉定后，武汉做的活动橡皮托子已坏，我就请本地某牙医（他同那位错拔我犬牙的医生是同学）做了个大些的活动托子，连同左边空缺都补全，勉强可以应用。上腭也做了一个活动胎子，因易于下坠，就懒于带它，只好当珍玩，搁在箱里收着。

去年八月十九日，本城迭遭轰炸，城中居民住所被烧，栖身无所，未被烧的也心胆皆裂，纷纷下乡疏散。我到乡间拜访一位新迁去的朋友，打算托他找房子也搬家。人力车在麦田里翻了一个跟头，将我像一支箭似的从车中射到田里，笔直扑在地面上。鼻上眼镜并没有碎，衣服也没扯破一缕，所有打击的力量，偏偏都集中于我上腭四颗门牙上。当时只出了一点血，并发生一阵痛楚，以后也就没事了。但不久之后，发炎出脓，于是又来一套拔除和镶金托子的老调。开头金脚做得太小,架不住四颗磁牙和金托的重量,半年中坠落数次。今夏发愤要医生重新做过。而分量又太重了。那两颗作为支柱的犬牙,又提出不克负荷的控诉。初则痛,继则龈肉上缩,露出很长的牙根。我从前那些臼牙,都是害这同样的病同我分手的,所以看了很感胆寒,只好再请医生设法。所以我这一排门牙镶了一年还没舒齐。医生见了我都头痛,认为不是主顾而是晦气星。门牙又不比臼齿,狗窦大开,不惟无脸见人,说话也因漏风而说不清楚,我们教书匠失了口舌的运用,关系当然相当严重。我不敢学许钦文先生,把抗战以来一切生活上的不舒适,都归罪于日本侵略者的暴行,但我这一次口中之开狗洞,却真是拜受了他们大赐的。

闹了廿多年的齿患,同牙医又交涉了廿多年,所有经验也值得一述:

医治时的可怕的手续是"拔"和"磨锉"。"拔"是大辟之刑。事前想着医生要在我肉里析一块骨头去,就好像刽子手要砍了我头颅去一样害怕。留着呢,剧烈的痛楚又日夜煎熬着你。想长痛不如短痛,还是把心一横去拔了罢。可是到了医院又几度萌生悔心,恨不得缩了回去。硬着头皮进去见了医生,巴不得他说一声:这牙不必拔,我另有妙方将它医好。但医生都是严冷无情的法官,定了你的死罪之后,就从不会有笔底超生的事。无可奈何,只好壮着胆往手术椅上一坐,心勃勃乱跳,身上不住一阵阵寒颤,问的都是傻话:如痛不痛?能不能一下拔去等等。医生只带着惯常的微笑,说几句照例的安慰话,仍然很安详很熟练地进行他的工作。等麻药针打过,他拿起那把大钳子来,浑如绑在刑场的死囚瞥见了刽子手举起明晃晃的鬼王刀,更觉得心惊胆战。这时候不觉会将口闭得紧紧的,比牡蛎遇见外界刺激时闭得还紧;两只手也不觉做出抵抗医生近前的姿势,一定要医生又说一大篇保证的话,才肯将口略张一张。不过几秒钟,病牙便脱离了我的口腔，等于刽子手的刀一挥，头颅砉然落地，惊恐也完了，痛楚也完了。其实注射麻药之后，拔时一毫也不痛，所受的是精神上的痛苦，而不是肉体上的痛苦。这才知道虚构忧怖之难堪，在实际痛楚之上。莫泊桑写一个贵族，宁可在决斗的前数小时，开手枪将自己打死，而不愿去忍受决斗的恐怖，是很合心理的描写。

现在我因为年龄和经验的关系，拔牙时很镇定，拔一颗牙等于剪除一片指甲，完全无动于衷了。

"磨锉"是迟缓的酷刑。医生脚踏着转轮，将一些扁圆形的，大的小的锉子轮流在你牙齿上磨来磨去。有时用薄而圆的小钢片，有时用砂纸片，有时用尖头钻，有时用凿子，这么一钻那么一凿，一种波形的振动由口腔传到两太阳筋；有时那振动就像一支无形细钢丝，作一种螺旋的姿态，由牙齿一路旋上去，旋上去，直旋到天灵盖，然后再由天灵盖散布到四肢百骸。所以经过一次磨锉之后，我一定要晕眩几天，脑力也像迟钝了若干度。开始磨锉时，磨的不过外面珐琅质，并不叫你感觉什么，磨到石灰质，就酸溜溜地不好受了，再磨到神经末梢，痛楚的感觉就分明了。我因为从前在法国受了那回苦，遇见磨锉时候，总提心吊胆特别警戒，一到感觉牙齿酸溜溜，便叫医生将工作停止，但牙齿不磨到一定限度的大小是不能装进金罩的，医生不管你痛不痛，还是要替你磨。有时教助手喷点冷水，顶多替你注射一管麻药针，让暂时麻醉麻醉。可怜我的神经又偏比别人来得灵敏，十余年来，为磨锉牙齿，零零碎碎，又不知受了多少罪。

"访医"又是最讨厌的事，是命定必须忍受的麻烦，所以也算得一种刑罚。当我住在武昌珞珈山时，每为齿患求医，必搭公共汽车进城，换人力车到轮渡，由轮渡到汉口，再换人力车到牙医寓所。那些比较有名望的医生，来找他的病人特别多，常常高朋满座，要你很耐烦地坐在待诊室里，等先到的一一诊毕才能轮到你。近午之际，医生宣布停诊了，你没医着牙也得先医医肚子。从饭馆吃了饭再来，等医诊手续完毕，这一天也完毕了。一颗病牙从拔除到镶好，总要教你跑上十几趟，所费光阴和金钱，你算算该是多少？

从前我以为西法镶牙，可与天工争巧，镶一回可以管得一世，所以勇于拔，乐于镶。后来才知道无论金罩，无论活动胎子，做得顶好的，也只能用十年或七八年，若做得不好，或有尴尬情形，如我的磨牙病，则寿命更短。每次诊务完毕之后，我把一腔感谢，和一笔谢仪，卸在医生处，很轻松地走了出来，心想这一回是末次了。啊，末次，它原来永远是开头的一次，我现在也不再做那末次梦了。我已同牙医们结了不解之缘，想必要同他们缠纠到生命的末日。这是自然叫我担负的额外"人生苦"，我只有勇敢而忍耐地支持下去罢了。

廿年中，所遇见的牙医，有留美的，有留日的，有本国牙科大学毕业的，有当助手出身的。最后一类人，大都是江湖骗子。像在我口中安杠杆的那位先生，就骗了我不少的钱，并给我很大的损害。还有出身虽不高而虚名颇大的，也寻他不得。他们利心太重，做的金罩，往往其薄如纸；又不肯在齿面做出凸凹槽口，咀嚼不便，又不久就磨通。镶的高低不合，他们决不肯替你另做，只把你上腭健康的牙齿，乱磨一阵，所以关合面愈不吻合而越酿成他患。留日的价钱便宜，但做的东西不能经久。留美的比较好，不过上海从前某某名牙医，胃口可真大，轻易请教不起。并且还用不正当手段，诈人钱财——如用药水涂改签定价目单之类。我认为还是本国某牙科大学出身以新法相标榜的人，有点道理。他们用的材料来得道地，又富于研究精神。虽然我被他们中一个错拔一枚犬牙；一个替我镶门牙镶了一年，还没完工，我可不大埋怨。认为那不过是无心的过失或门牙本不容易镶的缘故。新法究是进步的。譬如他们金桥的办法，就比旧法金罩强，我若早遇着他们，也许不至于葬送一口牙齿吧。

为同牙医交涉频繁,我对于牙医院的情况也比较熟悉。我欢喜研究病人们就诊时各种姿态。因为从他们可以约略认出过去自己的影子。小儿拔牙时,号啕挣扎,两三人极力捉住他,还往往被他踢倒漱口架,或抓破看护妇的围裙。小姐们连注射麻药,都要同医生扭上半天。拔时明明不痛,也要连声嚷痛。老太太们一口黄黑稀疏的牙齿,古怪得怕人,但她们遇有疼痛,总要求医生用药疗治,不愿意拔,好容易才能说服她。我常托熟到医生工作室里去观光。石膏粉、模型夹、橡皮杯、硫酸瓶、刀子、刮子、风箱、锅、灶,还有许多应当用专门名词才能指出的工具,古里古怪,摆满一屋子。医生做模子的情形很可观,容易教你联想到古代的炼金术士。助手踏着风箱,橡皮管里喷出红绿蓝白的火焰,金屑受了强烈的火力的燃烧,变成通明的金液,的确美丽极了。欢喜说话的医生,工作时就会同你娓娓清谈,宣扬自己的技术,当然是不可少的一笔。他会告诉你,牙齿对于人身影响之大,原来我们有许多足以致命的疾病,都是由牙齿来的。可见中国"牙痛不是病"的观念是应该矫正了。他又会告诉你北美爱斯基摩人牙齿最好,白种人牙齿最坏,齿患同失眠,神经衰弱,同是一种文明病。将来文明进步,也许人类都要变成无齿类的鸟儿一般的东西。哈哈,那才有趣呢。

镶牙之法,中国古亦有之。宋陆放翁诗"染须种齿笑人痴",楼钥《攻愧集》亦有《赠牙医陈安上》曰"陈生术巧天下,凡齿之有疾者,易之以新,才一举手,使人终身保编贝之美"云云。按今日西法镶牙,还没有达到尽善尽美地步,则中国古代种齿法之欺人可知。袁子才有《齿痛》、《拔齿》、《补齿》五古三首,叙经过甚详。其补齿云:"有客献奇计,道齿去最惨……我能补后天,截玉为君嵌,缚以冰蚕丝,粘以彦和糁……",原来义齿材料是用玉,而且缚以丝,粘以糁,你想哪能够求其牢固,无怪子才安上这义齿后,还没吃完一顿饭就摘下来抛掷了,总之科学无论如何进步,人生器官总不如真的好。我现在只想能再生出一副新牙齿,但这当然是做梦。读仙人张果老传,唐明皇同他开玩笑,故意赏给他一杯毒酒,他喝过只醺然醉了一会儿。醒来时,一口牙齿却都焦黑了,他袖中取出一柄铁如意,逐一敲下,敷上一些仙药,须臾张开口来,依旧满口灿然如玉。微笑着很幽默地说:"上之为戏何虐也!"这记载何等叫我们这类苦于齿患的人悠然神往呀。神仙的法术已无从传授,我们亦惟有遗憾百年而已。

因之我想:一个人处理咀嚼器官失当,不过影响一己寿命的短长,若处理国家民族的利益也无知而卤莽,则贻害之大,真吓人了。

(民国廿九年九月某一日,从牙医处回家写
原载上海《宇宙风》乙刊三十三期)

我的书

文人多穷,只有书籍算是他们惟一的财产。我滥竽大学讲席前后廿余年,薪俸所入,本亦可观。抗战开始时,激于一时的爱国热忱,捐献国家一笔大家认为相当大的款项,一部分钱,维持一寡嫂一胞姊的家庭,担负了五六个甥侄的教育费,再一部分的钱,尽都花在书籍上,虽然不敢说缥满缃架,在一般同人中,我也足称为一个藏书颇富的人。不过自己物质享受,则一点没有了。

我虽爱书成癖,但与书的缘分则颇有限,廿年以来,屡聚屡散,很少有几本书与我相随终始的。我所遭损失,虽无易安居士之大,而事后回忆,唏嘘惋惜之情则一。乱世书生,命运大都相似,我想这还是不说它为妙。

我第一次游学法邦,志愿系学艺术,因为多病及其他事故的耽搁,在里昂国立艺术专科学校,只学到人体素描的阶段,即因慈母病重,辍学东归。东归以后,自知无望再来,既不能将整座的艺术学校搬回中国,继续研究,只有放弃成为一个艺术家的愿望,来改学文学吧。所以临行前，托研究文学的朋友，开了几张书单，买了足足两大箱的文学书，自十八世纪到现代名家的作品，应有尽有。带回之后，因为忙于教书，一直无暇展卷。抗战前一年，舅翁张余三先生将上海的家迁回南昌原籍，把我的书也都运回去了。南昌陷敌后，我们的房子被"皇军"连根铲平，改建什么军事机构，屋中所有，当然一概荡然。我那两箱法文书，损失尚不足惜，最令我惋恨不已的是舅翁余三先生的中文书籍。他虽是个商人，却寝馈于中国古文史，一生别无嗜好，只欢喜购置图书。在战前约值银币万元，说明了将来一概遗传给我，谁知我一本尚未到手，便被战神收拾去了。

在东吴大学执教时，课余常去逛旧书铺，倒给我买了不少真正的线装书。到鄂后，寓所托一男仆看管，五六年都无恙。"皇军"入苏州城，那个男仆当然不得不暂时躲避一下。等到乱定回来，则整屋的东西都化乌有，不知是被日本人运走了，还是当地穷人趁火打劫了去？他们连书都要，也算是风雅盗贼了。

任教武大六年内，我也买了一大批的书。我的书斋中有六只书架，楼上寝室又是六只，一共十二只，都满满插着书。虽然都是商务中华及普通书店的廉价本，并无一本珍籍，但也有几部大部头的像廿五史，十通之类。此外则文艺刊物，无一不备。当时书报订价极廉，每年两三元便可定一份有价值的杂志，人家希望我替他写文章，又愿意常年赠阅，因此杂志也占了几只书架的地位。记得有一位以前中学时代的同学而在母校教书的朋友来看我，见了我的书，吓了一跳，对我说："你一个人怎么看得了这么些书？我们普通中学的图书馆所有还没有你的多呢！"

廿七年春，战氛愈恶，武大决定西迁四川，我也作随校入川之计。因交通的限制，我们许多衣箱，只好在汉口租界这家朋友处寄顿一点，那家亲戚处安放一些。书呢？平时爱如珍宝，这时则成为很大的累赘，文艺刊物整捆送到伤兵医院，或赠给各地麇集珞珈、待船入川的朋友们作为消遣。不甚重要的书，仍留原寓，等于抛弃；次要的检了几百本送给武大图书馆；重要的装了几大藤箱连同一些杂物，寄存于武昌花园山的天主堂。那时本堂神父即现任主教郭时济，蒙他慨允代为保藏。我自己则仅带了一箱工具书如辞书字典讲义文稿之类到了四川乐山，请出来也垒满了一只书架。

战时留川八年，并没有添置什么新书，一则为了战时书籍纸张印刷太坏，惧伤目力；二则除了新文艺，没有什么有价值的书，而我则为了文坛被左派垄断之故，讨厌他们偏激的论调，因而也憎恶新文艺；三则那时我们一般教书匠，终日在柴米油盐旋涡里打滚，实无读书的余暇，既不能读，添购何用？

胜利第二年，武大始得复员东返珞珈。到天主堂拜访郭主教，询问藏书下落。他说日军入城时，秩序一度混乱，他人寄存的东西，大都失去，我的书籍系寄放在机要文件室，地点偏僻，无人注意，所以还是安全。我领取钥匙，想先查看一下。进室及见那几只藤箱，堆在墙角，尘埃满积。打开一只储藏杂物的网篮，几筒茶叶已霉成黑色，但几瓶药酒，仍闪着琥珀色的光，拔塞一闻，酒香扑鼻，依然可以饮用。尤奇者，一座德制小钟，一托在掌中，竟滴答滴答响了起来，并且响了好久一阵，似乎是见了阔别多年的主人，喜不自胜，努力吐出一点声音，来作表示。宇宙万物，无论有无生命，都有一个灵魂，都有喜怒哀乐的情感。我们有了《青鸟》里仙女的金刚钻，固可发现它们的秘密，没有呢，在某种特殊的环境之下，也有很神奇的泄漏。这座小钟不正是一个例吗——我这座钟久成废物，但我至今还是将它带在身边，便是感念它当时对我那一点情意，不便忘怀之故。

第二天，雇了一辆卡车，将所有书籍箱之类运回珞珈，才发现靠墙两箱受霉湿过久，已是朽坏，其中书籍，都变成黑不黑，黄不黄的烂树桩的一团，并有无千无万的蛀虫窟穴其间。恐其蔓延，只有一火了事。其余书籍又陈列了几架。虽不如战前的壮观，也还将就看得过去。复员三年，我又陆续购买了一些书，不过战后物力艰难，所置究竟有限了。

民国卅八年，香港真理学会请我去当编辑，行李寥寥几件，携带并不困难，最难处置的还是那几本书。装了两大木箱，寄存某处，随身又带了两箱到上海，最后仅带了一箱到港，在那个寸金之地，这箱书惹了无数麻烦。卅九年去巴黎企图研究某项文学与古史的问题，千挑万选地又带了一小木箱的工具书。到了巴黎以后，才知这类书巴黎大学高等中文研究所尽都备有，我带它们其实多此一举，花了许多运费不算，寓所管事见了这件笨重行李，也时常皱眉。

但我购书的脾气总是改不掉，在巴黎年余，又买了一百多本神话和古史，还是时常进出旧书铺，徘徊于圣母院附近河岸的书摊前，见了适合于需要的书仍要抓擒到手才罢。

"我生也有涯，而知也无涯，以有涯之生逐无涯之知殆已"。何况实际上，我买了书来，只向书架上一插了事，从来不翻开来读，以为现在没有工夫，将来总可慢慢研究。一遇迁徙，那些书都带着从未拆开的页子同我诀别，现不自惩艾，还要作这种没意思的事。这就是我们文人的固执，也是我们文人的痴呆！

（选自《归鸿集》，1955年台湾《畅流》半月刊社出版）

古人以胖女为美

前些时见报上刊有维纳斯塑画像数种，其中有两万数千年石器时代维纳斯刻像一座。那石像腹大如五石瓠，胸前双乳好像悬挂着的两只酒坛，臀部也大得出奇，头上似戴一绳编之帽，遮蔽几至颔下，其面目如何，不可辨认。

我们都知道，维纳斯是爱神、美神，在希腊神话里她的名字是阿卜罗蒂德（Aprodite），罗马接收希腊诸神，皆以其所主之星为名。如希腊的天帝宙士（Zeus）原主木星，便以木星为其名曰周比特（Jupiter）；风神原名汉姆土（Hermes），因主水星，罗马即以水星名之为莫考莱（Mercury）；战神原名阿里士（Ares）为火星之神，罗马即以火星马尔士（Mars）为它之名；同样，阿卜罗蒂德原主金星，罗马便以金星维纳斯（Venus）为她名字了。以致今日我们只知道维纳斯是美神兼爱神的名字，几乎忘了她原名的阿卜罗蒂德。

我们都知道维纳斯集女性之美于一身，她风流放诞的故事又不可胜数，魅人之力强大无比，无论神或人一睹其容貌，莫不魂销魄荡，甘心为俘虏，万死不辞。怎么那丑陋不堪的女像也称维纳斯，岂能叫人相信？可是，信不信由你，她确是维纳斯，毫无错误。

现代是个考古热的时代，发掘狂也随之而来。人们在法国的加维德（La Gravette）、劳色尔（Laussel）、莱斯剖尼（Lespugne）；奥地利的威伦道夫（Willendorf）；德意志的彼德斯佛斯（Petersfels）以及南土耳其、乌克兰等地发掘到许多这类石器时代的女像。大陆易主时，笔者曾避地欧洲，在法意两国的古物陈列所看见的何止千百，有木刻的、石琢的，甚至象牙雕镌的、泥捏的、陶制的，大者数尺，小者寸许，都是这么痴肥臃肿、丑得叫人作呕的形状，她们的名字一律叫做维纳斯。

其实，此类女像之为金星维纳斯是近代才考察出来的。考察过程说来话长，恕不引述。威尔斯（H. G. Wells）《世界史纲》乃半世纪前的名著，书中史前文化介绍这类胖女像时，尚不知其为金星神维纳斯，曾说原人作此以寄其滑稽之感。笔者于三十余年前写天间三神话解释"爱胁曼肤，何以肥之"两句，便说当是随雨师妻刑天出战的雨师妾，是个非常肥胖的女神，就是威尔斯书中那些女像。并说这当是神，威氏错认为人。我的理由是原人每日营营，难求一饱，有何闲情逸致，雕刻这种女像以表滑稽？但说到神便不同了，人们无论生活多么艰难，无论光阴多么紧迫，也要全力以赴，以表对神明之虔敬的。又说这类女像乃"母神"，又为"肥沃之神"，把她表现得这样痴肥者，无非是原人的子孙繁盛、谷物丰饶愿望之具体化而已。读桑戴克（Lgnn Thorndike）的《世界史纲》，也说这些原人所雕的女像，特别注重她身体上与母道有关的部分，意亦指原人的生殖众多的希望。笔者当时认为自己的理论得到同调，颇觉沾沾自喜。但威桑二氏均不知其为神，我又觉得我还胜他们一筹呢。

其实威桑二氏对这种女像的意义固稍欠研究，我的论断也未摸到真正的意义。女像是神,不错,而弄得这样痴肥臃肿者,则实出于原人对女体的审美观念。威尔都兰(Will Durant)《世界文明史》第一册论石器时代的文化,说"地中海一带的国家、埃及、克里特岛、意大利、法国、西班牙等处,发现了无数矮小肥胖的女人。这些说明了对母性的膜拜,也是非洲人对美的构想"。都兰博士也未知这些女像便是美神维纳斯;但他却说这是非洲人对美的构想,便一语道破了。我不知道那些发现胖女像的地域,在上古时代是否都为非洲人所控制;但生活于非洲的黑种人尚以肥胖为女性之美,直到现代,还是如此。这话留在后面再说,现在先看看别处是否有这种风俗?别处的我尚未及考证,现在只说我们中国的。

原来我们中国人在古代也以胖大女子为美,这在诗经里便有若干资料。诗经提及"硕人"者共有四篇,即卫风的"硕人"、"考槃";邶风的"简兮"和小雅鱼藻之什裏的"白华"。那"简兮"的硕人是指一个武士,当然是男性,不必论。"硕人"篇是赞美庄姜的。庄乃齐东宫得臣之妹,姓姜,嫁卫庄公为夫人,改称"庄姜"。诗描写她的容貌,有一段美丽的比方,是:"手如柔荑,肤如凝脂,颈如蝤蛴,齿如瓠犀;螓首蛾眉。巧笑倩兮,美目盼兮。……"

诗虽未涉及胖之一字,但看"硕人"这个诗题,我们便可知道诗的女主角是个又高又大、富有肌肉美的女性。

"硕人"之前,卫风又有一首"考槃",我曾戏言这首诗是一个单恋庄姜的臣僚或庶民所作。考同敲,槃是铜铁属的器皿,同盘。诗人或者由齐至卫的道路上曾瞥见庄姜,震惊其美,自揣身份悬殊,无法结合,只好敲着铜盘,在水边在陆地,唱歌自慰。他说:"考盘在涧,硕人之宽","考盘在阿,硕人之迈"。硕人即高大女性,我们是知道了,不必再说。"宽",身体宽广。"迈",也是宽大之貌,均见毛传。我们即说这个硕人并非庄姜,不过是那位诗人的情侣,而都以身体宽大为言，可见富于肌肉为女性美的观念之普遍。小雅白华也有"啸歌伤怀，念彼硕人"，"维彼硕人，实劳我心"，当然是男性想念情侣的话。他的情侣，也是高大的女性。此诗既在小雅，作诗者乃是周民族的人。

不过，中国诗经所有的硕人只是身材高大、富有肌肉而已，实际还是很美的；否则诗人赞美庄姜手、肤、颈、齿、首、眉的那几句话便用不上。她们万万不像石器时代维纳斯之可憎，这是我们应该弄清楚的。

以硕大为女性之美的观念，似乎仅限于春秋时代，秦以后经汉魏六朝隋唐，文人辞赋言及女性者亦不少，如宋玉的《神女赋》、《高唐赋》、《登徒子好色赋》；司马相如的《美人赋》，所赋美女，倒都纤穠适中，修短合度，身材很合标准的。曹植的《洛神赋》，王粲、应玚的《神女赋》，阮籍的《清思赋》，谢灵运的《江妃赋》等，所赋皆属女仙，凌波乘风，轩轩霞举，所穿衣服都是轻飘飘的五铢衣，哪里容得肌肉的重量？唐人诗歌里的女性均甚健美，但也都是细骨轻躯、可作掌上舞的一辈。不过肌理稍丰泽，唐人也不以为嫌，否则那个以"环肥"与"燕瘦"并称绝色的杨贵妃，就不会宠冠六宫了。

所堪诧异的是：我们古人于人物塑像和图画与文人笔下的颇不相同。南北朝时，佛教艺术大量传入中国，寺庙里有泥塑木雕的偶像，云冈、龙门石窟的佛、菩萨、飞天，以及供奉人的形象，盈千累万。作风是印度与中国的混合，其受犍陀罗作风影响者，其精美富生气与希腊无二。

印度中国混合的产品，佛像脸型都是正方，而脸的下部则比上部肥大，都带着重颐（双下巴）。即女性像如观世音菩萨、飞天，身材倒也不肥胖；但都带着双下巴并下垂几及肩的大而厚的耳朵。唐人画美女也都过于丰满，那个擅长画美人图的周昉，更是声名籍籍。这里有宋代苏东坡诗为证。东坡的好友王晋卿有姬人绝美而甚胖,坡戏赠诗道:"叩门狂客君不麾,更遣倾城出翠帷;书生老眼省见稀,画图颇觉周昉肥!"

宋徽宗的"捣练图"是模仿唐人作品的,图中捣练的妇女,身材固婀娜多姿,面孔却都是浑圆,说不定也都带着"重颐"呢。图太小,看不清,很是可惜。明代仇十洲、唐寅等画的美人,头部与身体的比例都不及唐人的相称。美人的头都嫌太大,看了要替她发愁,那纤弱的身体实负担不起。又美人都是高高的蛾眉、细细的凤眼、悬胆的鼻子,配着樱桃小口,脸型则都变作稍尖,所谓瓜子脸儿,再也看不见重颐长耳了。清代的费晓楼所画也是这样,直画到今日张大千、季康、孙家勤都不出这个范围。

前文引威尔都兰博士的话,说那些地底发现的胖女像是对母性的膜拜,也是非洲人对美的构想。果然,非洲黑种人直到现代还以石器时代维纳斯形式为女性之至美。听说有些部落的酋长,甚至稍大国家的皇帝——黑种人最喜皇帝这个名位,帝号自娱,成为他们的癖好,这种皇帝其实不值几文钱——后宫佳丽以臃肿痴肥有似石器时代维纳斯为第一条件。搜罗之于民间当然不易,便在宫廷里用人工方式培养。他们选择身体易于发福的女子,在宫监严密监视下,每日要她吃许多脂肪质、淀粉质的食品,还要强迫吃蕃芋数斤,渴了不许喝水,仅许咽蕃芋汁。又不许她运动,像北京烤鸭未受烤前,陷身于一狭小笼子里,每日被强填下荞麦粉面粉压成数寸长、坚硬如石的条子,一只幼鸭,仅须填十几天便变得非常肥大。又像台湾人拜拜所用的礼猪,夏挂蚊帐,冬施重茵,每天将精美食品供给它吃不算,还须梨子、香蕉甚至价昂的苹果佐餐。猪猡肥胖得不能动弹时,又须几个人合力每天替它翻身几次,怕它血脉不流通,还得替它按摩,像伺候老祖宗相似。伺候几年,伺候到它长到八九百斤至千斤以上,才一刀杀却，架上彩楼，插上花朵，引起人人艳羡，猪主才算对神明尽了莫大虔敬之心！

　　非洲那些人工培养成的美女，也得费上几年苦工——半途摧折的当然不少。那美女的身体既像一座肉山，当然很难行动，走一步也得几个人搀扶。也不能睡觉——因平躺着即呼吸不畅，一辈子只好半倚半靠的坐着。我想这种美女一定不能生育，寿命也不会长，为的太不合自然生理的原则了。

　　说起来，我们生为女性者命运真可怜，穿耳、穿鼻、穿唇、长颈、缠足、束腰……受着无限苦刑，仅供男人的玩弄，想不到还有非洲极不人道的人工培养胖女的一型。几千年来，我们女性所处境地大都如此，还不该要求解放吗？

（原载 1983 年 11 月 19 日《联合日报》副刊）

幽默大师论幽默

现偕夫人来台湾访问的林语堂博士乃笔者所心折的现代作家之一。林氏平生提倡幽默文艺,谓幽默在政治、学术、生活上均有其重要性,德皇威廉为了缺乏笑的能力,因此丧失了一个帝国(见林著《生活与艺术》),故幽默不可不倡。

我们中国人虽然不至像威廉翘着他那菱角胡子,永远板着他那张铁血军人的脸孔,可是说到真正的幽默,我们也还是够不上谈的资格。因此林语堂先生过去曾极力提倡,他所办的《论语》、《人间世》、《宇宙风》一面教人做小品文,一面也叫人懂得什么是幽默的风味。所以他遂被人奉上了"幽默大师"的头衔了。

林氏所倡的幽默究竟是什么东西,恐国人知者尚鲜。即说从前听过林氏解说,事隔多年,恐怕也忘了。幸笔者手边尚保存资料若干篇,现特录出要点,以供读者参考。

按林大师曾在《论语》某期刊《文章五味》一文云:

"尝谓文章之有五味,亦犹饮食。甜、酸、苦、辣、咸、淡,缺一不可。大刀阔斧，快人快语，虽然苦涩，当是药石之言。嘲讽文章，冷峭尖刻，虽觉酸辣，令人兴奋。惟咸淡为五味之正，其味隽永，读之只觉其美，而无酸辣文章，读之肚里不快之感。此小品佳文之所以可贵。大抵西人所谓射他耳 Satire（讽刺），其味辣；爱伦尼 Irony（俏皮），其味酸；幽默 Humour（诙谐）其味甘。然五味之用，贵在调和，最佳文章，亦应庄谐杂出，一味幽默者，其文反觉无味。司空图与李秀才论诗书曰：'江岭之南，凡足资适口，若醯，非不酸也，止于酸而已，若醝，非不咸也，止于咸而已。中华人所以充饥而遽辍者，知其咸酸之外，醇美者有所乏耳。'知此而后可以论文。"

又某期《论语》有《会心的微笑》，引韩侍桁《谈幽默》一文云："这个名词的意义，虽难于解释，但凡是真理解这两字的人，一看它们，便会极自然地在嘴角上浮现一种会心的微笑来。所以你若听见一个人的讲话，或是看见一个人作的文章，其中有能使你自然地发出会心微笑的地方，你便可以断定那谈话或文章中是含有幽默的成分……"又说："新文学作品的幽默，不是流为极端的滑稽，便是变成了冷嘲……幽默既不像滑稽那样使人傻笑，也不是像冷嘲那样使人于笑后而觉着辛辣。它是极适中的，使人在理知上，以后在情感上感到会心的甜蜜的微笑的一种东西。"

林大师又曾与李青崖讨论幽默的定义，则可算他对幽默一词所作正面的解释。李氏主张以"语妙"二字翻译 Humour 谓音与义均相近，大师则谓"语妙"含有口辩上随机应对之义，近于英文之所谓 Wit 用以翻译 Humour，恐滋误会。大师主张以"幽默"二字译 Humour 者，二字本为纯粹译音，所取其义者，因幽默含有假痴假呆之意，作语隐谑，令人静中寻味……但此亦为牵强译法。若论其详，Humour 本不可译，惟有译音办法。华语中言滑稽辞字曰"滑稽突梯"、曰"诙谐"、曰"嘲"、曰"谑"、曰"谑浪"、曰"嘲弄"、曰

"风"、曰"讽"、曰"诮"、曰"讥"、曰"奚落"、曰"调侃"、曰"取笑"、曰"开玩笑"、曰"戏言"、曰"孟浪"、曰"荒唐"、曰"挖苦"、曰"揶揄"、曰"俏皮"、曰"恶作剧"、曰"旁敲侧击",然皆指尖刻,或偏于放诞,未能表现宽宏恬静的"幽默"意义,犹如中文中之"敷衍"、"热闹"等字,亦不可得西文正当的译语。最者为"谑而不虐",盖存忠厚之意。幽默之所以异于滑稽荒唐者:一、在同情于所谑之对象,人有弱点,可以谑浪,己有弱点,亦应解嘲,斯得幽默之真义。若单尖酸刻薄,已非幽默,有何足取?……二、幽默非滑稽放诞,故作奇语以炫人,乃在作者说话之观点与人不同而已。幽默家视世察物,必先另具只眼,不肯因循,落人窠臼,而后发言立论,自然新颖。以其新颖,人遂觉其滑稽。若立论本无不同,故为荒唐放诞,在字句上推敲,不足以语幽默。"滑稽中有至理",此语得之。中国人之言滑稽者,每先示人以荒唐,少能庄谐并出者,在艺术上殊为幼稚。中国文人之具有幽默感者如苏东坡,如袁子才,如郑板桥,如吴稚晖,有独特见解,既洞察人间宇宙人情物理,又能从容不迫,出以诙谐,是虽无幽默之名,已有幽默之实。

读林大师的解释,幽默究竟是什么,大概可以明白了。试问提倡幽默是应该的事呢,还是像左派所抨击,厥罪应与汉奸卖国贼同科呢?

(原载1958年10月18日《中华日报》副刊)

辑六　萍海游踪

培丹伦岩穴探奇

游过歌泰的第二天,即六月三日,君璧又和我作培丹伦岩穴之游。

此穴距露德约有十五基罗米突的路程,乃系一种水成岩,洞分数层,深入地底,其中钟乳石幻为千百种形态,奇境天开,脍炙人口。我国桂林七星岩,素负盛名,我无缘得游,每以为憾。在巴黎时,遇有曾游培丹伦岩穴亦曾见过七星岩者,两相比较,说若论内部宽阔,可容数万之众,则七星岩实擅胜场;若论曲折之繁多,石状之变化,处处令你凝眸,步步引人入胜,则培丹伦又高一层。何况此穴更有一端妙绝:重叠数层,陆入而水出,法国人自负此洞不惟本国更无其二,也是世界首屈一指之奇,也许并非夸诞。

自露德乘游览客车,迤逶行来,和风拂面,葱茏的山光岚影,含笑迎人。跨过加芙河,路转峰回,景物更刻刻变换,令人应接不暇。不必看到岩穴,这十五基罗米突的道途,也够令人怡悦的了。

到了岩穴所在的山脚下,游客要步行一段路程,始达穴口。口外设有售票之所，购票后，来有向导一人，引导我们入内。

据说此洞在三十年前，尚未开发。人们仅能打着火把或提着灯笼，进入此洞的最上一层。路径很难，所见景物，亦复有限。其后露德地方政府，知此穴大可招徕游客，替露德增益岁收，乃建工厂，设桥梁，修道路，并于洞中各层，安设铁栏电灯，修砌磴道；更于岩顶挖一长长的甬道，使游客能由捷径通入穴中。工程既巨，所费当然甚重，但游客获得便利以后，来者络绎不断；朝圣露德的香客，更谁不乐意花费一点金钱，到这地母心脏间，猎奇一番而去，故此露德地方政府，很快地便把开发之费，收了回来。现在培丹伦岩穴已成为露德市的点金之穴，那天我们进洞，所由的便是那条人工挖成的甬道。

那岩穴之口，半没地中，乍睹之下，觉得不能挺直腰身进去，非学蛇虫之类，扑地而爬不可，与君璧相顾有难色。迫近穴口看时，始知穴道引而向下，与罗马所见原始基督教友墓窟入口相似。躯体高大者，或须稍作伛偻，像我和君璧身材，则大可昂首掉臂以行，不必愁头顶碰出疙瘩。

穴口虽小，内部则廓然如数十间屋。无数钟乳石床，森然罗布，聚五攒三，殊形异态。石色本皎白如雪，为潮湿之气所熏，生出斑驳的莓痕，或苍翠如绿玉，或黝然如黑铁，或殷红似猪肝，或焕作金色如映日之夏云，映以五色电灯，灯隐不见，但见一派柔和的光线，泛滥群石间，把那些顽石都变成晶莹透彻，恍似宝石琢成，见之令人目眩神移，自疑身入宝山，或梦游仙境。

我们一群游客，跟着向导，游历过第一层，缘着那陡峭的石磴，盘旋而下，又是一层。那天一共经历过几层，也记不清了。只见那向导到了一特殊处，便停步指点给我们看，请我们注意。他说那是挂钟石，看去果然是一口大钟，悬挂岩顶，钟口带着一圈细须，映以赤色和铜绿色的灯光，俨然是一口发锈的古钟。游客叩以手杖，发声清越，亦颇类噌吰的钟鸣。又有所谓回教寺院的尖顶塔者，有所谓巨象者，有所谓张壳之蚌者，有所谓教皇宝座者，有所谓河女神之盘者，有所谓狮身人面怪者，无不惟妙惟肖，观之颐解。更有一处称为积薪上的圣女贞德。贞德齐眉的短发，是她特殊的标识。那圆形的大柴堆上，立着一个身着长袍的人形，发型宛似那个力挫英军，拯救祖国于危亡的法邦女杰，其旁尚有刽子手数人。这个钟乳石与那受焚刑的贞德果然太相像了，我们不觉又惊又笑，多看了几眼，才肯离开。更有一处，称为罗马洁祭堂，无数石柱，构成一所大厅，色灯映照，华焕夺目。宝石厅堂，仅能见之于天方夜谭，现在居然于此岩穴得之，岂非平生之快？

　　钟乳石之所以形成，据我私见推测，大概是这样光景：这种永世不见天日的岩穴，其中空气自然是潮湿的。湿气蒸于岩顶，凝积久之，则成点滴。那点滴下坠极其迟慢，岩顶的石灰质经风化而溶解，混合水点中，变成固体，遂成为我们所见的钟乳石。这些钟乳石，初如细发，渐如狼牙，渐如竹笋，终则变成其粗合抱的大柱。据向导言，这些钟乳石每过百年，长度始增一英寸，则现在这座培丹伦岩穴的年龄，大约与地球的开始成形时，差不得多少。空间的广阔与时间的悠长，对于我们始终是个解释不开的大谜，我们渺小的人类，对造物主的伟大工程，只应该崇钦赞叹，管窥蠡测都是多余的。

　　有许多钟乳石状更奇特，它自岩顶下垂，而地面亦恰有一石，逐渐上长，不偏不倚，针锋相对，千百年后，居然接合起来，成为浑然一柱。钟乳石只有自上向下垂，决无由地面向上长之理，看了这种形况，我又思索出一个道理：这大约因这个地方湿度轻重常不平均，岩顶水点下坠，有较慢的，也有较速的。那夹着白垩质的水点，滴得慢的凝成下垂的檐冰，滴得快的则坠于地上，而形成上茁的竹笋。这样上下加工，齐头并进，最后自然要联成一气。"合龙"之礼告毕，乃向横处扩张,故此类钟乳石常失去乳形,成为朽树桩,丛生芝菌,或土堆石山之状。年深日久,岩顶的垩质都随着水滴积到地面上去了,也许这一处空隙要被堵塞,形成一堵实心的石壁。但空气要溶化它,潮湿要蛀蚀它,它的形状还是不能固定。现在我们所见这些石形,经过绵长的岁月以后,又不知变成什么样子了。想不到地下世界一样有沧海桑田的变迁,不是很有趣味的问题吗?

我们在那稀薄的光影里,转了约有一小时。忽到一处,下有小河一道,波声枏泊,水如墨汤。有一小艇,系于码头,舟子将我们逐一接下舟中,鼓桨前行,约一刻钟之久,达于另一码头。登岸自一穴口而出,重见化日光天。穴口有一小博物院,所陈列的均系与培丹伦岩穴有关之物,各购纪念品数件,乘原来客车回到露德。

(选自《苏雪林自选集》,1975年台湾黎明文化公司出版)

花都漫拾

一

笔者来巴黎只有七个多月,为了争取生活的关系,每日埋头撰述中文稿件,寄到香港一个文化机关发表,很少机会和法国人士接触,也很难对一般社会情形作深刻一点的观察。现在只能将短期内,表面所见于法国的,向国内作一简单的报告,要想我作进一步研究,那只有姑待将来了。

自从第一次大战以后,欧洲元气,均未恢复,法国人口增殖率本来比别国来得低,有人说是中了马萨斯人口论的毒。其实马萨斯是十七八世纪的人,离开现代已一百余年,他的学说初发表时,虽然轰动世界,反对他的可也不少。法国固然有许多人相信他的学说,也不过是少数知识阶级,要说他的学说竟支配了整个法国民族,自十八世纪直到于今,那便未免远于事理。因为除了宗教以外,任何学说不会有这样大的力量,而马萨斯的人口论却不是宗教。

法国人增殖率之慢，有其内在的原因。有人说是由文化发展过高，一般人民运用脑力过度，生殖力自比较减退。关于这，笔者愧非生理学专家，恕难作答。照我看，法国人口增殖之慢，由于工业发达，下级社会——即生殖力最强的一阶层——的妇女都离开家庭，进入工厂，当然不愿养育孩子为生活之累。再者欧洲人乳哺一个孩子，的确比中国糜费数倍，当此生活日趋艰难的时代，真是"我躬不阅，遑恤我后"，一知怀孕，便千方百计地去坠胎。法国政府对于这件事虽悬为厉禁，效果还是微乎其微。消极的禁止既然无效，只有积极地来奖励。政府在国内遍设育婴院孤儿院收容弃婴和孤儿，提高私生子的社会地位。一对夫妇诞育孩子在两个以上，政府每月津贴他们养育费二万法郎。这个数目也算不小，虽然有人贪图，多数人还是不愿做孩子的奴隶。幸而法国是一个天主教的国家，天主教视坠胎为莫大罪恶，即桑格夫人节制生育的办法，天主教也说有违上天好生之德，严格禁止。法国民族之得绳绳继继，繁衍下去，天主教的教义，倒是一个中坚的力量，否则这个优秀绝伦的法兰西民族，不出数百年，怕将消声灭迹于大地了。

天下事权利义务必定相对，而后行得通，不享权利，单尽义务，最高尚的人还觉为难，何况是一般民众呢？我们中国人善于养孩子，经过这么多年的内争和外战，目前人口还有四亿七千数百万，这当然是几千年传下来的宗法社会的恩赐。宗法社会要我们每一氏族都永远传衍，所以有什么"不孝有三，无后为大"，"惧祖宗之不血食"，"若敖鬼馁"来作警戒和鼓励。同时提倡孝道，子女对父母的反哺，乃是神圣的职责，违者以大逆不道论。中国大家庭制度，弊端虽多，好处也不少。中国民族之繁衍有人说全靠这个制度。一般民众也有一句口头禅，即是"养儿防老，积谷防饥"，这话五四运动以来，大遭时贤诟病。胡适博士于其诞育第一位公子时，作诗，有"只要你堂堂地做人，不必做我的儿子"，一时传为美谈。可是，我们知道养育儿女，实在不是一件容易事。千辛万苦地把儿女养大，竟半点好处也得不着，谁又乐意？能够避生育，当然避免了。西洋人不愿意养孩子，这也是一个很大的原因。我现在请举一目前之例，以概其余。

数月前，一个文艺界的朋友，谈起巴黎某区有一位老女作家，过去出身贵族，广有钱财，十七八岁时，在文坛便相当活跃。写了一本书，居然一鸣惊人，成为优秀作家之一。她的创作力非常之大，写作的方面又非常广阔。自少年时代到现在为止，创作连编译竟出版了五十多册书。她从前家中组织了一个沙龙，日与文人学士相周旋。嫁了一个丈夫，也是一个作家，兼任出版事业。他们自己有一个书店，夫妇俩的作品都在这书店发行。因为自己素性挥霍，又因两次大战关系，法郎贬值，弄得毫无积蓄，丈夫多年前亡故，书店盘给别人，连版权都盘过去，一文版税也收不到。还算书店看她面子，在四层楼上给了一间小房，作为她的住处，每月给她三千法郎作为零用。

这位女作家，八十岁上还在写作，现在已活了九十岁，虽然五官灵敏，神智清明，笔是早放下了。我们去拜访她时，只见满屋灰尘厚积，窗帷和沙发套罩破旧不堪。她身上穿的一件衬衫，多月不换，已由白色变成灰黑了。她见我们来很表欢迎，自己抖索索地在酒精炉上煮了一壶茶请我们喝。可是，我们看见那茶杯的垢腻，谁又喝得下去，只有捧着杯假品了一阵，便搁下了。谈起来，才知她有一个女儿，现已五十余岁，嫁的丈夫还算有钱，但一向同她意见不合，对于她的作品也不甚佩服。她每星期来看母亲一次，给母亲带粮食来。她母亲穷到这地步，室中当然没有什么可以藏储新鲜食品的冰箱之类。所以她吃的永远是陈了的东西，肉是腌的，蔬菜是干瘪的。法国面包离开烤炉半小时便发僵，一星期以上，便硬成石块了，可怜这位老女作家，每天便将她的老牙根来对付石块。她每天在酒精炉上摸摸索索，煮点东西，从来不下楼一步，外面季节的变迁，都不知道。我的朋友替她带了一基罗的行将下市的葡萄来，她高兴地喊道："瞧，这是才上市的么！"

我另外一位朋友是一个画家，留法前后已二十余年。告诉我她所住的公寓有一位老画家，虽有儿女，每年圣诞节才来看他一次。他患病在床，儿女恰不在巴黎，当然不能来伺候。他断了气，陈尸榻上，一直过了三日，人家才来替他收殓。像我前文所举那位老女作家，过去在文学界大有声名，至今她所诞生的某城，有一条大街以她之名为名，以表城人对她的尊敬，但她暮年生活潦倒至此。这位画家也是对艺术界有很大贡献的，而死时几如齐桓公之"虫出于尸"，有儿女却等于没有。名人尚如此，普通人又将如何呢？

二

法国人口本来稀少，这一次战争，壮丁的牺牲，虽没有一九一四年第一次世界大战那么惨重，但也可以说相当多。现在法国政府最感头痛的，是老年人的过剩。自从医药进步，卫生设备周全，人类寿命的水准都提高了。但是人类工作精力的延长，却不能和寿命的提高作正比。一个人到了古稀之年，究竟只能算是一个尸居余气的废物。当国家富庶，时代升平，老寿星特殊灿烂，可说是一种祥瑞，否则倒成为灾殃。我们倘然在巴黎街上溜达溜达，所接于目者都是步履龙钟的老翁，和鹤发驼背的老妇。在公共汽车，地道车里，所遇见的，也都是些孔子要以杖叩其胫的人物。更奇怪的，他们差不多都不良于行，男人还可以说是因为过去打仗受伤，女人呢，她们并没有去当娘子军，为什么大都跛着一只脚，扶着拐杖，很艰难地在走路？这由于什么关系：是气候？是食物？还是什么脚气病？请教法国人，他们自己也说不出一个所以然来。大约是见惯了反不知注意的缘故吧。这班老人对社会贡献已等于零，穿衣吃饭住房子还是和普通人一样。据说现在一个法国青年或壮年，平均要维持三个人的生活，并不是他们自己赡养父母，这班老人是政府和社会共同挑担着的，把重税加在他们身上，那也等于要他们负担了。法国政府对于老人过剩问题，虽然甚为焦虑，可是既不能学中国古书所说，某地每将老而不死者异入深山，听其饿毙；或效法非洲土人，将老年父母逼上高树，阖家合力摇撼树身，使其跌下枝头而亡，也只有听其自然罢了。

生活既难，可以工作的老年人，总还是勉强工作。政府各机关的人员，商店的职员，以及各种比较轻便些的职业、岗位都是老人占着。假如你请教他们一件事，把个字条儿他们看，摸索老光眼镜，那是他们第一步万不可少的手续。老人生理机能退化，工作效率当然不会怎样高，行动也嫌过于迟缓。从美国来的人常慨叹道：拉丁民族，已是日趋衰老，在法国人身上更充分表现，这满街疲癃残疾的老人，便是具体的例。是呀，法国人行动的缓慢，连我这个从东方古国来的人，都觉得有些不耐烦，那些朝气勃勃的美国小伙子，怎样瞧得惯？

三

法国人善于享乐人生，过去巴黎繁华甲天下，妇女的衣装，成为全世界的模特儿，好似从前中国的上海。但现在情形已大大不同。你走到巴黎最繁盛的街道，像 Rue de Faubourg, Rue de Saint Honore 时装型式，既没有从前的善于变化，衣料也大都淡素单纯，像香港各衣料店那么五光十色，无奇不有，一半也比不上。香港无论男女，都穿得花花绿绿，街上所见妇女衣衫花样，很不容易发现有雷同的。妇女们每天盛装得过节一般，一年到头逛商店购买衣料，叫裁缝做衣裳，巴黎人对此也要自愧不如的。总之，现在法国人生活过得都相当刻苦，外表上虽不大看得出，我们知道他们腰带都束得紧绷绷，有似第一次战后企图复兴的德国人。法国教育界也相当清苦,所以教员授课甚多,并为人补课,企图额外的收入。我初到时曾到一个专为外国人而设的法文学校,上了一些时候的课。这个学校历史颇久,名誉极佳,其中教授均具有多年教读经验,教法极其精良。但我见其中教授每人每天上正课二小时到四小时,另外还为学生补习二三小时。女教授上了课以后,还要回家料理家务,甚至烧饭洗衣都自己动手。看他们年龄大半都在五十以上,教书累得声嘶力竭,我实在不胜同情,但普天下教书先生都穷,何况又值大战以后?他们不这么苦干,又怎样能维持一家子生活!

　　巴黎大小商店,星期日一例关门休息,倒不去论它了,大部分的店子自星期六下午关闭起,一直要到星期二上午才开。巴黎是个有名的不夜城,于今普通商店,天才黑便上了铁栅门,晚间在街上走走,除了几盏路灯,到处黑沉沉的一片。一方面是他们讲究休息,一方面也由于社会一般购买力低落,生意萧条。巴黎报纸到星期日也一概停版,只有一二份星期日出版的报纸应个景儿。这倒是我们中国不常见的事。小商店和摊贩为了生意难,也就没有从前老实。买东西交钱给他们找,往往会故意抹去几个法郎。水果等物本来不许挑选,但他们倘看见你是黄脸皮的东方人,总是把烂的枯瘪的给你。同他略一争论,他便把东西一把抢回,不卖了!记得我曾在一家书铺选择两本旧书,一本是九十法郎,一本是七十,当我将书交给店主,转身到书架再寻别的书籍时,他已将书的价码,各加一竖,每本书凭空贵了一百法郎了。这虽然是极小极小的事,也可见战争所破坏的不但是物质,也破坏精神。

　　不过法国的治安究竟比中国不知强多少倍。我是在香港住过一年的人,香港匪风之盛,至今教我谈虎色变。略为有钱的人,家里铁栅门无论白天黑夜,锁得严密无比,稍不留心,便遭械匪闯入。报纸上天天有商店和行人被抢的新闻。闹市上走着的人，手表、钱袋可以被人硬行抢去。偏僻的巷衖，和行人寥落的道路，那更不在话下。我觉得香港下层阶级的人，在有人处是平民，无人处便立刻变为匪。不但下层阶级，便是受过教育的学生，有机会也要干这一手。我有一个女友，便曾被一中学生抢去了数百元港币。在香港没有钱，日子不容易过，有点钱，又要日日夜夜提心吊胆，这种地方岂不太可怕而又极端可厌么？在巴黎虽然说不上道不拾遗，夜不闭户，但这种精神威胁，却完全没有。在香港住过的人来到巴黎，最感到痛快的便是这一件事。

（选自《归鸿集》，1955年台湾《畅流》半月刊社出版）

黄海游踪

黄山是我们安徽省的大山，也可说是全中国罕有的一处风景幽胜之境。据所有黄山图志都说此山有高峰与水源各三十六，溪二十四，洞十八，岩八，高一千一百七十丈，所占地连太平、宣城、歙三县之境，盘亘三百余里。相传我们的民族始祖黄帝轩辕氏与容成子、浮丘公曾在此山修真养性并炼制仙丹，这座山名为黄山，是纪念黄帝的缘故。

民国廿五年夏，我约中学时代同学周莲溪、陈默君共作黄山消夏之举，遂得畅游此山，并在山中住了半个月光景。于今事隔廿余年，我也曾饱览瑞士湖山之胜，意大利阿尔卑斯峰峦林壑之奇，法班两境庇伦牛司之险，但黄山的云烟却时时飘入我的梦境。我觉得黄山确太美了，前人曾说黄山的一峰便足抵五岳中之一岳，这话或稍失之夸诞，但它却把天下名山胜境浓缩为一，五步一楼，十步一阁，盘旋曲折，愈入愈奇，好像造物主匠心独运结撰出来的文章，不由你不拍案叫绝。

现凭记忆所及,将廿年前游踪记述一点出来。

黄山第一站名"汤口",距汤口尚十余里,山的全貌已入望,两峰矗天,有如云中双阙,名曰"云门峰"。凡伟大建筑物,前面必有巨阙之属为其入口,黄山乃"天工"寓"人巧"的大山水,无怪要安排一个大门。那气象真雄秀极了!自汤口行五里,即入山。

我们入山后,天色已晚,投宿于中国旅行社特置的黄山旅社,一切设备皆现代化,虽没有电灯,煤气灯之光明,也与电灯不相上下。从前游黄山,第一夜宿慈光寺,或云旅社即在该寺故址,或云寺尚在,距此不远,未及往观。旅社过去十几步便是那有名的黄山温泉,天然一小池,广盈丈,深及人胸腹。温度颇高,幸有冷泉一脉,自石壁注入泉中,才将泉水调剂得寒温适度,但距冷泉稍远处,还是热得教人受不了。天下温泉皆属硫磺,黄山独为朱砂,水质芳馥可爱。相传黄帝与容成等在这里炼丹,温泉所从出之峰名炼丹峰,有天然石台名炼丹台,他们炼丹时所用炉鼎臼杵今犹存在,不过日久均化为石。温泉的朱砂味据说便由炼丹时所委弃的药渣所蒸发。我们浴罢,已疲极,吃过晚餐后便去睡觉,谁有勇气更爬上高峰去寻找我们始祖的仙迹呢?

第二天雇了三乘轿子开始上山。黄山以云海著,所以又名黄海。山前部分名"前海",山后部分名"后海",我们是由前海上去的。一路危峰峭壁,紫翠错落,花树奇石茂林,蔚润秀发,已教人目不暇给。再过去,地势陡然高了起来,有地名"云巢",又名"天梯",不能乘轿,要攀缘才能上。

过了云巢,我们看见三座大峰,屹立在山谷里,一名"天都",一名"莲华",一名"光明顶",平地拔起,各高数百丈,难得的是三峰在十里内距离相等,鼎足而立。我们先登天都,初抵峰麓,见一大石前低后耸,前锐后圆,夹在峰间,活像一只居高临下,欲跃不跃的老鼠，是名"仙鼠跳天都"。更奇的对面数十里外群峰巘岏间，又有一大石，活像一只蹲着的猫儿。一鼠一猫，遥遥相对，猫似蓄机以待鼠，鼠似觅路以避猫，天工之巧，一至于此，岂人意想所能到？

天都是一座肤圆如削，高矗青霄的石柱，峰麓尚有若干石级，再向上便没有了。人们就石凿蛇径，蜿蜒盘附而升，很危险也很累人。舆夫每人腰间都系有白布，展开长约二丈，原来是给游人预备帮助登山用的。他们将布解下来，叫我们系在腰里，或牵在手里，他们执布的一端在前面拖掣，我们便省力多了。即不幸失足，也不致一落千丈。以前黄山有专门背负游客者，以布襁裹游客如裹婴儿，登山涉岭，若履平地，号曰"海马"，惜今已不见，于今这类布牵游客的，只能唤之为"海蚁"或"海蛛"吧。

虽然有舆夫相帮，仍然爬了两个钟头始能到达峰顶。那峰顶有一石室，明万历间有蜀僧居此室，树长竿悬一灯，每夕点燃，数十里外皆可见。不过油灯光弱，或以为若能易以强力电炬，整个黄山都将成为不夜城了。不过我以为天有寒暑昼夜，人有生老病死，乃自然的循环之理。我颇非笑中国道家之强求不死，也讨厌夜间到处灯光照得亮堂堂，尤其山林幽寂处，夜境之美无法描写，用光明来破坏，岂非大煞风景么？

峰顶稍平坦，周围约三四丈，是名"石台"。我们站在这台上，下临无底深壑，不禁栗栗危惧。但眺望天都对面数十里外那些罗列的峰峦，又令人惊喜欲绝。

那些峰峦，名色繁多，有所谓"十八罗汉渡海"者，最逼肖。罗汉们或担簦，或横杖，三个一群，五个一簇，有回头作商略状者，有似两相耳语者，有似伸脚测水浅深者，有似临流踌躇露难色者，每个罗汉都是古貌苍颜，衣袂飘举，神态各异，栩栩欲活。或将诸山峰肖人，容或有之，担簦横杖，则又何故？不知黄山多古松，两株侧挂山肩的，一株仆倒山腰的，看去不正像篓和杖么？至于海，便是云海。不成海的时候，迷漫瀚瀚的云气，黄山也是随时都有的。这番话恍惚见前代某文士的黄山游记，事隔多年，记忆不真，随便引引，请读者勿骂我抄袭。

下了天都，我们踏过一条很长的山脊，人如在鲤鱼背上行走，既无依傍，又下临无地，侧身翘趾，一步一顿，幸舆夫出手相搀，不然，这数十丈的怪路恐渡不过去。

我们早起后在中国旅行社吃了一顿丰盛的早餐，爬了一上午的山，饥肠早已辘辘。将托旅行社代办的食物打开，在此举行野宴。六个舆夫各人带有干粮，但我们仍把吃不完的东西分给他们，都感谢不已。

饭后，休息半小时，遥望莲华，又名莲蕊的那座高峰，不禁咄咄称异。这座大峰比天都还要高十几公尺……旧以为天都最高，误。说它是莲华，真像一朵莲花，不过并非盛开之莲，却是一朵欲开未开的菡萏。凡所谓山者皆下大上小，无一例外，莲华峰也是座同天都一样平地拔起的通天柱，惟三分之一的根基部向里稍稍收缩，渐上渐向外凸，再上去又收缩起来。为了中部外凸的幅度稍大，雨水难得停留，草木种子也无法托根，变成光滑的一片。又外凸的弧线颇为玲珑，山中间又有坼痕两道，远远看去正像两张莲花瓣儿包住莲蕊。这想是神仙界的千丈白莲，偶然随风飘堕一朵于尘世么？莲华，你真是世界第一奇峰呀！

不过要想接近此峰还得走十里路，这十里路是在一条很长的山沟里走的，即名"莲花沟"。路极欹侧，忽高忽低，忽夷忽险，轿子不能坐，只有靠自己走。

我们又开始来攀缘另一高峰了。山径曲折，螺旋而上，钻过好几次窈黑的洞穴，前人曾戏比为藕孔，我们则为虫，虫想上探莲蕊，自非从藕节通过不可。手足并用，又爬了两小时始达峰顶。峰顶本有横石，长数十丈，称为"石船"。到了峰顶反不能见。莲华峰顶也有平坦处，面积大小与天都者等。我们在峰顶停留了一小时左右，始行下山。

下山总比上山快，不过费一小时许便抵达峰趾。对面光明顶，再没气力上去了，而且天色也不早了，只有上轿向文殊院进发。这是我们预定的挂单处，要在这里寄宿一夜。黄山前海以文殊院为界，过此便是后海了。

一路风景仍是奇绝妙绝，三人在轿中掀开布帷向外窥视，一尺一寸都不放过，只有喝彩的份儿。看见一段好风景，更免不得手舞足蹈，舆夫只叫"当心"、"当心"！真的，我们也太大意了，只顾用眼睛向远处看，却忘了向下看。脚底无处不是危机四伏的深坑，轿子若不幸掀翻，滚了下去，怕不摔个粉身碎骨。

文殊院虽属有名禅院，规模甚小，木板为四壁，瓦渗漏，则补以黄锈之铅铁皮，看过西湖灵隐那类大寺，对文殊当然不入眼。不过听说以前的文殊院并非如此，洪杨之乱时曾一度遭焚毁，后来补建，似物力不充，只落得这一派寒伧景象了。我们到时，有人在院里做佛事。正殿上有十几个和尚披着袈裟诵经，钟声、鼓声、木鱼声与梵呗声喧阗盈耳。周莲溪女士素好静，只叫"不得了，今晚佛事若做到十二点钟，我便要通宵失眠了"。其实何止莲溪，我也顶怕闹，错过睡觉时间，便会翻腾竟夕。黄山乃游览之区，怎么人家佛事会做到山上来？这个檀越太不顾游客安宁，负黄山治安之责者似乎该将其取缔。幸而问厨下小和尚，始知来黄山做佛事者，究竟绝无仅有，这次是山下居民与寺僧相熟者托为超度亡人，是例外之事。而且佛事时间亦有一定，九点钟前定必结束，我们于心始安。

因距晚餐时刻尚早，我们想出院四处走走，舆夫说距此三四十丈路有一平台，前后海景物可以一眼望尽，何不去领略一下。

遵照他们指示，找到那个天然石台，居高临下，放眼一望，但见无穷无尽的峰嶂，浓青、浅绿、明蓝、沉黛以及黄红赭紫，靡色不有，有如画家，打翻了颜料缸；而群山形势脉络分明，向背各异，又疑是针神展开她精工刺绣的图卷："江山万里"。时天色已入暮，这些纵横错落的峰峦被夕阳一蒸，又像千军万马，戈戟森森，甲光灿烂，正摆开阵势，准备一场大厮杀。啊，我怎么把"厮杀"的字眼带到这样安详宁谧的境界里来呢？太不该，太唐突山灵了。是的，那绚烂的色彩熔化在晚霞里，金碧辉映，宝光焕发，只能说是王母瑶池召宴，穿着云衣霓裳，佩着五光十色环佩的群仙，正簇拥于玉阙银宫之下准备赴会吧。这景色太壮丽了，太灵幻了，我这一支拙笔，实不能形容其万一。

次日，我们又向后海进行。一路景物与前海相似，而以"百步云梯"、"鳌鱼峡"、"一线天"为最奇。我们先说"鳌鱼峡"，这是一大石，中裂巨罅，迎人而立，似鳌鱼在那里大张馋吻，等人自献作牺牲。游客想换条路走，不行，四面皆危岩峭壁，只有这个出口。我们进了鳌吻，见石齿巉巉，森然可畏，只恐它磕将下来。幸而我们竟有旧约圣经约挪圣人的福气，他被吞入鲸腹三日三夜，居然生还，我们进了鳌鱼的咽喉，也安然走出。

那石鳌也真怪，它是一条整个的鳌鱼，不仅嘴像，全身都像。我们自它鳃部穿出，便在它脊上行走，这与天都下来时所行的那条鲤鱼又不同。它周身像有鳞甲，有尾，有鳍，还有眼睛，那虽仅一个置于头部的石窟窿，但却是天然生就，并非人力所为。莲溪是研究生物学的，我问她这是不是真的鳌鱼？也许劫前黄山真是海，这个海洋的巨无霸，遗蜕此处，日久变成化石吧？莲溪笑答道："也许是的。幸而这条鳌鱼久已没有了生命，否则今日我们三人连六个轿夫做它一顿大餐,还不够它半饱呢!"

百步云梯位置于一峭壁,一条弯弯的斜坡,恰如人的鼻子,孤零零地凸出于面部,人从这峭壁走下去,没有栏杆之属,可以搭一下手,山风又劲,随时可将人吹落壁下,也够叫人胆战心惊了。

到了狮子林,这个寺院比文殊院大。我们在这里用午膳。黄山佛院供客膳宿,费用均有一定,由黄山管理处议决悬示寺壁,不得额外需索。这方法真好,和尚是出家人,替游客服务,听客自由布施,并不争多竞少,不过像普陀九华等处的势利僧人,给钱不满其意,那副嘴脸,可也真叫人看不得!

在狮林遇孙多慈女士与她太翁在此避暑、写生。孙时尚为中大艺术系学生,但画名已颇著。又遇安徽大学胡教授,带了几个学生各背鸟枪之类来黄山寻觅生物标本。因为他原在安大教生物。

黄山山势险峻,路又难走,五十斤米要三个壮汉始能盘上来,山中居民的给养得来真不容易。和尚供客的素膳决不能如普陀九华的可口,无非腌菜、干豆、笋干、木耳之类,新鲜蔬菜,固然不多,连豆腐都难得见。那些干菜以纤维质太多,嚼在口里,如嚼木屑,不觉有何滋味。才觉悟前人所谓"草衣木食"那个"木"字的意义。

饭后,出游附近名胜。始信峰乃后海的精华,是三座其高相等的大峰,香炉脚似的支着,峰与峰之间相距不过数丈,远望如一,近察始知为三。名曰"始信",是说天然风景竟有这样诡异的结构,听人叙述必以为万无此理,及亲身经历,亲眼看见,才知宇宙之大果然无奇不有,才不由得死心塌地相信了。这"始信"二字不知是哪位风雅士所题,我觉得极有风趣。

这三峰和天都莲蕊差不多一样高,而更加陡峭,费了很多气力,才爬到峰顶。有板桥将三峰加以沟通,有名的"接引松"横生桥上,游客可藉之为扶手。据说从前桥未架设时,游客即攀住此松枝柯,腾身跃过对面。我国人对大自然颇知向往，游高山亦往往不惜以性命相决赌，这倒是一种很可爱的诗人气质。

我们踞坐始信峰顶，西北一面，高峰刺天，东南则没有什么可以阻挡视线，大概是黄山的边沿了。那数百里的锦绣川原是属于太平、青阳县界，九华山整个在目，但矮小得培塿相似。或谓浙境的天台、雁荡、天目，天气晴朗时也可看到，不过更形渺小如青螺数点而已。前人不知，以为是地势高下之别，图书编引黄山考云："按江南诸山之大者有天目、天台二山……天目山高一万八千丈而低于黄海者，何也？以天目近于浙江，天台俯瞰沧海，地势倾下，百川所归，而宣、歙二郡，即江之源，海之滥觞也。今计宣歙平地已与二山齐，况此山有摩天戛日之高，则浙东西，宣、歙、池、饶、江、信等郡之山，并是此山支脉。"他们不知我们所居地球是作圆形的。我们站在平地上，数十里内外的景物尚可望得见，百里外虽借助远镜也无能为力了，因为目标都落到地平线下面去了。但登高山则数百里内外的风景仍可收入视线，不过其形皆缩小。这是距离太远的关系，并非地势有何高下。孔子"登泰山而小天下"，难道天下果不如泰山之大么？

我们游黄山一半是受了云海的吸引，云海并非日日有，见不见全凭运气，那天在始信峰顶，却目击到云海的奇观，可谓山灵对我们特别的优待了。抗战期中，我在四川乐山，写了篇历史小说题为"黄石斋在金陵狱"，写石斋所见黄山云海一段文章，其实是根据我自己的记忆。这篇小说以前收入《蝉蜕集》，其后又编入《雪林自选集》，读及者甚多，不好意思在这里复引。但我写景的词汇本甚有限，写作的技巧也仅一二套，现在没法再把黄山云海的光景描绘一番，我觉得很对不住读者。

不过云海有几种，一种是白雾濛濛，漫成一片，那未免太薄相；一种是银色云像一床兜罗棉被平铺空间，就是海亦未尝不可，只是没有起伏的波澜，没有深浅的褶纹，又未免太单调。那天我们在始信峰头所见，才是名实相符的云海了。那海铺成后，一望无际，受了风的鼓荡，洪波万叠，滚滚翻动，受了阳光的灼射，又闪耀蓝紫光华，看去恍惚有吞天浴日的气派，有海市蜃楼的变幻，有鲸呿鳌掷的雄奇，谁说这不是真的大海？这和我赴欧途中所见太平、印度、大西三洋的形貌有何分别？我们只知画家会模仿自然，谁知大自然也是位丹青妙手，高兴时也会挥洒大笔，把大海的异景在高山中重现出来，供你欣赏哩！

"观棋"、"散花"、"进宝"诸峰，都在始信范围以内，不及细观。下山后，天色已黑，在狮林寄宿。次日游大小"清凉台"，其下群峰的形状，千奇百诡，无法描拟，我真的词穷了，只有将袁子才黄山游记一段文章拉在这里凑个热闹。袁氏说："台下峰如矢、如笋、如竹林、如刀戟、如船上桅，又如天帝戏将，武库兵仗，布散地上。"又游"石笋矼"，我只好又抄一段徐霞客游黄山日记前篇（按日记分前后二篇）："由石笋矼北转而下，正昨日峰头所望森阴径也。群峰或上或下，或巨或纤，或直或欹，侧身穿绕而过。俯窥转顾，步步出奇，但壑深雪厚，一步一悚。"霞客又说："行五里，左峰腋一窦透明，曰'天窗'。"惜我们未注意。他又说过："'僧坐石'五里……仰视峰顶，黄痕一方，中间绿字宛然可辨，是谓'天碑'，亦谓'仙人榜'。"这个我们倒瞻仰到了。

回狮子林吃过午饭，知黄山较远处尚有一景，名"西海门"，我要去看，莲溪默君已无余勇可贾，舆夫亦说一路乱草荆榛，壅塞道路，行走不便，也不愿意去。我因来黄山一趟不易，以后未见得再有这种机会，坚持非去不可。二人只好同意，舆夫大不高兴，但也只有抬着我们上路。

一路果然草高于人，径蹊仄险，弯弯曲曲，走了半天。忽见有一大群游客，从对面过来，轿子六七顶，许多人步行簇拥。有两顶轿子则前后各有身悬盒子炮的卫士一人保护着，这真是"张盖游山"，"松下喝道"，煞风景之至。微询一游客，他说是汪精卫夫人陈璧君女士偕其公子今日来黄山。有卫士保护的那二顶轿子里坐着的便是他们母子。幸而他们已游过西海门，转过别处去了，不然，我们和这群贵人一道去游，一定弄得很不自在。

那西海门是藏贮黄山深处的一个奇境，万山环抱，路转峰回，始得其门而入。我们连日身处高山，此时忽像一下子跌落到平地上。那东西两峰，屹然对立，有如雄关两座左右拱卫，又疑是万丈深海底涌起的两座仙山，这才知道"海门"二字叫得有意思，黄山因有前后海，又名黄海。

你以为两门仅仅两峰么？不然。东西两门实由无数小峰攒聚而成，万石棱棱，如排签，如束笋，如熔精铁，如堆琼积玉，斜日映照，焕成金银宫阙，疑有无数仙灵飞翔上下，令人目眩头晕，但也令人气壮神旺。天公于黄山的布置，已将天地间灵秀环奇之气发泄殆尽，到此也不觉有点爱惜起来，不然他何以把西海门收藏得这么深密呢？想不到我们黄山三日之游，饱览世间罕有的美景，最后还看到西海门这样伟丽的景光。等于观剧，这是一幕声容并茂的压轴；等于聆乐，这是一阕高唱入云的终奏；等于读文章，这是一个笔力万钧的收煞。啊，黄山，你太教人满意了。

回宿狮林，第二日到钵盂峰的掷钵禅院，这个地方，异常幽静，是我们预先与本庵住持通函约定的消夏处。于是我们的生活由动入静，由多变入于寂一，打算学老牛之反刍，将黄山的妙趣，再细细回味一番，与黄山山灵作更进一层的默契，求更深一层的了解。

辑七　西窗剪烛

适之先生和我的关系

谈起适之先生和我的关系,有同乡和师生的两层。胡先生是徽州绩溪人,我是太平县一个包围万山中地名"岭下"村庄的人。论地理很接近。周围"岭下"二十里内,言语自成系统,但和徽州话还是差得很远。假如我打起乡谈,胡先生大概听得懂,胡先生若说起他那绩溪土白,我便半句也弄不明白了。现代人对乡土观念已甚淡泊,胡先生是个世界主义者,岂屑为乡土狭小圈子所束缚?我虽不配称为世界主义者,可是常认中国人省籍关系、亲属关系等,极妨碍政治的进步,因之乡土观念也极不浓厚。不过觉得我们安徽能产生胡适之先生这样一位人物,私衷常感骄傲,那倒是不免的。

我之崇敬胡先生并不完全由于同乡关系,所以这一层可以撇开不谈。

说到师生关系,也很浅。我只受过胡先生一年的教诲。那便是民国八年秋,我升学北京女子高等师范国文系的事。胡先生在我们班上教中国哲学,用的课本便是他写的那本《中国哲学史》上卷。我的头脑近文学不近哲学,一听抽象名词便头痛。胡先生那本哲学史所讲孔孟老墨,本为我们所熟知,倒也不觉烦难,不过当他讲到墨经所谓墨辩六篇,我便不大听得进了。再讲到名家坚白同异之辨,又《庄子》天下篇所学二十一例,更似懂非懂了。胡先生点名时,常爱于学生姓名下缀以"女士"字样,譬如钱用和女士、孙继绪女士……常使我们听得互视而微笑。他那时声名正盛,每逢他来上课,别班同学有许多来旁听,连我们的监学、舍监及其他女职员都端只凳子坐在后面。一间教室容纳不下,将毗连图书室的扇槅打开,黑压压地一堂人,鸦雀无声,聚精会神,倾听这位大师沉着有力、音节则潺潺如清泉非常悦耳的演讲,有时说句幽默的话,风趣横生,引起全堂哗然一笑,但立刻又沉寂下去,谁都不忍忽略胡先生的只词片语。因为听胡先生讲话,不但是心灵莫大的享受,也是耳朵莫大的享受。

杜威先生来华演讲,每天都是胡先生担任翻译,我也曾去听过一二次。杜威的实验主义当时虽曾获得学术界的注意,并有若干演讲纪录刊布出来,却引不起我钻研的热情,实际上是由于我的哲学根底太浅,不能了解的缘故。

记得某晚有个晚会,招待杜威,胡先生携夫人出场。胡夫人那时年龄尚不到三十。同学们以前对我说她比胡先生大上十岁,并立一起有如母子,那晚见了师母容貌,才知人言毫不正确。师母的打扮并不摩登,可是朴素大方,自是大家风范。

可惜胡先生只教了我们一年,便不再教了。我生性羞怯,在那上课的一年里,从来不敢执卷到胡先生讲桌前请教书中疑义,更谈不上到他府上走动,胡先生当然不大认识我。他桃李满天下,像我这样一个受教仅一年的学生,以后在他记忆里恐怕半点影子都不会有——但胡先生记忆力绝强,去年九月间,我赴南港,他同我谈女师大旧事,竟很快喊出他教过的国文系好几个同学名字。我以后即不稍露头角于文坛,也许胡先生仍然依稀记得有这样一个学生哩。

民国十七年我在上海,胡先生那时在中国公学任校长,家住江湾路。我曾和一个同学去拜望他,并见师母。胡先生正在吃早餐,是一碟徽州特制麦饼,他请师母装出两盘款待我们。他说:徽州地瘠民贫,州人常到江浙一带谋生活,出门走数百里路,即以此饼作糇粮,所以这种饼子乃徽人奋斗求生的光荣标志。我后来在《生活周刊》上写了一篇谒见胡先生的报道,谈及麦饼故事。后来在某种场合里遇及胡先生,他称赞我那篇文章写得很不错。大概从此脑中有了我的印象了。后来胡先生翻译一篇小说,题目好像是《米格儿》,是说一个女子不负旧盟,愿意终身伺候残废丈夫的故事。我又在《生活周刊》上作文赞美,以为此类文章对于江河日下的世风,大有挽转功效。胡先生第二次又翻译了一篇性质相类的小说,曾于小序中提及我的名字,说苏雪林女士读我所译的《米格儿》,写信鼓励我多译这类文章,我也打算译几篇云云。胡先生对于一个学生竟用起"鼓励"的字眼,你看他是怎样谦虚!

在那几年里,胡先生一有出版的新著作,一定签上名字送我,如《白话文学史》、《词选》、《庐山游记》、《胡适论学近著》等,他主编的《努力周报》、《独立评论》,每期都由发行部给我寄来。可是我为人极为颠顸,又奇嫩无比,接到他寄给我的新著,竟连道谢信都不回他一封。即如我在收到他替我撰写的一副对联(联文见我近著《台北行》"春风再坐"一节),也未有只字称谢。好像胡先生欠了我的东西,应该偿还。这些事我现在回忆起来,疚心之极,可是当时的胡先生却一点也没有怪我。气量之宽宏,古今学者中试问有几?

抗战发生后,胡先生奉命赴欧美宣传,我们没有再通信。直到三十八年,五月间,我毅然离开武汉大学十八年的岗位,到了上海。听说胡先生那时也在上海正准备出国,打听到他住址去谒见他。胡先生对待我非常亲热，说我写的那封劝他快离北平的信，太叫他感动了。我一共见了他两次，第三次我自杭州游览西湖回，带了一大包龙井茶叶和二包榧子送他。他出门去了，留条托侍役转送，也未知他究竟收到没有。

我以前写信给胡先生，仅称"适之先生"，自一九五二年胡先生来台湾讲学，我写信和当面说话，便改称"老师"了。自己年龄渐长，阅历渐深，"价值观念"也愈明了，对胡先生学问、人格愈来愈尊敬，觉得非这样称呼于心不安。记得一九五九年夏胡先生在师范大学毕业会上演讲，我那一年为疗治目疾，也在台北，听讲时恰坐在前排。胡先生演讲当然是关于师大毕业生为人师之道，不知怎么，胡先生忽然说为人师不易，他自己教书三十年，不知自己究竟给了学者多少好处，所以听人称他为师，每觉惶愧。譬如他所教的北京女师大国文系，出了好几个人才，像女文学家苏雪林，到于今还"老师"、"老师"地称呼他，真叫他难以克当。胡先生说时望着我笑，在台上的杜校长及其他几个也望着我笑，羞得我连头都抬不起。后来杜校长在他办公室招待胡先生等，我恰从门口走过，胡先生欠身对我打招呼，意欲我入内共享茶点，我竟匆匆走过了。我的羞怯天性至老不改，而大师之如何的"虚怀若谷"也可以更看出来了。

我对胡先生的尊崇敬仰，真是老而弥笃。记得去秋在南港胡先生第二次请我吃饭时，我坐在他客厅里，对着胡先生，受宠若惊之余，竟有一种疑幻疑真的感觉。孔子、朱熹、王阳明往矣，苏格拉底、柏拉图、亚里士多德及历代若干有名哲人学者也都不可再见，而我现在竟能和与那些古人同样伟大的人，共坐一堂，亲炙他的言论风采，岂非太幸运了吗？谁知这种幸运竟也不能维持多久，胡先生也作了古人了。

（选自《苏雪林自传》，江苏文艺出版社1996年版）

北　风

——纪念诗人徐志摩

　　天是这样低，云是这样黯淡，耳畔只听得北风呼呼吹着，似潮，似海啸，似整个大地在簸摇动荡。隔着玻璃向窗外一望，哦，奇景，无数枯叶在风里涡旋着，飞散着，带着癫狂的醉态在天空里跳舞着，一霎时又纷纷下坠。瓦上，路旁，沟底，狼藉满眼，好像天公高兴，忽然下了一阵黄雨！

　　树林在风里战栗，发出凄厉的悲号，但是在不可抵抗的命运中，它们已失去了最后的美丽，最后的菁华，最后的生意。完了，一切都完了！什么青葱茂盛，只留下灰黯的枯枝一片。鸟的歌，花的香，虹的彩，夕阳的金色，空翠的疏爽……都消灭于鸿蒙之境。这有什么法想？你知道，现在是"毁坏"统治着世界。

　　对于这北风的猖狂，我蓦然神游于数千里外的东北，那里，有十几座繁荣的城市，有几千万生灵，有快乐逍遥的世外仙源岁月，一夜来了一阵狂暴的风——一阵像今日卷着黄叶的风——这些，便立刻化为一堆破残的梦影了！那还不过是一个起点，那风，不久就由北而南,由东而西,向我们蓬蓬卷地而来,如大块噫气,如万窍怒号,眼见得我们的光荣,独立,希望,幸福,也都要像这些残叶一般,随着五千年历史,在恶魔巨翅鼓荡下归于消灭!

有人说,有盛必有衰,有兴必有废,这是自然的定律。世无不死之人,也无不亡之国,不灭之种族。你试到尼罗河畔蒙非司的故地去旅行一趟。啊!你看,那文明古国,现在怎样?当时 Cheops, Chephren, Mycerinus 各大帝糜费海水似的金钱,鞭挞数百万人民,建筑他们永久寝宫的金字塔时是何等荣华,何等富贵,何等煊赫的威势。现在除了那斜日中,闪着玫瑰色光的三角形外,他们都不知哪里去了!高四四米突、广一一五米突的 Ammon 大庙,只遗下几根莲花柱头,几座残破石刻,更不见旧日的庄严突兀,金碧辉煌!那响彻沙漠的驼铃,嗫嚅在棕榈叶底的晚风,单调的阿拉伯人牧笛,虽偶尔告诉你过去光荣的故事,带着无限凄凉悲咽,而那伴着最大的金字塔的 Giseh,有名的司芬克斯,从前最喜把谜给人猜,于今静坐冷月光中,永远不开口,脸上永远浮着神秘的微笑,好像在说这个"宇宙的谜"连我也猜不透。

你再试到幼发拉底、底格里斯两河流域间参观一次,你将什么都看不见,只见无边无际的荒原展开在强烈眩人的热带阳光下。世界文化摇篮——美索波达尼亚——再不肯供给人们以丰富的天产;巴比伦尼尼微再不生英雄美人,贤才奇士;死海再不起波澜;汉谟拉比的法典已埋入地中;亚述的铁马金戈,也只成了古史上英豪的插话。那世界七大工程之一的悬空花园,那高耸云汉的七星庙,也只剩下一片颓垣断瓦,蔓草荒烟!

试问你希腊罗马,秦皇汉武,谁都不是这样收场呢?你要知道,自从这世界开幕以来,已不知换了多少角色,表现无数场的戏。我们上台后或悲剧,或喜剧,或不悲不喜剧,粉墨登场,离合欢悲的闹一阵，照例到后台休息，让别人上来表演。我们中华民族已经有了那么久长的生命，已经向世界贡献过那样伟大的文化，菁华已竭，照例搴裳去之，现在便宣告下台，也不算什么奇事，难道我们是上帝赋以特权的民族，应当永久占据这个世界的吗？

这话未尝不对，但是……

我正在悠悠渺渺胡思乱想的时候，忽听有叩门的声音，原来是校役送上袁兰子写来的一封信。信中附有一篇新著，题曰：《毁灭》，纪念新近在济南飞机遇难的诗人徐志摩。她教我也做一篇纪念文字。

自数日前听见诗人的噩耗以来，兰子非常悲痛，和诗人相厚的人也个个伤心。但看看别人嗟叹溅泪，我却一味怀疑，疑心诗人并未死——死者是别人，不是他。他也许厌倦这个世界，借此归隐去了。你们在这里流泪，他许在那里冷笑，因为我不相信那样的人也会死，那样伟大的精神也是物质所能毁灭的。不过感情使我不相信他死，理性却使我相信他已不复生存了。于是我为这件事也有几个晚上睡不安稳，一心惋惜中国文学界的损失！

我和诗人虽无何等友谊，对于他却十分钦佩。我爱读他的作品，尤其是他的散文。我常学着朱熹批评陆放翁的口气说他道："近代惟此人有诗人风致。"现在听了他遭了不幸，确想说几句话，表示我此刻内心的情绪。但是，既不能就怀旧之点来发挥，又不能过于离开追悼的范围说话，这篇文章应当如何下笔呢？再三思索，才想起了对于诗人的一个回忆。好，就在这个回忆里来追捉诗人的声音笑貌吧……

距今二年前，我住在上海，和兰子日夕过从，有时也偶尔参与她朋友的集会。第一次我会见诗人是在张家花园。胡适之，梁实秋，潘光旦，张君劢都在座。聚会的时间很匆促，何况座客又多，我的目力又不济，过后，诗人的脸长脸短，我都记不清楚。第二次，我会见诗人是在苏州。一天，二女中校长陈淑先生打电话来说请了徐志摩先生今日上午九点钟莅校演讲，叫我务必早些到场。那时虽是二月天气，却刮着风，下着疏疏的雨，气候之冷和今天差不了许多。我到二女中后，便在校长室中，和陈校长曹养吾先生三人，等待诗人的来到。可是时间先生似乎同人开玩笑：一秒，一分，一刻过去了，一点过去了，两点也过去了，诗人尚姗姗其来迟。大家都有些不耐烦，怕那照例误点的火车又在途中瞌睡，我们预期的耳福终不能补偿。何况风阵阵加紧，寒暑表的水银刻刻往下降，我出门时，衣服穿得太少，支不住那冷气的侵袭，冻得发抖，只想回家去。幸而陈校长再三留我，说火车也许在十一点钟到站，不如再等待一下。我们只好忍耐地坐着，想出些闲谈来消磨那可厌的时光。忽然门房报进来说，徐志摩先生到了。我们顿觉精神一振，竟不觉手舞足蹈，好像上了岸干巴巴喘着气的鱼，又被掷下了水，舒鳍摆尾，恨不得打几个旋，激起几个水花，来写出它那时的快乐！

我记得诗人那天穿着一件青灰色湖绉面的皮袍，外罩一件中国式的大袖子外套。三四小时旅程的疲乏，使他那双炯炯发亮，专一追逐幻想的眼睛，长长的安着高高鼻子的脸，带着一点惺忪睡意。他向陈校长道迟到的歉，但他又说那不是他的罪过，是火车的罪过。

学生鱼贯地进了大礼堂，我们伴着诗人随后进去。校长致了介绍词后，诗人在热烈掌声中上了讲坛了。那天他所讲的是关于女子与文学的问题。这是特别为二女中学生预备的。

他从大衣袋里掏出一大卷稿子，庄严地开始诵读。到一个中等学校演讲，又不是莅临国会，也值得这么的预备。一个讽嘲的思想钻进我的脑筋，我有点想笑。但再用心一听便听出他演讲的好处来了。他诵读时开头声调很低，很平，要你极力侧着耳朵才能听见。以后，他那音乐一般的调子，便渐渐地升起了，生出无限抑扬顿挫了，他那博大的人格,真率的性情,诗人的天分,都在那一声一韵中流露出来了。这好似一股清泉起初在石缝中艰难地,幽咽地流着,一得地势,便滔滔汩汩,一泻千里。又如他译的济慈《夜莺歌》,夜莺引吭试腔时,有些涩,有些不大自然,随即一声高似一声,无限变化的音调,把你引到大海上,把你引到深山中,把你引到意大利蔚蓝天宇下,把你引到南国苍翠的葡萄园里,使你看见琥珀杯中的美酒,艳艳泛着红光,酡颜的青年男女在春风中捉对跳舞……

他的辞藻真繁富,真复杂,真多变化,好像青春大泽,万卉初葩,好像海市蜃楼,瞬息起灭,但难得他把它们安排得那样和谐,柔和中有力,浓厚中有淡泊,鲜明中有素雅。你夏夜仰看天空,无数星斗撩得你眼花缭乱,其实每颗的距离都有数万万里,都有一定不错的行躔。

若说诗人的言语就是他的诗文,不如说他的诗文就是他的言语。我曾说韩退之以文为诗,苏东坡以诗为词,徐志摩以言语为文字,今天证明自己的话了。但言语是活的,写到纸上便滞了,死了。志摩的文字虽佳,却还不如他的言语——特别是诵读自己作品时的言语。朋友,假如你读尽了诗人的作品,却不曾听过诗人的言语,你不算知道徐志摩!

一个半钟头坐在空洞洞的大礼堂里,衣服过单的我,手脚都发僵了,全身更在索索地打颤了,但是,当那银钟般的声音在我耳边响着时,我的灵魂便像躺上一张梦的网,摇摆在野花香气里,和筛着金阳光的绿叶影中,轻柔,飘忽,恬静,我简直像喝了醇酒般醉了。这才理会得"温如挟纩"的一句古话。

风定了,寒鸦的叫声带着晚来的雪意,天色更暗下来了。茶已无温,炉中余炭已成了星星残烬,我的心绪也更显得无聊寂寞。我拿起兰子的《毁灭》再读一遍。一篇绝妙的散文,不,一首绝妙的诗,竟有些像诗人平日的笔意,这样文字真配纪念志摩了。我的应当怎样写呢?

当我两眼痴痴地望着窗前乱舞的黄叶时,不由得又想:国难临头,四万万人都将死无葬身之所,我们哪能还为诗人悲悼?况我已想到国家有亡时,种族有灭日,那么,个人寿数的修短,更何必置之念中?

况早死也未尝不幸。王勃,李贺,拜伦,雪莱,还有许多天才都在英年殂谢,而且我们在这样的时代,便活到齿豁头童有何意味。兰子说诗人像一颗彗星,不错,他在世三十六年的短短的岁月,已经表现文学上惊人的成功,最后在天空中一闪,便收了他永久的光芒,他这生命是何等的神妙!何等的有意义!

"生时如虹,死时如雷",诗人的灵魂,你带着这样光荣上天去了。我们这个拥有五千年历史的伟大民族,灭亡时,竟不洒一滴血,不流一颗泪,更不作一丝挣扎,只像猪羊似的成群走进屠场么?不,太阳在苍穹里奔走一整天,西坠时还闪射半天血光似的霞彩,我们也应当有这么一个悲壮的收局!

(选自《青鸟集》,1938年商务印书馆出版)

心理小说家施蛰存

如果有人叫我开一张五四以后新文学最优秀作品目录，施蛰存《将军的头》一定会占个位置。这或者是我的偏爱，但叫我故作违心之论去赞美那些徒以善喊革命口号，徒以善于骂人而艺术粗糙拙劣不堪一读的大师们作品，宁可欣赏我所偏爱的东西。所以《将军的头》虽然受赞赏和受毁骂的时代早过去了，但我愿意来评它一评。

施蛰存以一身拥有"文体作家"、"心理小说家"、"新感觉派作家"三个名号，虽然他自己对于这些名号一个也不承认，但就他已发表的文字看来，则他对于上所举的三派作风都有些相近，不过心理色彩更较其他为浓厚罢了。他的创作小说集有《追》、《上元灯》、《梅雨之夕》、《将军的头》、《善女人的行品》、《李师师》、《娟子姑娘》等，而《将军的头》实奠定他的文坛地位，我们可以派之为他的代表作。

作者最擅长心理的分析，有人说他是现代中国将佛洛依德一派学说引入文学的第一人。读了他的《将军的头》便可证明此说。此书共包含《鸠摩罗什》、《将军的头》、《石秀》、《阿褴公主》四篇。题材取之历史，描写则注重心理的变化，其中值得注意的有以下三点：

一、二重人格的冲突

普通心理学上所谓自我分裂，灵肉冲突，和一切心理上的纷乱矛盾，都脱不了二重人格的关系。施蛰存的《鸠摩罗什》是写宗教与色欲冲突的。这种题材在神本主义和禁欲主义发达的西洋文学里早已司空见惯，而且成功的作品也非常多。我国是人本主义的国家，虽以佛教之戒律森严，也能加以改变，使它人情化，像这种心理上剧烈斗争经验，很少体会。所以若以我国人为此种小说主角，结果必不甚自然，作者必采取异域高僧鸠摩罗什的故事为主题，原也有他不得已的苦衷。

《鸠摩罗什》是从鸠摩罗什携带妻子应姚兴之聘赴秦的途中叙起。这位高僧在龟兹国受吕光的强迫，破戒与吕的表妹龟兹公主结婚，良心已极端感着痛苦，幸而妻子在途中得热病死去，他以为从此以后可以脱然无累，恢复他圆满德行了。不意到了长安终日受着国王无上的尊敬，举国士庶热烈的膜拜，情欲仍不断的纠缠着他，亡妻的面貌常常在目前荡漾。一天讲经时，见一美丽娼女，忽然大动凡心；第二天讲经，又在听众中发现一容貌既似那娼女，又似他的亡妻的宫嫔，鸠摩罗什于是陷于重重魔障之中不能自拔，而犯第二次娶妻之罪。虽然他能用巧妙的言词遮饰着他的罪恶，并利用魔术来维持自己动摇中尊严地位，而内心之杌陧不安，达于极点。他就在这样双层人格的争斗中，惨淡地生存，也就在这样双层人格斗争中，悲伤地死去！

施蛰存写鸠摩罗什天人交战之苦，都从正面落笔，细腻曲折，刻画入微。用了十二分魄力，十二分功夫，一步逼入一步，一层透进一层，把这个极不易写的题目写得鞭辟入里，毫发无遗憾而后止。记得我从前读佛朗士的《黛丝》，心灵感受重大的压迫，读了《鸠摩罗什》，我的心也觉得重沉沉的不舒服几天。作者在描写的技巧上虽受了佛朗士《黛丝》一类书的影响，但他对于佛教经典曾下过一番研究苦心，引用了不少佛教的戒律术语，布置了不少佛教的气氛，所以自然成为中国人写的佛教徒灵肉冲突的记录，与《黛丝》之基督教徒灵肉冲突有别。虽然对话过于欧化有点不自然，但全文既以异域高僧为题材，这一点也就不必苛求了。更可赞美的是以这个恋爱故事为经，将鸠摩罗什一生行迹都编织进去，即小小的穿插，和琐碎的情节，也取之史册，不假捏造，而全幅故事浑如无缝天衣，不露针线痕迹。不但在心理小说中获得很高的地位，古事小说能写得这样的也不可多得。

《将军的头》也属于双层人格描写。作者自己声明是写种族与恋爱的冲突，题材则取之唐代猛将花敬定的故事。据说花敬定原属吐蕃族，因憎恶其贪鄙的汉族部下，而想趁自己被差遣去征伐吐蕃时，叛归祖国。忽有一部下的骑兵调戏一少女，将军虽已将该骑兵正法，而自己亦为那少女的美色所惑，于是花将军种族与恋爱的冲突便尖锐化。以后将军茫然上了战场，携其头奔回，遇他所爱的少女于溪边，受她的调侃，失望倒地死去。这篇文字的题材，不如《鸠摩罗什》，有些地方写得很勉强，但描写还算精细深窈，自具作者文笔的特征。

二、变态性欲的描写

按变态性欲有施虐狂及被虐狂，西洋及日本以此作为小说者已数见不鲜。中国旧文学虽无自觉的描写，但以史册及笔记等所记载者观之，也还有不少例子。譬如北史所记各暴主虐杀妃嫔宫女以为笑乐事，晋石崇杀妓行酒，隋末诸葛昂盘蒸美人撮食乳肉等等，都含有施虐狂的心理。施蛰存在一篇小说里写结盟兄弟石秀和杨雄，石秀想出许多巧妙的计策，怂恿杨雄杀妻潘巧云。原来石秀爱上潘巧云，但以碍于杨雄的友谊，不敢有所举动。后来知道潘巧云与和尚裴如海有私，不胜其醋，告知杨雄，却反被潘巧云用谗逐出；恋爱嫉妒与仇恨交并一处，遂欲甘心于巧云。后来果然教杨雄用计诓骗巧云主仆上翠屏山，而施以极残酷的杀害。他则一旁欣赏巧云痛苦的姿态，和那淋漓的鲜血，零乱的肢体，来满足他的施虐狂。

三、近代梦学的应用

自佛洛依德作《梦的解释》以及心理学家发表种种梦的研究以后，梦学也常常应用到文学上来。鸠摩罗什曾梦入长安妓女孟大娘之家，石秀曾梦见与潘巧云恋爱，花敬定曾梦见自己变军士强逼所爱村女，都是作者应用梦理学之例，但我以为施蛰存的《狮子座流星》那个梦写得最有趣味。这虽然属于《将军的头》以外的一篇文章，我们也不妨引来做个证明：卓佩珊夫人因为渴望生子，从医生处检查归来，听见街上卖报的说当夜有狮子座流星出现。进到自家弄堂口时，恰巧又听见守巷巡警与邻家婢调谑，说狮子座流星女人看不得，看了要生儿子。夫人虽不知狮子座流星究竟为何物，但自己正想得子，决定晚间将床铺移到窗下守候一个通宵。守了大半夜毫无所见，天亮时朦胧睡去，忽然梦见星飞空中，明如白昼，而且投入自己怀中，发生奇响。惊醒时则朝阳光芒刚射到眼皮上，丈夫则正在梳理头发，误落象牙梳子于地，她梦中奇响即由此而来。

据佛洛依德说梦的构成不外四种原因：一、日间发生欲望，无机会实现，便在晚间梦境里来满足。二、被社会裁制着的欲望，常在梦中活动。三、睡眠时受了生理上的刺激亦能成梦，如渴则梦饮，饥即梦食，手搭胸则梦为鬼所压。四、深藏于潜意识之中，或从儿童时代传衍下来的欲望，每能与日常生活经验，连缀成梦。卓佩珊夫人想生儿子的欲望，正在脑筋里闹得不开交，听了狮子座流星出现的新闻和巡警戏言，同旧日所闻的日月入怀主生贵子的传说和射在眼皮上的朝阳，丈夫牙梳的落地声，连结一片，成此一梦，这就合着佛氏梦学第三第四两种原因。

至于作梦时间问题也大可研究。据施氏小说写卓夫人由梦见星飞天上起到惊醒时止，经历时间至少一刻钟，但实际上所经历的不过一二秒钟罢了。几秒钟之间即可做一甚长的梦，似不可能，但佛氏书有许多实例。如法国某人睡中帐钩断落其颈，仅一刹那间事，他却做三个甚绵长的梦，梦在大恐怖时代，他如何被捕，如何被送上断头台，刀锋落下，一痛而醒。我们说卓夫人梦境发生于朝阳射眼一刹那间固可，说她的梦境发生于丈夫牙梳落地之刹那间也无不可。梦中时间的感觉原与醒时不同。柏格森（Herni Bergson）的"时间与意志自由"曾细加解释。中国古人的"黄粱梦"和"枕上片时春梦中，行尽江南万千里"，也曾无意地透露此中消息。

至于施蛰存写作的技巧也可以分几层来说：

施氏擅长旧文艺，他华丽的辞藻大都由旧文学得来。据他作品所述，我们知道他很爱李商隐的诗，而且自己所做的旧诗也是这一路。玉溪诗素有"绮密瑰妍"之评，施氏创作小说，文藻的富丽与色泽的腴润，亦可当得起这四个字，则他的艺术一定大有得于李诗。又作者与沈从文同称为"文体作家"，即专以贡献新奇优美之文体为主，不问内容之合理与否。沈从文《月下小景》专写印度故事，荒唐奇诞不可诘究。施蛰存鸠摩罗什之当犯戒俗僧之面吞下盈钵之针；花敬定将军被敌将斩去头颅，居然能驰马十余里，一直到听见所爱女郎的讽嘲，才伤心倒地而死，都不合情理，但我们若知道他是一个文体作家，便不能说什么了。

施氏作品色泽的腴润，可于《将军的头》一书见之。《鸠摩罗什》中描写沙漠景色的一段，高僧回忆受龟兹公主诱惑的一段，美丽得简直像诗。阿褴公主的故事本来极其瑰奇，作者的描写，更使它诗化了。

结构的谨严与刻画的细腻，也是施蛰存艺术上的特色。粗疏、松懈、直率、浅露，大约是一般新文学家的通病，施氏独在结构刻画上用心。在小说人物思想的过程上，作者最能做有层次的描写，像他写花敬定将军忽然发生叛回吐蕃的念头，必先写将军幼时受了祖父的感染，对于本族本国已有一种向往之感情；继写将军讨平段子璋立下奇功，而部下汉族兵士大掠东蜀，致自己上峰崔光远受了朝廷的处分，自己也不能升官；及奉令率师抵御吐蕃，他部下又日日作掠劫货财的梦，甚至打算抢他们所驻扎的村镇，这对于一个正直的英雄主将，当然感到万分的憎恶，不能忍耐，他之想叛回祖国，也就不算什么奇怪之事了。又写石秀杀嫂，从杀机之发动至于成熟，也极有步骤。先写他勾栏宿娼，娼手指误创于削梨之刀，红如宝石的血液自玉雪之指端下滴，色彩鲜艳异常，使石秀对于女人的血发生爱好，后杀裴如海与头陀，一刀一个，毫不费力，更觉杀人为至奇快之事，以后再来杀潘巧云，便不嫌其突兀了。又如《散步》那一篇，丈夫对于将爱情专注儿女及家务之妻子，发生不满之感，而逐渐与一个从前曾恋爱的寡妇重拾旧欢，写得也极有层次。《旅店》那一篇，丁先生旅行内地，在旅馆的一夕中，饱受虚惊，心理上的刻画也极曲折细腻之能事。施氏文笔有纤巧之称，自有其由来也。

蒋心余题《袁枚诗集》云"古今惟此笔数支，怪哉公以一手持"，作家仅能表现一种作风，不足称为大家，模拟他人或步趋时尚者，其作品形式亦不能推陈出新，戛戛独造。施氏文笔细致美丽，写古事小说固然游刃有余，写下等社会的情形，则好像有点不称，但他居然能在《将军的头》、《李师师》之外，写出《追》、《雄鸡》、《宵行》、《四喜子的生意》等篇，对于下等社会的简单的心理，粗野的态度，鄙俚的口吻，模拟尽致，于鲁迅等地方文艺之外另树一帜，不能不说难能了。

　　施蛰存写作时最喜在另辟蹊径上努力。《将军的头》和《李师师》等古事小说已开了一条新文坛没有走过的道路了；《夜叉》、《魔道》、《凶宅》，几篇的文字充满了神秘恐怖气氛，读之令人疑神疑鬼，心弦异常紧张，可以算得一种新写法。美国爱伦坡最善此等笔墨，法国写实主义大师左拉、莫泊桑晚年心情异常，其作品也颇带着浓厚的阴森幻秘的情调。

（选自《中国二三十年代作家》，
1979年，台湾纯文学出版社出版）

辑八　砚田圈点

周作人先生研究

周作人先生是现代作家中影响我最大的一个人。自从五四运动后我就爱读他的作品，除了他清涩幽默的作风学不来以外，我对神话童话民俗学等，兴趣的特别浓厚，大都是由他启示的，虽然浅尝，我于这几项学问，只能无法去作专门的研究。两年前在某处演讲《周作人的思想及其影响》，留下了这篇稿子。因为属于介绍性质，所以仅有客观的分析而缺少主观的批评。而且对于周先生现在所提倡的公安竟陵一派文学的理论及所谈的《中国新文学的源流》等，均未涉及。我想将来有机会再写一篇《周作人论》。这篇陈稿虽无所用，但对于那些想明了周先生思想和想研究他的作品的青年朋友们，或者可以当作一个简单的指示，所以略为增减，将它发表了。

民国二三年国庆日雪林自记于珞珈山

一九二二年，便是五四运动后的第四年，胡适先生检查新文学的成绩，便说除了显然进步的长篇议论文外，最成功的是小品散文。他说这话的后二年，曾孟朴先生给胡适先生的信也说这几年以来新文学不可埋磨的成绩固然很多，而小品文字则须占第一位。

近年小品散文的盛况似乎已被那些突飞猛进的长短篇小说所代替了。而且从前那些小品文成绩也已被猛烈的时代潮流，冲洗得黯然无色了。但中国有一座屹立狂澜永不动摇，而且颜色愈洗濯愈鲜明的孤傲的山峰，这便是周作人先生的作品！

他的著作，采取短篇散文型式而写的有《自己的园地》、《雨天的书》、《泽泻集》、《永日集》、《谈虎集》、《谈龙集》、《看云集》等十余种，较长的论文如《人的文学》、《中国新文学的源流》则不甚多见。所以周作人先生可说是小品散文最早的试作者，又可以说是小品散文的专家。因为别人创作时每喜向多方面发展，小说、戏剧、诗歌都要来一手，周先生则除此以外别无尝试；别人以余力为小品散文，他则用了全副心灵。

但我们与其说周作人先生是个文学家，不如说他是个思想家。十年以来他给予青年的影响之大和胡适之、陈独秀不相上下。固然他的思想也有许多不大正确的地方——如他的历史轮回观和文学轮回观——但大部分对于青年的利益是非常之巨大的。他与乃兄鲁迅在过去时代同称为"思想界的权威"。现在因为他的革命性被他的隐逸性所遮掩，情形已比鲁迅冷落了。但他不愿做前面挑着一筐子马克思，后面担着一口袋尼采的"伟大说谎者"，而宁愿做一个坐在寒斋里吃苦茶的寂寞"隐士"，他态度的诚实，究竟比较可爱。

现在我们就他作品来观察他的思想和趣味，再来论他的思想。

思想方面的表现

他不单是个文学家，而是一个思想家，上文已说过了。他同鲁迅一样，对于中国民族病态是有深澈的研究的，也同样的立了许多脉案和治疗之方。鲁迅的是《阿Q正传》和一些杂感文字，他的则大略如下文所引：

一、对国民劣根性的掊击

他在《与友人论国民文学书》提出几件思想革命的计划：

我们要针砭民族卑怯的瘫痪。

我们要消除民族淫猥的淋毒。

我们要切开民族昏愦的痈疽。

我们要阉割民族自大的疯狂。

第一点论中国卑怯，照著者看来，有正反两面。正面则求生意志的缺乏，而反面则是凶残。《新希腊与中国》说："希腊人有一种特性，也是从先代遗传下来的，是热烈的求生欲望。他不是只求苟延残喘的活命，乃是希求美的健全的充实的生活……中国人实在太缺少求生的意志，由缺少而几乎至于全无……中国人近来常以平和和忍耐自豪，这其实并不是好现象。我并非以平和为不好，只因为中国的平和和耐苦不是积极的德性是消极的衰耗的症候，所以说不好。譬如一个强有力的人他有压迫或报复的力量而隐忍不动，这才是真的平和。中国人的所谓爱平和，实在只是没气力罢了，正如病人一样。这样没气力下去，当然不能'久于人世'。这个原因大约很长远了，现在且不管他，但救济是很要紧的。这有什么法子呢？我也说不出来，但我相信一点兴奋剂是不可少的；进化论的伦理学上的人生观，互助而争存的生活。尼采与托尔斯泰，社会主义与善种学都是必要。"《民众的诗歌》对于店伙酒色财气诗的批评道:"这些诗里所说的话,实在足以代表中国大多数的人的思想:妥协,顺从,对于生活没有热烈的爱着,也便没有真挚的抗辩。他辩护酒色财气的必要,只是从习惯上着眼,这是习惯以为必要,并不是他个人以为必要了……倘或有威权出来一喝说'不行',我恐怕他将酒色财气的需要也都放弃了去与威权的意志妥协,因为中国的人看得生活太冷淡,又将生活习惯并合了,所以无怪他们好像奉了极端的现世主义生活着而实际上却不曾真挚热烈的生活过一天。"在另一文里周氏以中俄两民族相比较,结论是俄国民族好像一个饱经忧患的青年,艰难痛苦将他人格锻炼得更加伟大而坚实,并发生他向上进步力求生存的勇气,而中国民族则为一饱经忧患的老人,被艰难痛苦磨得筋力衰败志气颓唐,除终日枯坐追溯已往外,不问其他。所以俄国民族前途是有希望的,中国则难说了。

至于凶残似乎不是懦夫所能干的行为了。然暴虐之行,仅仅施于弱者,或施于无抵抗力者还是卑怯的变相。《诅咒》云:"我常说中国,人的天性是最好淫杀,最凶残而又最卑怯的。"他于历史人物最反对明朝的永乐帝,因清故宫里藏有《永乐圣旨》的钞本,朱棣杀人之残忍,引起他的反感的缘故。他有《鬼的叫卖》一诗曾提及此事。又《自己的园地·永乐的圣旨》云:"我相信上边所录的圣旨,是以后不会再有的了,但我又觉得朱棣的鬼还活在人间,所以煞是可怕。不但是礼教风化的大人先生们如此,便是'引车卖浆'的老百姓也都一样,只要听他平常相骂的话便足证明他们的心,还为邪鬼所占据。"《雨天的书》读《京华碧血录》云:"我向来是神经衰弱的,怕听那些凶残的故事,但有时却又病理的想去打听,找些战乱的记载来看,最初见到的是《明季稗史》的《扬州十日记》,其次是李小圭的《思痛记》,使我知道清初及洪杨时情形的一斑,《寄园寄所寄》、《曲洧旧闻》、《因子巷缘起》还是记得。正如安特来夫的《小人物的自白》的恶梦使人长久不得宁贴……但是愚蠢与凶残之一时的横行,乃是最酷烈的果报,其贻害于后世者比敌国的任何种惩创尤为重大。"

第二点论中国民族淫猥则尤为痛切。《半春》云:"中国多数的读书人几乎都是色情狂的,差不多看见女子便会眼角挂落,现出兽相。这正是讲道学的自然结果,没有什么奇怪。"又说:"中国男子多数皆患着性狂,其程度虽不一,但同是'山魈风'(Satyriasis)的患者则无容多疑耳。"周氏又看出中国礼教的根本为"性的恐怖"之迷信。如四川督办,因为要维持风化把一个犯奸的学生枪毙。湖南省长因为求雨半月不回公馆。周氏引弗来则博士(J. G. Frazer)之学说证明此二事为"性的恐怖"之表现。盖野蛮人每以为性的过失能触怒神灵招致灾祸殃及全族,所以奸罪惩罚独严。于是性成为禁忌(Tabu)之一种。又野蛮人信禁戒某种性行为或举行某种性行为可以促鸟兽之繁殖与草木之生长,湖南省长求雨法就含着这种迷信臭味。

中国人以大半患有性狂之故,一方面对恋爱抱畏惧态度,即略涉猥亵之言语亦绝口不谈。蔼里斯(Havelock Ellis)嘲笑英国绅士谈人体以胸以下胫以上为止,中国道学家亦有此等情形。然另一方面则喜谈猥亵,成为天性。凡及中冓之言,房闱之私,以及人家隐讳之事,每兴高而采烈。茶馆酒后消遣之小报及小说十九为刺激色情之记载,固不待论;即以卫道自命之大人先生,亦于高谈性理之余,刊布《素女经》等等。对于性的观念缺乏清醒健全态度,于是可见。

第三点论中国民族之昏愦,《半春》云:"中国人的头脑不知是怎么样的,理性太缺,情趣全无,无论同他讲什么东西,不但不能了解,反而乱扯一阵,弄得一塌糊涂。"《与友人论性道德书》引陈独秀《青年的误会》云:"教学者如扶醉人,扶得东来西又倒。现代青年的误解也和醉人一般……你说婚姻要自由,他就专门把写情书寻异性朋友做日常重要的功课……你说要脱离家庭压制,他就抛弃年老无依的母亲。你说要提倡社会共产主义,他就悍然以为大家朋友应该养活他。你说青年要有自尊的精神,他就目空一切,妄自尊大,不受善言了……。"

第四点论中国民族之自大,则于日本安冈秀天所著《从小说上看出支那民族性》一文后云:"我承认他所说的确是中国的劣点……我们不必远引五六百年前的小说来做见证,只就目睹耳闻的实事来讲,卑怯、凶残、淫乱、愚陋、说谎,真是到处皆是。便是最雄辩的所谓国家主义者也决辩护不来,结果无非是迫加表示其傲慢与虚伪而已……中国人近来不知吃了什么迷心汤,相信他的所谓东方文化与礼教,以为就此可以称霸天下,正在胡叫乱跳,这真奇极了。安冈这本书应该译出来发给人手一编,请看看尊范是怎样的一副嘴脸,是不是只配做奴才?"又《代快邮》论国耻问题云:"我想国耻是可以讲的,而且也是应该讲的。但我这所谓国耻,并不专指丧失什么国家权利的耻辱,乃是指一国国民丧失了他们做人的资格的耻辱。这样的耻辱才真是国耻……中国女子的缠足,中国人的吸鸦片买卖人口,都是真正的国耻比被外国欺侮还要可耻。缠足、吸鸦片、买卖人口的中国人即使用了俾士麦、毛奇这些人才的力量,凭了强力解决了一切国耻问题,收回了租界失地以至所谓藩属,这都不能算作光荣,中国人之没有做人的资格的羞耻依然存在……所以中国如要好起来第一应当觉醒,先知道自己的丑恶,痛加忏悔,改革传统的荒谬思想、恶习惯以求自立,这才有点希望的萌芽……照此刻的样子以守国粹夸国光为爱国,一切中国所有的都是好的,一切中国所为都是对的,在这个期间中国是不会改变的,不会改好,即使也不致变得更坏。"又《与友人论国民文学书》也有同样的见解。

二、驱除死鬼的精神

周氏有一个很特别的历史观念,即所谓历史轮回观。他断定历史是"过去曾如此，现在是如此，将来也要如此"。所以"僵尸"、"死鬼"、"重来者"是他常用的名词。《历史》云："天下最残酷的学问是历史。他能揭去我们眼上的鳞，虽然也使我们希望千百年后的将来会有进步，但同时将千百年前的黑影投在现在上面，使人对于死鬼之力不住地感到威吓。我读了中国历史对于中国民族和我自己先就失了九成以上的信仰和希望。'僵尸'！'僵尸'！我完全同感于阿尔文夫人的话。世上如没有还魂夺舍的事，我想投胎总是真的……"《闭户读书论》云："历史所告诉我们的在表面的确只是过去，但现在，将来也就在这里面了。正史好似人家祖先的神像画得特别庄严点，但从这上面总还看得出子孙的面影，至于野史更有意思，那是行乐图小照之流，更充足地保存真相，往往令观者拍案叫绝，叹传神之妙，正如獐头鼠目再生于十世以后一样，历史的人物亦常重现于当世的舞台，恍如夺舍重来，慑人心目。此可怖的悦乐，为不知历史者所不能得者也。"《代快邮》与万羽君论爱国运动云："我很惭愧自己对于这些运动的冷淡一点都不轻减。我不是历史家，也不是遗传学者，但我颇信丁文江先生所谓谱牒学，对于中国国民根本地有点怀疑……巴枯宁说历史的惟一用处是教我们不要再这样，我以为读史的好处是在能预料又要这样了；我相信历史上不曾有过的事中国此后也不曾有，将来舞台上所演的还是那几出戏，不过换了脚色、衣服与看客。五四运动以来民气作用，有些人诧为旷古奇闻，以为国家将兴之兆，其实也是古已有之，汉之党人、宋之太学生、明之东林，前例甚多。照现在情形看去，与明季尤相似；门户倾轧、骄兵悍将、流寇、外敌，其结果——总之不是文艺复兴——孙中山未必是崇祯转生来报仇。我觉得现在各色人中倒有不少是几社、复社、高杰、左良玉、李自成、吴三桂诸人的后身。阿尔文夫人看见她的儿子同他父亲一样地在那里同使女调笑，叫道'僵尸'！我们看了近来的情状怎能不发生同样的恐怖与惊骇？佛教我是不懂的，但这'业'——种性之可怕，我也痛切地感到。即使说是自然的因果，用不着怎么诧异，灰心，然而也总不见可以叹许，乐观。"《与友人讨论国民文学书》云："……但是有时又觉得这些梦想也是轻飘飘的，不大靠得住；如吕滂（Gustane leBon）所说人世事都是死鬼作主，结果几乎令人要相信幽冥判官，或是毗骞国王手中的账簿，中国人是命里注定的奴才，这又使我对于一切提倡不免有点冷淡了。"

周氏自抱这样历史观念以来，对中国整个民族，甚至对他自己，似乎都很悲观，但后来渐由消极而转为积极。他在《历史》里说："不过有这一点，自己知道有鬼附在身上，自己谨慎了，像癫病患者一样摇着铃铛叫人避开，比起那吃人不餍的老同类来或者是较好一点吧。"又《我们的敌人》云："我们的敌人是什么？不是活人，乃是野兽与死鬼，附在许多活人身上的野兽与死鬼……在街上走着在路旁站着，看行人的脸色，听他们的声音，时常发见妖气。我们为求自己安全起见，不能不对他们为'防御战'：我们要从所依附的肉体里赶出那依附着的东西……我们去拿许多桃枝与柳枝、荆鞭蒲鞭，尽力的抽打面有妖气的人的身，务期野兽幻化的现出原形，死鬼依托的离去患者……"周氏所有随感录中对于"僵尸"的讨论层出不穷，或者就是他警告之一种，或防御战之一种吧。

三、健全性道德提倡

中国人之所以好谈挑拨肉欲的言语，或道学地对性加以严峻的反对，都是没有健全性道德的缘故，所以我们的"中国蔼利斯"周作人先生便从这方面的工作努力了。

第一，他提倡净观。他说："平常对于猥亵事物可以有三种态度，一是艺术地自然，二是科学的冷淡，三是道德的洁净。这三者都是对的。但在假道学的社会中我们非科学及艺术的凡人所能取的态度只是第三种（其实也以前二者为依据），自己洁净的看，而对于有不洁净的眼的人们则加以白眼，嘲弄，以至于训斥。"他佩服被禁三十余次而依然出版的秽亵著作的日本废姓外骨，和那披着猥亵的衣出入于礼法之阵的法国拉勃来（Rabelais）。因为他们的行为显然是对于时代的一种反动，对于专制政治及假道学的教育的反动。有一次有个心琴画会展览作品，某人在报纸上做了一篇批评，有几句话说："绝无一幅裸体画，更见其人品之高矣！"周氏为之气极，大骂："中国现在假道学的空气浓厚极了，官僚和老头子不必说，就是青年也这样。中国之未曾发昏的人们何在，为什么还不拿了十字架起来反抗？我们当从艺术科学尤其是道德的见地，提倡净观，反抗这假道学的教育直到将要被火烤了为止。"

第二，他对性主张严肃的态度。这在他的《人的文学》里早经说过了。他的《论情诗》道："恋爱不过是性的要求的表现，凯本德在《爱之成年》里曾说道：'性是自然界爱之譬喻。'但因了恋爱而能了解求神者的心情，领会入神（Enthousiasmos）与忘我（Ekstasia）的幸福的境地……爱慕，配偶与生产，这是极平凡极自然，但也极神秘的事情。凡是愈平凡愈自然的便愈神秘，所以现代科学上的性的知识日渐明了，性爱的价值也益增高。正因为知道了微妙重大的意义，自然兴起严肃的感情，更没有从前那种戏弄的态度了……但是社会上还流行着开化时代不自然的意见，以为性爱只是消遣的娱乐而非生活的经历，所以常有年老的人尽可耽溺，若是少年的男女在文字上质直的表示本怀便算犯了道德律。还有一层，性爱是不可免的罪恶与污秽，虽然公许，但是说不得的，至少也不得见诸文字。"又说："我们对于情诗当先看其性质如何，再谈其艺术如何，情诗可以艳冶，但不可涉于轻薄，可以亲密，但不可流于狎亵：质言之，可以一切，只要不及于乱。这所谓乱与从来的意思有点不同，因为这是指过分，过了情的分限，即是性的游戏的态度。"

临了，他标出他的宗旨："道德进步，并不靠迷信之加多，而在于理性之清明。我们希望中国性道德的整饬，也就不希望训条的增加，只希望知识的解放与趣味的修养。"

趣味方面的表现

一、民俗学之偏爱

看我们新文学大师对于野蛮人的宗教、迷信、禁忌、神话、童话等等那样谈得起劲，那样研究得精细深澈，足知他是一个对民俗学有偏好的人了。

(1) 神话

《须发爪序》说："我是一个嗜好颇多的人……我也喜欢看小说，但有时又不喜欢看了，想找一本讲昆虫或是讲野蛮人的书来看。但有一样的东西，我总是欢喜，没有厌弃过，而且似乎足以统一我的凌乱的趣味，那就是神话。"因浅薄的中国人见神话多荒唐无稽之谈，遂以为不合科学思想加以排斥，周氏《雨天的书》遂有《神话的辩护》、《续神话的辩护》两篇，又《自己的园地·神话与传说》均有矫正此项错误观念之语。他又说，神话不但在民俗研究上的价值很大，就是在文艺方面也很有关系，大约神话的种类有四种：（一）神话（Myth）、（二）传说（Legend）、（三）故事（Anecdote）、（四）童话（Fairy tale）。离开了科学的解说，即使单从文字的立脚点看去，神话也自有独立的价值，不是可以轻蔑的东西。本来现在的所谓神话等原是文学，出自古代原民的史诗史传及小说。他们做出这些东西，本来不是存心作伪以欺骗民众，实在只是真诚的表现出他们质朴的感想。"我想如把神话等提出在崇信与攻击之外还它一个中立的位置，加以学术的考订；归入文化史里去，一方面当作古代文学看，用历史批评或艺术赏鉴去对待它，可以收获相当的好结果。"

(2) 童话

蔼利斯有一段名论道："童话是儿童精神上最自然的食物，倘若不供给他，这个缺损，无论如何，不能够补救。正如使小孩吃淀粉质的东西，生理上所受的饿，不是后来给予乳汁所能补救的一样。"童话每赋动物以人格，狗哥哥，猫弟弟，牛伯伯，驴叔叔连篇累牍，其荒唐无稽与神话相类。周氏虽无替童话辩护的文字，但他为神话辩护，不啻就为童话辩护了。他说："人之反对童话，以为儿童读之，就要终身迷信，便是科学知识也无可挽救。其实神话只能滋养儿童的空想与趣味，不能当作事实，满足知识与要求。这个要求当由科学去满足他，但也不因此遂打消空想。知识上猫狗是哺乳类食肉动物，空想上却不妨仍是会说话的四足朋友。"而且童话与文学也大有关系。大约童话可分为民间童话与童话文学两种，前者是民众的、传述的、天然的；后者是个人的、创作的、人为的；前者是小说的童年，后者是小说的化身，抒情与叙事诗的合作。

(3) 民歌及童谣

《海外民歌序》云："我平常颇喜欢读民歌，这是代表民族的心情的，有一种浑融清澈的地方，与个性的诗之难以捉摸者不同。在我们没有什么文艺修养的人；常觉得较易领会。我所喜读的是：英国的歌词（Ballad），一种叙事的民歌，与日本的俗谣，普通称为'小呗'。"

《江阴船歌序》云："民歌（Folksong）的界说，据英国 F. Kidson 是生于民间，并且通行民间，以表现情绪或抒写事实的歌谣……民歌的特质并不偏在有精彩的技巧与思想，只要能真实表现民间的心情，便是纯粹的民歌。民歌在一方面原是民族的文学的初基。倘若技巧与思想上有精彩的所在，原是极好的事；但若生成是拙笨的措词，粗俗的意思，也就无可奈何。"

《读童谣大观》云："现在研究童谣的人大约可分为三派，一是民俗学的，认定歌谣是民族心理的表现，含蓄许多古代制度的遗踪。二是教育的，既知道歌吟是儿童一种天然的需要，便顺应这个要求，供给他们整理的适用的材料，能够得到更好的效果。三是文艺的，晓得俗歌里有许多可以供我们取法的风格与方法，把那些别有文学意味的风俗诗选录出来供大家的赏玩，供诗人的吟咏取材。这三派的观点尽有不同，方法也迥异，但是各有用处，又都凭了清明的理性及深厚的趣味去主持评判，所以一样的可以信赖尊重的。"但他说五行志之流则宜打倒。

（4）民间故事及野蛮人风俗与迷信

民间故事的搜集，他在《语丝》上不断的提倡。而野蛮人风俗与迷信则他有《僵尸》、《荣光之手》、《论山母》、《平安之接吻》、《野蛮民族的礼法》、《关于夜神》、《关于妖术》、《祖先崇拜》、《初夜权》、《花煞》、《买水》、《回煞》，甚至江湖上所谓《铁算盘》、《迷魂药》均以极大之兴趣讨论之。

二、人间味的领略

中国人活在这世界上只是生存，不是生活。原因虽是经济的压迫，但有钱而不知享受者也很多。这大约我们不曾把生活当作艺术，所以如此。善于生活者在最简单的物质条件下仍然能够满足，这就是人间味的领略。

（1）生活艺术化

芥川龙之介曾说："因为使人生幸福，不可不爱日常的琐事，雪的光，竹的战栗，雀群的声音，行人的容貌，在所有的日常琐事之中，感着无上的甘露味。"周氏也说："我们于日用必须东西外，必须还有一点无用的游戏与享乐，生活才觉有意思。我们看夕阳，看秋河，看花，听雨，闻香，喝不求解渴的酒，吃不求饱的点心，都是生活上必要的。"又《论喝茶》云："当于瓦屋纸窗之下，清泉绿茶，用素雅的陶瓷茶具，同二三人共饮，得半日之闲，可抵十年的尘梦。喝茶之后再去继续修各人的胜业，无论为名为利都无不可，但偶然的片刻的优游乃正断不可少……"这就是他生活艺术化一语具体的解释。

所谓艺术的生活是什么？即相当的节制是也。周氏说："生活不是很容易的事。动物那样的，自然地简易地生活是其一法；把生活当作一种艺术，微妙地美的生活又是一法；二者之外别无道路，有之则是禽兽之下的乱调的生活了。生活之艺术只在禁欲与纵欲的调和……生活之艺术这个名词用中国固有的字来说便是所谓礼——这是指本来的礼，后来的仪礼教礼却是堕落的东西——日本虽然也很受到宋学的影响，生活上却可以说是承受平安朝系统还有许多唐代的流风余韵，因此了解生活之艺术也更是容易。有许多风俗日本的确保存这艺术的色彩，为我们中国人所不及。"周氏又有《日本的人情美》一篇论日本人喝茶弄花草时之闲情逸致，以为他们能了解生活意味之证。

(2) 好事家的态度

《须发爪序》云："我是个嗜好颇多的人。假如有这力量，不但是书籍，就是骨董也想买，无论金、石、瓷、瓦，我都很喜欢的。"他在《玩具》一文里说出他对收藏骨董的意见道："大抵玩骨董的人，有两种特别注重之点：一是古旧，二是希奇。这不是正当的态度，因为他所重的是骨董本身以外的事情，正如注意于恋人的门第产业而忘却人物的本体一样，所以真是玩骨董的人是爱那骨董的本身，那不值钱没有用极平凡的东西。收藏家与考订家以外还有一种赏鉴家的态度。骨董家，其所以与艺术家不同者只是没有那样深厚的知识罢了。他爱艺术品，爱历史遗物，民间工艺以及玩具之类。或自然物如木叶贝壳亦无不爱。这些人称作骨董家或者不如称之曰好事家

(Dilettante)更是适切：这个名称虽然似乎不很尊重，但我觉得这种态度是很好的。在这博大的沙漠似的中国至少是必要的，因为仙人掌似的外粗厉而内腴润的生活是我们惟一的路，即使近于现在为世诟病的隐逸。"周氏有《鏵百姿》、《法布尔昆虫记》、《草木虫鱼》、《金鱼》、《虱子》、《两株树》、《苋菜梗》、《水里的东西》、《案山子》、《关于蝙蝠》等文字，即其好事家态度之表现。

三、文艺论

周氏既以文学家而兼思想家，他对于文艺的意见当然是值得我们尊重的。他并没有成为系统的文艺论，但在他著作中则有如下的意见：

（1）宽容的态度

他常说："文学以自己表现为主体。以感染他人为作用，是个人的而亦为人类的……各人的个性既是各各不同，那末表现出来的文艺当然是不相同。现在倘若拿了批评大道理要去强迫统一，即这不可能的事情居然实现了，这样的文艺作品已经失去了他惟一的条件，其实不能成为文艺了。因为文艺的生命是自由，不是平等，是分离，不是合并；所以宽容是文艺发达的必要的条件。"在《文艺的统一》中说："世间有一派评论家凭了社会或人类之名建立社会的正宗，无形中厉行一种统一。在创始的人如居友、别林斯基、托尔斯泰原也自成一家言，有相当的价值，到了后来却正如凡有的统一派一般，不免有许多流弊了。"又说："现在以多数决为神圣的时代习惯上以为个人的意见以至其苦乐是无足轻重的，必须是合唱的呼噪，始有意义，这种思想现在虽然仍有势力，却是没有道理的。"《诗的效用》说："君师的统一思想定于一尊，固然应该反对；民众的统一思想定于一尊，也是应该反对的。"

（2）贵族平民化

在社会主义发达的现代，大家都以为平民是好的，贵族是坏的。周氏却说不然，他说："平民的精神可以说是叔本华所说求生的意志，贵族的精神便是尼采所说的求胜的意志了。前者是要求有限的平凡的存在，后者是要求无限的超越的发展；前者完全是入世的，后者却几乎有点出世的了。"因为如此，所以"平民文学的思想，太是现世的利禄的了，没有超越现代的精神；他们是认识人生的，只是太乐天了，就是对于现状太满意了。贵族阶级在社会上凭藉了自己的特殊权利，世间一切可能的幸福都得享受，更没有什么歆羡与留恋，因此引起了一种超越的追求，在诗歌上的隐逸神仙的思想即是这样精神的表现。至于平民，于人间应得的生活的悦乐还不能得到，他们的理想自然限于这可望而不可即的平民生活，此外更没有别的希冀，所以在文学上表现出来的是那些功名妻妾的团圆思想了。"又说："我不相信某一时代某一倾向可以做文艺上永久的模范，但我相信真正的文学发达的时代必须多少含有贵族的精神。求生意志固然是生活的根据，但如没有求胜意志叫人努力的去求'全面善美'的生活，则适应的生存是容易退化的，而非进化的了。"结果他主张文学应当是平民化，那就是"以平民的精神为基调更加以贵族的洗礼，这才能够造成真真的人的文学"。

(3) 平淡

《自己的园地序》云："我近来作文极慕平淡自然的境地，但看古代或外国文学才有此种作品，自己还梦想不到有能做的一天，因为有气质与年龄的关系不可勉强。像我这样褊急的脾气的人，生在中国这个时代，实在难望能够从容镇静的做出冲澹的文章来。"

(4) 清涩

周氏的文字平淡之外，便是清涩。正如胡适所称"用平淡的谈话包藏着深刻的意味，有时很像笨拙，其实却是滑稽"。《燕知草跋》云："我也看见有些纯粹口语体的文章，在受过中等教育的学生手里写得很是细腻流丽，觉得有造成新文体的可能，使小说戏剧有一种新发展，但是在论文——不，或者不如说小品文，不专说理叙事而以叙情分子为主的，有人称他为絮语的那种散文上，我想必须有涩味与简单味，这才耐读。所以他的文词还得变化一点，以口语为基本，再加上欧化、古文、方言等分子杂糅调和，适当地或吝啬地安排起来，有知识与趣味的两重的统制可造出雅致的俗语文来。"又《蔼理斯感想录》抄《晦涩与明白》一条云："但在别一方面绝顶的明白也未必一定可以佩服。照吕南（Renan）的名言说来，看的真切须是看的朦胧。艺术是表现，单是明白，不成什么东西。艺术家之极端的明白未必由于能照及他的心的深渊之伟力，而是简单并无深渊可照缘故……我们初次和至上的艺术品相接时的印象是晦冥，但这是与西班牙教堂相似的一种晦冥，我们看着的时候，逐渐光明，直至那坚固的构造都显现了。又如东方舞女带面幕跳舞，初见其'深'之透明，继见其'美'之面幕之落，最后乃见其'明白'。但面幕一落，跳舞亦毕。"

周氏的思想趣味及对文艺的意见既都介绍了一个大概，现更把他给现代中国的影响略为谈谈。

周氏的文字素以幽默出名，但一到针砭中国国民性时便像有火焰似的愤怒，抖颤在行间字里。一句话便是一条鞭，向这老大民族身上剧烈地抽打，哪怕我们的肌肉是如何的顽钝，神经是如何的麻痹也不能不感觉痛苦。但他的态度是这样的恳挚和真实，我们读之只觉得羞愧感奋，并不觉其言之过火，这真是兴顽立懦的好文字，每个中国青年都应当当做座右铭，时刻省览的。可惜中国人天性麻木，难于教诲，五四运动后的几年中，大家对于他的话还肯听受，后来又漠然了。譬如他憎恶凶残暴虐的行为，指为卑怯性格的表现。近年有几种新文艺作品偏偏描写可怖的残杀，惨酷的复仇，无理性的争斗举动，煽炽青年的施虐狂，酝酿将来不可收拾的结果。他主张使儿童读童话，而现在正有许多顽固的有势力的人，反对小学教科书禽兽作人言，主张使小孩再去读"天地玄黄"、"人之初"或"四书五经"。他主张文艺的态度应当宽容，而一般批评家竟拿这话来判决他思想落伍，或作为他反动的罪状，想将他轰出新文坛以外去。他在十年前便作《教训的无用》一文，大约今日的种种早预先感觉到了吧？

他提倡性教育的结果，欧美几本有名的性教育研究如司托泼夫人 (M. C. Stopes) 的《结婚的爱》(*Married Love*) 和《贤明的父母》(*Wise parenthood*)、蔼利斯的《爱的艺术》(*Arsamatoria*)、凯本特 (E. Carpenter) 的《爱的成年》(*Loves Coming of age*) 都翻译到中国来了。青年对于性，不再将它当作神秘或猥亵的事而不敢加以讨论了。对艺术上性欲的描写，从前是一概含着不庄重的眼光看视的，现在也能根据"人的文学"的论点，辨别其何者为严肃的，何者为游戏的了。郁达夫《沉沦》初出时，攻击者颇多，周氏独为辩护，谓此书实为艺术品，与《留东外史》有异，众论翕然而定，而郁氏身价亦为之骤长。但天下事利弊每相半，国人不健全的性观念固因此而略为矫正，而投机者流亦遂借性问题而行其蛊惑青年之术。某博士即在周氏笔锋掩护之下，编著《性史》，其后又开美的书店，专售诲淫作品。周氏虽悔之，而已无如之何。又一切下流淫猥的文字都假"受戒的文学"(Literature for the intiated) 为护身符公然发行，社会不敢取缔，亦周氏为之厉阶云。

人类学的研究，对文学亦有伟大的贡献。神话则有黄石之《神话研究》、郑振铎之《希腊神话》。《ABC 丛书》中有《北欧神话》，《希腊神话》。其他神话著作不可胜述。童话则民间的童话翻译过来者固不下百十种。文学的童话如《王尔德童话》、《安徒生童话》、拉斯金的《金河王》、喀洛尔的《阿丽斯漫游奇境记》、《镜中世界》、庚斯来的《水孩》以及缪塞的《凤先生和雨太太》，孟代的《纺轮故事》、《格林童话集》、《列那狐的历史》均有译本。关于民歌童谣则周氏曾

201

于一九一四年在《绍兴教育会月刊》上登过征集歌谣的启事，一九一八年又在北京大学与刘复、钱玄同、沈兼士设立歌谣征集处，一九二二年又成立歌谣研究会。发行《歌谣周刊》至96期乃停版。其后何中孚的《民谣集》、顾颉刚的《吴歌甲集》、王翼之的《吴歌乙集》、谢云声的《闽歌甲集》及《台湾情歌》、台静农的《淮南民歌》、钟敬文的《客音情歌集》、《蜑歌》及《狼獞情歌》、李金发的《岭东恋歌》、刘半农的《瓦釜集》、娄子匡的《绍兴歌谣》，皆在这影响之下产生。民间故事，则林兰女士对此几为专家，如《徐文长故事》、《朱洪武故事》、《吕洞宾故事》、《呆女婿故事》、《新仔婿故事》、《鸟的故事》、《鬼的故事》。又有钟敬文的《民间趣事》、顾颉刚的《孟姜女故事》、《妙峰山研究》等等。民俗学研究之影响有江绍原《须发爪》、黄石《野蛮民族迷信之研究》及零星篇章甚多。

　　平淡与清涩作风的提倡，发生俞平伯、废名一派的文字，又有作风虽与此稍异而总名为语丝派者，其作品大都不拘体裁，随意挥洒，而写讽刺于诙谐之中，富于幽默之趣。周氏常论浙东文学的特色谓可分为飘逸与深刻二种："第一种如名士清谈，庄谐杂出，或清丽，或幽玄，或奔放，不必定含妙理，而自觉可喜。第二种如老吏断狱，下笔辛辣，其特色不在词华，而在其着眼的洞澈与措语的犀利。"语丝派文字之佳者，亦具此等长处，但其劣者则半文半白，摇曳而不能生姿，内容亦空洞可厌。

　　钟敬文曾推崇周氏道："在这类创作家中，他不但在现在是第一个，就过去两三千年的才士群里，似乎尚找不到相当的配侣呢。"这话固然有些溢美，但最近十年内"小品散文之王"的头衔，我想只有他才能受之而无愧的。

（原载《青年界》，1934年12月，第6卷第5号）

冰心女士的小诗

　　五四运动发生的两年间,新文学的园地里,还是一片荒芜,但不久便有了很好的收获。第一是鲁迅的小说集《呐喊》,第二是冰心女士的小诗。周作人说他朋友里有三个有诗人天分的人,一是俞平伯,二是沈尹默,三是刘半农,这是就他的朋友的范围而说的。我的意见可不如此。我说中国新诗界,最早有天分的诗人,冰心不能不算一个。

　　冰心最初在《晨报》上发表了几篇散文,引起读者的兴味。后来她在文学研究会主办的《小说月报》发表了短篇小说《超人》,大家更对她的天才惊异。民国十年至十一年之间,她又在北京《晨报》副刊陆续披露了《繁星》和《春水》。于是她更一跃而为第一流的女诗人了。

　　冰心的作品真像沈从文所说"是以奇迹的模样出现"的。当胡适的《尝试集》发表之后,许多中年和青年的诗人,努力从旧诗词格律解放出来而为新文艺的试验。或写出了许多似诗非诗,似词非词的东西；或把散文拆开，一行一行写了，公然自命为诗；或则研究西洋诗的体裁，想从中间挤取一点养料，来培植我们新诗的萌芽。在荒凉寂寞的沙漠中，这一群探险家，摸索着向着"目的地"前进。半途跌倒者有之，得到一块认为适意的土地而暂时安顿下来者有之，跌跌撞撞，永远向前盲进者有之，其勇气固十分可佩，而其所为也有几分可笑。冰心，却并没有费功夫于试探，她好像靠她那女性特具的敏锐感觉，催眠似的指导自己的径路，一寻便寻到一块绿洲。这块绿洲有翁然如云的树木，有清莹澄澈的流泉，有美丽的歌鸟，有驯良可爱的小兽……冰心便从从容容在那里建设她的"诗的王国"了。这不是件奇迹是什么呢？

自从冰心发表了那些圆如明珠，莹如仙露的小诗之后，模仿者不计其数。一时"做小诗"竟成为风气。但与原作相较，则面目精神都有大相径庭者在：前者是天然的，后者则是人为的；前者抓住刹那灵感，后者则借重推敲；前者如芙蓉出清水，秀韵天成，后者如纸剪花，色香皆假；前者如姑射神人，餐冰饮雪，后者则满身烟火气，尘俗可憎。我最爱梅脱灵克《青鸟》的"玫瑰之乍醒，水之微笑，琥珀之露，破晓之青苍"之语，冰心小诗恰可当得此语，杜甫赠孔巢父诗"自是君身有仙骨，世人那得知其故"，冰心之所以不可学，正以她具有这副珊珊仙骨！

长诗在那时尚未发达，冰心所作亦少。较长的如《信誓》、《赴敌》，气势似觉软弱。后来所做如《致词》、《纸船》、《我爱》、《归来吧》、《往事集》序诗、《我劝你》，也不见得如何出色，所以冰心可以说是"小诗专家"。

对文学的赏鉴，别人的话，都不如作者自己说的确当。在这里我又要老实不客气地借用冰心自己的批评了。她论泰戈尔文字有两点，一曰"澄澈"，一曰"凄美"——《遥寄印度哲人泰戈尔》——谁说这不是我们女诗人的夫子自道呢？我们千百字的批评都搔不着痒处的，这两句话不是直探骊珠似的说了出来呢？

　　一、澄澈　　文字的澄澈与思想的澄澈是有关系的。我很爱朱子的"问渠那得清如许，为有源头活水来"，冰心的系统思想，便是她汩汩不尽的文字之灵源。我又爱柳子厚《小石潭记》："下见小潭，水尤清洌，石以为底……潭中鱼可百许头，皆若空游无所依，日光下澈，影布石上，怡然不动，俶尔远逝，往来翕忽，似与游者相乐。"文学的对象是人生，人生如海洋，各种人事波诡云谲，气象万千，普通作表面的描写，每苦不能尽致，而冰心思想则如一道日光直射海底，朗然照彻一切真相，又从层层波浪之间，反映出无数的虹光霓彩，使你神夺目眩，浑如身临神秘的梦境！

　　　　父亲呵！
　　　　我愿意我的心，
　　　　　像你的佩刀，
　　　　　　这般的寒生秋水！（《繁星八五》）

　　　　知识的海中，
　　　　神秘的礁石上，
　　　　　处处闪烁着怀疑的灯光呢。
　　　　感谢你指示我，
　　　　　生命的舟难行的路！（《繁星八七》）

　　冰心的心便是这样寒生秋水的。她又是由怀疑灯光的指示而寻得生命之路的。我又最爱她那一首：

　　　　轨道旁的花儿和石子！
　　　　只这一秒的时间里，
　　　　　我和你，

是无限之生中的偶遇,

也是无限之生中的永别,

再来时,

千万同类中,

何处更寻你?(《繁星五四》)

以哲学家的眼,冷静地观照宇宙万汇,而以诗人的慧心体会出之;一朵云、一片石、一阵浪花的呜咽、一声小鸟的娇啼,都能发见其中妙理;甚至连一秒钟间所得于轨道边花石的印象,也能变成这一段"神奇的文字",这不叫人叹赏吗?而且这几句诗的意义,有时连数万言的哲学讲义也解释不出来,她只以十余字便清清楚楚表出了。不是她文笔具有澄澈的特长,哪能到此呢?

澄澈的文字,每每明白爽朗,条畅流利,无观之刺目,读之拗口之弊。有人因此不满于冰心文字,将它也比之"水晶球",其实冰心文字决不像水晶球之一览无遗,而是很深沉的。别人的"非水晶球"文字,或深入深出,或竟浅入深出,冰心的文字只是深入浅出。

澄澈之水,每使人生寒冷的感觉,澄澈之文字亦然。她的笔名取"一片冰心在玉壶"之意,即足见其冷了。而诗中冷字尤数见不鲜。"我的朋友,对不住你,我所付与你的慰安,只是严冷的微笑"、"我的朋友,倘若你忆起这一湖春水,要记住他原不是温柔,只是这般冰冷"。有些人遂又批评她专一板起脸说冷冰冰的教训。其实凡思想透彻的人,理智无不丰富,理智是冷的,所以冰心文字有一点儿冷。但它的冷非但不使你感觉难受,反而像夏日炎炎中,走了数里路,坐到碧绿的葡萄架下,尝一杯冰淇淋那么舒服。

澄澈的水只能叹赏,不可狎玩,所谓"净不敢唾"即是此意。读冰心文字,每觉其尊严庄重的人格,映显字里行间,如一位仪态万方的闺秀,虽谈笑风流而神情肃穆,自然使你生敬重心。因此也有一些无聊文士,笑她除母亲的爱即不敢写。其实她结婚后,文字还保有此种特色。

二、凄美　冰心文字之凄美,由其禀赋而来。这在她诗文里表现甚多,"满蕴着温柔,微带着忧愁","我只是个弱者,光明的十字架,容我背上罢。我要抛弃了天性里,暗淡的星辰","诗人投笔了!微小的悲哀,永久遗留在心坎里了"。而烦闷的时候她写给她姊姊的信,把她易感的心灵描写得更为详细。大概天才乃人类中之优秀分子,其神经组织也比较纤细密致,一有外界的刺激便起反应。甚至常人以为不必悲者而天才引为悲,不必乐者而天才引以为乐,歌哭无端,状如癫痫,昔人有名句云"哀乐偏于吾辈多"便是指此而言。况以宇宙论之:哪怕时空无尽,仍然不免成住坏空之劫。以人生论之:生老病死的根本悲剧,贵如秦皇、汉武,圣哲如孔子、苏格拉底,智慧如所罗门,英雄如亚历山大、拿破仑,也不能避免;而日常生活亦"不如意事常八九",庸碌的人昏昏沉沉,醉生梦死,倒也不大觉得,聪明的人则事事都生其感慨。所以"悲秋"呀,"伤春"呀,都是诗人闹出的花样。而"愁"呀,"闷"呀,"悲哀"呀,"苦痛"呀,也几乎成为诗人字典里最多的名词了。像冰心那样温柔美满的环境,实无"痛苦"可言,但她是个诗人,她的神经便不免易于激动;她又是个女子,更具有女性多愁善感的特征,她的心琴弹的是庄严愉乐,缥缈神奇的音乐,却常常渗漏幽怨的悲音,便是这个缘故。

她的悲哀是温柔的悲哀,有人批评它是绒样的、嫩黄色的。读她的诗,每如子夜闻歌,令人有无可奈何之叹;又如明月空江之上,远远风送来一缕笛声,不使你感触到泪下,只使你悄然动心,悠然意远;又如俞平伯论江南寒雨"使你感觉悲哀,但我们平常所谓悲哀,名说而已,大半夹杂着烦恼,只有经过江南兼旬寒雨洗濯过的心,方能体验得一种发浅碧色,纯净如水晶似的悲哀"。

鱼儿上来了,
水面上一个小虫儿飘浮着——
在这小小的生死关头,
我微弱的心,
忽然颤动了!(《春水一〇四》)

谈笑着走下层阶,
斜阳里,
偶然后顾红墙,
　　前瞻黄瓦,
霎时间我了解什么是"旧国"了,
　　我的心灵就此凄动了!(《春水八六》)

冰心凄美的风格在这些诗里具体地表现出来。

冰心的小诗都是些自由无韵诗。在新诗试验时代这种诗作者甚众,现在都被时间淘汰了。但冰心的诗却有长久存在的价值,因为她的价值在内容,不在形式。即以形式而论,她的诗也有几端不易及处。

第一,她是主张"中文西文化,今文古文化"第一人。这方法试验而成功者,后来有徐志摩,而最早则为冰心。

梦未终!
　　窗外日迟迟,
　　　　堂前又遇见伊!
牵牛花!
　　昨夜梦魂里攀摘的悲哀,
　　　　可曾身受么?(《春水一一七》)

前三句全是旧词腔调,但有后边几句一衬托,反而觉得有一种新鲜风味了。

第二，读者每谓冰心是女作家，故文字明秀有余，魅力不足，这实是大谬不然的话。冰心文字力量极大，而能举重若轻，正如她自道："春何曾说话呢？但她那伟大潜隐的力量，已这般的温柔了世界了。"现在再举《寄小读者》一则为例："天上的星辰，骤雨般落在大海上，嗤嗤繁响。海波如山一般的汹涌，一切楼屋都在地上旋转。天如同一张蓝纸卷了起来。树叶满空飞舞，鸟儿归巢，走兽躲到他的洞穴，万象纷乱中，只要我能寻到她（指母亲），投到她的怀里……天地一切都信她！她对于我的爱，不因着万物毁灭而变更！"记得法国法朗士（A. France）的《伊壁鸠鲁的花园》（Le Jardin D'E'picurien）有一篇文字描写地球末日的惨状，极其凄惨动人，然而写得还很吃力，不像冰心将这般大文字，这样轻松自在地写出来。你看她的：

小岛呵：
　　何处显出你的挺拔呢？
无数的山峰，
　　沉沦在海底了。

一篇沧海桑田，陵迁谷变的地质学上的大问题，别人不知要糟蹋多少文字来写，她只用十余字，便给人一个完全的概念，逼人的印象！

万顷的颤动——
　　深黑的岛边，
　　　　月儿上来了。
生之源，
　　死之所！（《繁星三》）

有位读者说读此诗时觉得骨髓里迸出寒战，我想只要神经纤维没有失去弹性的人，都会感觉诗中的力量吧。

第三，她的诗笔恬适自然，无一毫矫揉造作之处。"只这一支笔儿；拿得起，放得下，便是无限的自然。"然而能有这样本领的人却很少。

> 阳光穿进石隙里，
> 　和极小的刺果说：
> "藉我的力量伸出头来罢，
> 　解放了你幽囚的自己！"
> 树干儿穿出来了；
> 　坚固的磐石，
> 　裂成两半了。（《繁星三六》）

这与胡适的《威权》，同样用意，与郭沫若那些带反抗精神的诗也差不多。但《威权》还没有冰心写的这样自然，而郭氏那些叫嚣喧努的作品，更比不上了。

第四，清丽润秀，表现女性作家特色。如：

> 清晓的江头，
> 白雾濛濛，
> 是江南天气。
> 雨儿来了——
> 我只知道有蔚蓝的海，
> 却原来还有碧绿的江
> 　这是我父母之乡！（《繁星一五六》）

（选自《中国二三十年代作家》，
1979年台湾纯文学出版社出版）

凌叔华的《花之寺》与《女人》

凌叔华是立于谢冰心、丁玲作风系统以外的一个女作家。许多人喜欢拿她和英国女作家曼殊斐尔（katharine mansfield）并论。当她在一九二七年发表创作集《花之寺》时沈从文曾这样批评道："叔华女士，有些人说，从最近几篇作品中，看出她有与曼殊斐尔相似的地方，富于女性的笔致，细腻而干净，但又无普通女人那类以青年的爱为中心的那种习气。"我们现在将凌叔华的小说与曼殊斐尔的比较研究一下，果然发现她们作风许多相似的地方。如仿人家称鲁迅为"中国高尔基"，徐志摩为"中国雪莱"之例，我们不妨称凌叔华为"中国的曼殊斐尔"。

凌叔华第一集小说《花之寺》，包含十二个短篇。第二集小说《女人》包含八个短篇。还有第三集《小哥儿俩》曾在《新月》、《北斗》、《文学》季刊里陆续发表过，现已收为单行集在良友公司发行了。这部书虽承作者送过我一本，可被一位同事借去，现在我只好先批评她以前两种，这本新书等我仔细阅读后再写一篇读后感。

叔华女士是出名的欢喜拿家庭生活和女人来做描写对象的。描写的类型很多变化，以《花之寺》与《女人》而论，所取题材可分为三大类：第一类描写处女的生活与心理，像《绣枕》、《吃茶》、《茶会以后》、《说有这么一回事》等篇。第二类描写家庭主妇喜剧，像《太太》、《小刘》、《送车》等。第三类比较复杂，有老处女的心理的描写，有老太太的幸福生活，有女仆的悲惨身世，有大学教授夫人，和诗人的配偶的日常发生故事。

所有女作家大都善作心理的描写。英国的爱里欧（George Eliont）、法国的乔治桑（George Sand）所作小说在这一点均有很好的成功。即说曼殊斐尔吧，也是以细腻的笔法写心理出名的。记得诗人徐志摩曾这样介绍她道："曼殊斐尔是个心理写实派，她不仅写实，她简直是写真……随你怎样奥妙的，细微的，曲折的、有时刻薄的心理，她都有恰好的法子来表现，她手里擒住的不是一个个的字，是人的心灵变化真实，一点也错不了。法国一个画家叫台迦（Degas）的，能捉住电光下舞女银色的衣裳急旋时的色彩与情调，曼殊斐尔也能分析出电光似急射飞跳的神经作用；她的艺术（仿佛高尔斯华绥说的）是在时间与空间的缝道里下功夫，她的方法不是用镜子反映，不用笔白描，更不是从容幻想，她分明是伸出两个不容情的指头，到人的脑筋里去生生捉住成形的不露的思想影子逼住他们现原形！"我们可以说凌叔华作品对于心理的描写也差不多有这样妙处。曼殊斐尔有一篇《夜深时》写一个老处女追求男性失败晚上独自坐在炉边：冥想，羞，恨，怨，自怜，急，自慰，悸，自伤。想丢，丢不下，想抛，抛不了；结果爬上床去蒙紧被窝淌眼泪哭（用徐志摩语）。凌叔华有一篇《李先生》写某女校一位舍监名叫李志清的，被学生刻薄她为脸皮打折老姑娘，因而引起一腔旧恨新愁的心理状况，也与这相像。本来失意的诗人，不第的秀才，老废军人，行脚僧，寡妇，贫女，和老处女都是特殊典型的人物，他们本身遭遇虽不幸，摄入文字却都成了绝妙的题材。这是和斜阳，下弦月，荒城暮笳，晚钟残韵，战雨的枯荷，瑟瑟西风中的黄叶，轻红寂寞的垂谢芙蓉，抱枝悲咽的秋蝉，翩翩落花间的瘦蝶……一样富有诗美，凄清的诗情，冷艳的诗美。

曼殊斐尔有一篇《一个理想的家庭》，老倪夫先生拥有巨大的产业，幽茜的园林，夫妇齐眉，儿女成行，外面看来是圆满极了，然而儿子是个善于挥霍的纨绔子，女儿们又娇贵得像公主，他们成天开茶会，网球会，赛马，玩高尔夫球，吃冰淇淋，开六十镑留声机和跳舞。老倪夫先生以钟漏垂歇的高年，还要早出晚归替他们总理公司事业——儿女嬲着他早早放开手，不，他不能信任他的儿子，家产一放到他手里便要悄悄从他指缝里溜跑了。这哪能甘心一生心血的经营？他每日回家时总感到极端的疲乏，将身子沉在他宽边坐椅里，昏昏假寐着，眼前常恍惚看见一个干枯的，腿细得像蜘蛛的小老头儿尽着向无穷尽的楼梯爬。所以每回在客厅里听客人啧啧称赞他的家庭是理想家庭时，老倪夫先生总是说："算了算了，我的孩子，试试这烟，看和事不和事？你要愿意到花园去抽烟，孩子们大概全在草地上玩着哪。"凌叔华也有一篇《有福气的人》，章老太太今年六十九岁，还是夫妇双全，她的四个儿子统统娶过亲，大的已有了十九岁的儿子，不久又要替她抱重孙，她三个女儿也统统嫁出，每人至少也有三个孩子了。她的娘家豪富无比，婆家也极丰足。儿子媳妇以及孙媳妇全都孝顺她，天上方浮出乌云，大家都争着替老太太取衣服添上，二少奶同四少奶常特别预备好吃的东西，央给老太太尝。大少奶和三少奶的嘴不大巧，也常常特出心裁使老太太欢喜，譬如大少奶在眼光娘娘庙许下三千本经卷替老太太保眼，三少奶逢初一、十五便吃素来祝她长寿，这样贤孝的儿媳，真不多见，但是老太太家竟有一双。平常谈起好命，有福气的人，凡认识章老太太的谁不是一些不疑惑的说："章老太太要算第一名了!"然而有一天章老太太去看孙少爷,听见大少爷子同大少奶在那里闲谈,才知道孝顺的儿妇背后居然埋怨她偏心;才知道媳妇逢迎讨好她是在贪图她的私蓄;才知道和睦家庭里兄弟妯娌为着财产怨恨猜忌竟是这么深刻。当刘妈来扶她时,"老太太脸上颜色依旧沉默慈和,只是走路比来时不同,刘妈扶着觉得有些费劲,她带笑道:'这个院子常见不到太阳,地上满是青苔,老太太留神慢点走吧。'"

我举这两个相似的例子,并不是说凌叔华模拟曼殊斐尔,不过指出她们描写手腕相似之点。即退一万步说,凌叔华这两篇是曾受曼殊斐尔影响,也变化得毫无痕迹可寻了。曼殊斐尔的老处女和倪夫先生是黄头发蓝眼睛的西洋人,心理和行为都是西洋式的,所以老处女一为"标梅之感"所驱使时,便可以寄袜子给男朋友,宁可碰了钉子晚间躲在房里哭。倪夫先生不肯放弃公司职务,是西洋人权利思想的企业雄心的表现,倒不是像中国痴心父母愿意替子孙作马牛。凌叔华的李志清则究竟是孔二先生训条教育出来的女子,她即有曼殊斐尔那位老处女的感想,可是隐藏在心灵深处,永远不敢暴露出来。但这究竟是人类天性遏制不住的,你就是用礼教压迫它,它也要化装出现的。作者写李志清厌见女学生们的华装艳服,厌听她们娇媚的笑声,懒得拆阅她们的情书;对镜自伤迟暮;歪在床上回忆过去为什么不肯结婚的原因;想到现在兄嫂间虚伪的周旋,因而悲凉自己孤独的身世。没有一笔提到"性的烦闷",可是"性的烦闷",自然流露于字里行间,含蓄不露的中国老处女的烦闷,自应用这样含蓄不露的笔墨来写。在这些方面作者的成功是空前伟大的。至于章老太太完全是宁国府贾母式人物,完全是外面如锦如花,内幕如冰如炭中国旧式大家庭里老主母,这更不必细说了。

至于《酒后》,写一个文士的夫人,忽同情一个寂寞的诗人而发生与他接吻的热望；《吃茶》，写一个旧式小姐因误会男友的殷勤而坠入情网的喜剧；《病》，写了一个患了初期肺病的大学教授，不知妻子替他筹疗养费用的苦心，反而见她终日在外而发生误会的风波；《春天》，写一个已嫁女人替从前被自己拒绝恋爱的男子伤心，于心理方面均有真切细腻的刻画。

丁玲女士的文字魄力是磅礴的，但力量用在外边，很容易教人看出。我们叔华女士文字淡雅幽丽，秀韵天成。似乎与"力量"二字合拍不上，但她的文字仍然有力量，不过这力量是深蕴于内的，而且调子是平静的。别人的力量要说是像银河倒泻雷轰电激的瀑布，她的便只是一股潜行地底的温泉，不使人听见潺湲之声，看见清冷之色，而所到之处，地面上草渐青，树渐绿，鸟语花香，春光流转，万象都皆为之昭苏。我们现在可以举《杨妈》那篇来作这话的解释。温恭善良的杨妈为了一个不成材的儿子的失去，那么割肚牵肠，那么到头将一条老命牺牲在儿子的寻访上，读者谁不为她可惜？然而这是人类性格固有的缺陷，佛家所谓恩爱牵缠，你又有什么方法叫她不如此？作者描写这个"日常悲剧"，只用一种冷静闲淡的笔调平平叙去，没有一滴泪，一丝同情，一句呜呼噫嘻的话头，却自然教你深切地感动，自然教你在脑海里留下一幅永不泯灭的悲惨印象，试问这力量是何等的力量？

作家是一个画家，描写天然风景对于颜色特具敏感，而且处处渗以画意。古人说王摩诘"诗中有画"。我们现在可以说凌叔华"文中有画"了。试看：

> 转下了石坡，天色渐渐的光亮起来，九龙山的云雾渐渐聚集成几团白云，很快的飐着微风向山头飞去。天的东南方渐渐露出浅杏黄色的霞彩，天中青灰的云，也逐渐的染上微暗的蔚蓝色了。忽然温润的岩石上面反闪着亮光，小路上的黄土嵌着红砂颗

子使人觉得一阵暖气。山坡下杂树里吱喳吱喳的闹着飞出两三群小麻雀来,太阳渐渐拥着淡黄色的霞彩出来了。

太阳一出,九龙山的横轴清清楚楚的挂在目前。山峰是一层隔一层,错综的重重垒着,山色由灰黛紫赭色一层比一层淡下去,最后一层淡得像一层玻璃纱,把天空的颜色透出来。这重重的山影,数也数不清了。

作者用纯粹的国语写文章,笔致雅洁清醇,无疵可摘,不啻百炼精金,无瑕美玉。惟以所写多中产阶级生活及家庭琐事,读者或以其不合时代潮流而加以漠视,所以她现在文坛的声誉反不如那些毫无实学只以善喊革命口号为能的作家们之啧啧人口。不过这与作者身价并无妨碍,我这里可以引几句徐志摩批评曼殊斐尔的话来为作者的安慰:"一般小说只是小说,她的小说是纯粹的文学,真的艺术;平常的作者只求暂时的流行,博群众的欢迎,她却只想留下几小块'时灰'掩不暗的真晶,只要得少许知音者的赞赏。"

(原载《新北辰》1936年5月,第2卷5期)

孙多慈女士的画

近半世纪以来，西洋绘画于极盛之后难于为继的状况下，企图改变方向，另外开辟一个天地。新天地不是一蹴可及的，需要试探，需要摸索。画苑里那些怪诞离奇不可向迩的派别，无非表示这一段试探摸索时期的苦闷。走尽了这段幽昧、曲折、迷惑的道路，应该有一个云物晴和，山川锦绣的世界涌现于我们目前。中国绘画虽有其特殊的气韵和趣味，但不讲透视，缺乏空气，构图方面不合理的地方太多，若不改良，虽为现代人接受，势必趋于没落之途。

不过在目前的中国，擅长国画者不懂西画原理，学习西画者对国画又一知半解，要绾合中西之长而产生一种新艺术，必须对于中西画法均有极深研究的人，才能负得起这个重大责任，我于是不得不将这希望寄托于孙多慈女士身上。

多慈原籍安徽寿县，自幼好画，卒业安徽第一女中，以第一名考进国立中央大学艺术系，时年不过十七。因其聪慧绝伦，又复勤敏好学，老师们均另目相看，许为大器。她于素描极有功夫，称国内第一手。民国廿四年，中华书局为她印行孙多慈素描集，宗白华先生作序，称她"落笔有韵，取象不惑，好像生前与造化有约，一经晤面，即能会心于体态意趣之间，不惟观察精确，更能表现有味，是真能以艺术为生命为灵魂者"。又说她"观察敏锐，笔法坚实，清新之气，扑人眉宇"。又赞美她用中国纸笔写肖像："落墨不多，全以墨彩分明暗凹凸，以西画的立体感含咏于中画的水晕墨章中，质实而空灵，别开生面。引中画更近自然，恢复踏实的形体感，未尝不是中画发展的一条新路"云云。

卒业中大后，教授中学数年，为国立英士大学讲师，国立杭州艺专副教授，现任台湾省立师范学院艺术系教授。民国四十一年秋赴欧美考察美术，四十三年春返国。多慈出国以前，作风倾向写实，游历外国后，受印象派及各派的感染，画法渐变，尤其意大利庞贝古城壁画与雕刻给予她的影响更大。但她究竟是个东方文化孕育出来的人，祖国的敦煌壁画也深刻铭感于她脑海，在伦敦博物院里她重见这些散失国外的国宝，当然又唤起她久经蕴藏在内心的感应。她现在所作油画，采取庞贝和敦煌壁画的笔意，融汇于西画之中，质朴而复清华，沉着而不失流利，像她最近所作静物、风景和小鹿，可觇其新作风之一斑。西洋野兽恶魔各派叫嚣跳踯，令人神经痉挛，应该来领略一下这位中国女画家性灵甘淡远宁静之美，至少对于他们企图发现的那个艺术新天地，是有所帮助的吧。

多慈女士乃笔者心目中所认为天才荦卓而又具有全能的画家，西画之外，又能绘作国画：山水、人物、花卉、翎毛，无不工妙，画鹅尤有独擅：晴沙晒羽，春波试浴，舞态翩跹，活跃纸上。台湾梁鼎铭、又铭、中铭三弟兄以善画马、羊、猴出名，多慈之鹅亦称一绝，足与颉颃。多慈曾受西画训练，所以能应用西画原理来改良中国画，正如宗白华所批评她的"引中画更近自然，恢复踏实的形体感"，她画人物与禽兽胜于一般旧画家在此。但她虽将中国画引入写实的境界,而对中画那种潇洒的诗意,高远的气韵,仍能尽量保存。而且她所作的画无论工笔写意,均有一股葱茏的秀色,沁人心脾,令人一见便知这幅画出于一个慧腕灵心的艺术家笔下。这种好处实由她那种特殊的气禀而来,不是普通画家所能企及的。

艺术家的性格每多乖僻不近人情,而多慈则温厚和婉,事亲孝,待友诚,与之相对,如沐春阳,如饮醇醪,无人不觉其可爱。她于绘事之余,又善属文,国内刊物,常有她的大作。这位画家方在盛年,又复力学不倦,前途当然有无限的辉煌。

(选自《归鸿集》,1955年台湾《畅流》半月刊社出版)

我的写作经验

每个作家都有他写作的经验，但每人的经验也许不同，甚至一个作家自己前后经验便大有歧异之处，所以这件事颇值得一谈。我现在且把自己写作经验公开于次，希望能与一般文艺工作者的同志相印证。也许将来又会收得新鲜的经验，那时当再写一篇或几篇。

没有题目不能写文章，所以学生在课堂作文时，宁可由教师出题而不愿自己去寻觅。但出题确也是件苦事，这是每个国文老师都有同感之事，现不必细说。听说西洋某作家要写作而又想不出题目时，便随手翻开一部辞书字典之类的书，瞥见"金鱼"这个字便写篇"金鱼"，或关于金鱼什么的；瞥见"杨柳"这个字便写篇"杨柳"，或关于杨柳什么的。这办法虽颇有趣，但决非写作正当状态。辞书字典包括字汇甚多，难道你瞥见"腐尸"、"粪便"、"硫化铜"、"二氧化锰"也能写出文章来么？——当然我不说这类题目写不出好文章，像法国颓废派诗人波特莱尔便曾借"腐尸"这个可憎字眼，在诗界开出一朵艳绝古今的"恶之花"——再者这样作文与八股之赋得体何异，写文章如此之无诚意，我以为是写不出什么好东西来的。

我个人的写作乃或因为读书有所心得，或获得了一个新的人生经验，或于人事上有所感触，或某种思想酝酿胸中成熟，觉得非倾吐出来则于中不快，而后才能发生动笔的要求。所以我作文的习惯是：脑中先有某篇文字的大意，乃拟定一个题目，再由这题目各点发挥而为文章。你若问我究竟由文生题呢？还是由题生文呢？这就像问母鸡鸡蛋孰为后先一样难于回答。勉强作答，我不如说先有文章，后有题目吧。

题目拟定之后，就要将脑筋里空泛的思想化为写在纸上的文章了。这时候头绪之纷繁大有一部十七史不知从何处说起之概。为求思想有条理起见，我们应该拟定一个大纲，一条条写在另一张纸上，而后逐节加以抒写。这个大纲拟定后并非一成而不变，我们是随时可以修正它的。

相传作画口诀有"画鸟先画头，画人先画目"之说，有人以为写文章，也非从头写起不可。但据我个人的经验，这倒并非事实上所必需。一篇文章某一段结构简单，某一段结构复杂，某一段只须轻描淡写便可对付，某一段就非运用深湛精密的思想不可；或非用淋漓酣畅，沉博绝丽的笔墨来表现不可，并非自开篇至于终幅都是一样。我们开始写作时，思路总不大活泼，陡然将思想搁在盘根错节的环境中，想寻觅出路，一定要弄得昏头昏脑，撞跌一通，还是摸不出来。这时候作家的神情是很悲惨的，手里提着笔，眼睛望着辽远的云天，一小时，一小时的光阴飞逝了，纸上那几个字还是那几个字。勉强向下写吧，那支笔却拖泥带水，趸又趸不动，转又转不开。经验这样写作苦处的次数一多，他便会感觉写文章是很无意趣的事，而不想再写了，甚至有许多人，竟因此而放弃了他成为作家的机会。我以为思想也像筋肉一般，必须先行操练一下，而后才能使它尽量活动；好像比赛足球的健儿们，每在未开球之前，利用十余分钟的闲暇，奔跑跳跃，以便活动全身的血脉和筋骨。我写短篇文字是每每从头写的。写比较复杂的长文，如觉开头时文思不大灵敏，我就挑选那最容易的几段先写。写了二三段之后，笔锋渐觉灵活了，思绪渐觉集中了，平日从书本上得来那些瘀积胸中的知识，也渐觉融化可为我用了，再去写那难写的几段，自有"骎然而解，如土委地，提刀而立，为之踌躇满志"之乐。等到全文各段落都写完，再照原定次序安排起来，一篇大文便算成功了。

一篇文章不是一次便可以写成功的。据我的经验，至少要写两次或三次。起草算是第一次，誊缮是第二次或第三次。我作文起草尚有相当的容易，因为想这无非是写给自己看的，好坏没有关系。到誊缮时，想到这是要公开于世人之前的，心里便不免感到若干拘束，而态度也慎重起来了。这一来情形便坏了：这一段太枝蔓，得将它删去，那几句话说得不够漂亮，得重新写过；时间不知费多少，纸张不知糟蹋多少，平均缮录的时间，比起草的时间要长一倍或两倍。我们踏勘地理，必须升到高处鸟瞰全局，而后这地点的形势，才能了然胸中，修改文章，也要全部誊清之后，才能着手。这一来情形更难堪了：一篇文章并不是全部需要修改的，那应当修改的地方，我们一面誊缮，一面也感到创作的乐趣，那不需要修改的地方，誊缮时简直令人厌倦之极，啊，这简直是一种苦工！一种刑罚！听说西洋作家每雇有书记或利用打字机，果然便利不少。可惜中文不能上打字机，而书记又不是我们穷酸教书匠所能雇得起的，只有拜托自己的手腕多受点辛苦而已。可是拜托的次数多了，手腕也会发烦，给你个相应不理，这时只有将文章暂行搁置，待兴趣恢复之际再写。

"工欲善其事，必先利其器"，要想建筑宫室，必须有良佳的斧斤，要想写作文字，亦必须有顺手的笔墨。照我个人的经验，倔强的笔和粗劣的纸，很足妨碍文思顺利的发展。我替学生批改作文，他们所写潦草的字迹和不通的文理，固足使我不快；而他们所用黄黑粗糙的纸张，磨擦我的神经也颇为厉害。为这种文字改削润色每觉十分困难。文思是世间最为娇嫩的东西，受不得一点磨折；又好像是一位脾气很大，极难伺候的公主，她从你脑筋移到手腕，从手腕移到纸上，好远一段路程，也要你清宫除道，焚香散花，才肯姗姗临降；否则她就要同你大闹其别扭，任你左催右请，也不肯出来了。同公主执拗，是犯不着的，总是你吃亏的，还不如将顺她些算了吧。

写作的环境也不能不讲究，大约以安静为第一条件。孟浩然吟诗时，家人为驱去鸡犬，婴儿都寄别家，我们虽不必做到这个地步，但几个孩子在你面前吵闹，或隔壁劈劈啪啪的牌声，夹杂着一阵阵喧哗哄笑，也很可以赶走你的灵感。西洋作家有特别改造他的书斋而从事某种著作者，可怜的中国作家还谈不到这种福气，但书斋的布置也要雅洁些才好。我的条件很简单，只要合得"窗明几净，笔精墨良"八个字起码条件便够。但创作情感真正酝酿到白热化时，工具和环境之如何，便全不在乎了。古人有在饥寒困顿之中，吟出许多佳句者，有在囚拘之中，用炭枝在墙壁上写出一部戏剧者，便是一个例。

打就全部腹稿而后在纸上一挥而就，古人中不乏其例，像王粲、王勃便是。但我们只是些普通人，我们必须一面写，一面让文思发展。文章之在脑筋，好像矿物质之在地下，它虽然全部蕴藏在那里，你若不一铲子一铲子去发掘，它是不会自己发露于世上的。就说那最奇妙的灵感吧，它有时会在你不曾期待的状况下，教你吟成一首好诗，教你写出一篇妙文，教你悟彻一个真理。但你的脑筋若不常运用，所有脑中细胞组织都长了锈，或者发了霉，灵感也就会永远不来光顾你。灵感是一片飞走无定的彩云，它只肯在千顷澄波间投下它的影子。

古人云"文章本天成，妙手偶得之"；金圣叹也说文意只现成在你四周间，仅须"灵眼觑见，慧腕捉住"；冰心女士也曾说，"盈虚空都开着空清灵艳的花，只须慧心人采撷"，这三句话都具有同一的意义，也就是一般作家共同的经验。假如你的技巧练习到得心应手时，思想磨琢到遍体通明时，情感培养到炎炎如焚时，你若是个诗人，只将见满空间都是诗；你若是个文人，只将见满空间都是文章——真不啻江上之清风，山间之明月，取之不尽，用之不竭。你假如想在幽默那一条路上发展，则落花都呈笑靥，鸟啼也带谐趣，大地到处生机洋溢；头上敌机的怒吼，不足威胁你无往而不自得的胸襟，物质的窘乏，生活的压迫，不足妨碍你乐天知命的怀抱。你假如想在高远幽深那一条路上发展，则你的心灵会钻入原子的核心，会透入太平洋最深的海底，会飞到万万里外的星球上面。你会听见草木的萌吐，露珠的暗泣，渊鱼的聚语，火萤的恋歌；你可以看见墓中幽灵的跳舞，晨风鼓翅的飞行，大地快乐的颤动，诸天运行的忙碌，生命生长和消失的倏忽。你的心和大宇宙的融合而为一，你于五官之外又生出第六第七官，别人听不见的你能听见，别人感觉不到的你能感觉到，写作到这时候才算达到至上的境界，才能领会最高创作的喜悦。

文思过于汹涌时，每易犯"跑野马"的毛病，野马并非不许跑，但须跑得好。但若无徐志摩先生的手段，还以少跑为是。思想过多，则宁可分为两篇或三篇。若不能将几篇同时写出，则可将那些多余的材料记录在手册内，以备将来取用。古人作诗每劝人"割爱"，仿佛记得袁随园有这么一句诗："佳句双存割爱难"，但他对爱还是能割，不然，他的诗哪能首首都打磨得那么莹洁呢？材料得到以后，没有自行记录也没关系，脑子里有了蕴结成形的思想，将来要用之际，它自会不待召唤，涌现于你的笔下。这便是李梦阳所说："是自家物，终久还来。"总之，我们写文章以条理清晰，层次井然为贵，千万莫弄得叠床架屋；辞藻太富，也要毅然洗刷，千万不可让它浓得化不开。

写作时，除所谓"文房四宝"之外，剪子一把，浆糊一瓶，也少不得。稿子的裁接挖补，就靠这"二宝"帮忙。我一篇文章誊清后，总要剪去几条文句，挖去很多的字眼，一张稿子有时会弄得一件百衲衣似的。况且我写文章又有个顶讨厌的毛病：一篇脱手，立即付邮。寄了之后，又想到某句不妥，某字未安，于是又赶紧写信去同编辑先生商量，请他吩咐校对员负责修改。印出之后，有时是照你的意思改了，有时大约因校对员没有弄清楚改法吧，反而给弄得一塌糊涂，看了真令人哭笑不得。近来稿子誊清后，多看几遍，多改几次，再压上三四天而后寄出，这毛病才让我自己矫正了一些，但说能完全治愈则也未必。

我主张文章应当多改，不但写作时要改，誊清时要改，就是印出后，将来收集于单行本时，还不妨细加斟酌。所谓修辞之学，就是锤炼功夫，那一铸而定的"生金"，有是有的，但不容易获得。

文章写在纸上自己看，像是一个模样。变成印刷品之后，自己看看，好像又另成一个模样。但我个人寻常心理状态是：文章写在纸上自己看时，带一点成功快乐的情绪，印成印刷品公开于世人后，自己看时，则常带羞愧和懊悔的情绪，只觉得这种文章不该草草发表。但当一篇文章用了个新笔名的场合，则觉得这一回的文责不须我负，而由那个笔名的化身去负，又会以秘密的兴奋和欣喜来读它了。对于文艺赏鉴标准甚高的朋友，我总暗中祈祷自己的文章不会落在他或她眼里。但你的文章既已公开，偏偏希望他或她读不到是可以的吗？一时即说读不到，永远也读不到吗？这种心理有个名目，叫做"驼鸟藏头的政策"，说来真可笑极了，但我确乎有这种连自己都莫名其妙的可笑心理。

排印的不美观，错字落句，标点颠倒错乱，可以叫作家感到莫大的不快,往往会叫作家发誓:宁可让文章烂死在心中,也不再寄这样刊物发表。至于有些错误,譬如"君当恕醉人"一句陶诗,印成了"君当恕罪人";或如拙著《棘心》家书的某段"悬挂着的心旌,即刻放下了",手民将"旌"字错印为"弦"字,说它通,它其实不通,说它不通,又好像能成一句话,这样则给予作家的打击沉重得更匪言可喻了。所以手民先生的文理顶好是通,或者就完全不通,半通不通的手民,每每自作聪明,强来与你合作,那情形是很尴尬的呀!

一篇文章写成,可以给你以很大的成功快乐,但惨淡经营之际,那痛苦的滋味也叫人够受。哪一篇比较得意的文章,不牺牲你几晚的睡眠?不夺去你几顿饭的胃口?法文 Enfanter 一字是指"分娩",同时也指"创作"。创作果然就像分娩,必须经过很剧烈的阵痛,婴儿方能落地。我们不要看轻了纸上那一行行的墨痕,它都是作家斑斑的心血哪!

或者有人说创作既如此之痛苦,何以一般作家还死抱这个生涯不放呢?是的,这件事的确有点神秘。我想作家之写作都系受一种内在冲动催逼的缘故:好像玫瑰到了春天就要吐出它的芬芳,夜莺唱哑了嗓子还是要唱;又好像志士之爱国,情人之求恋,宗教家之祈神,他们同是被一股神圣的火燃烧着,自己也欲罢不能的。

(选自《读与写》)

辑九　枯井钩沉

悼女教育家杨荫榆先生

数月前一位旧同学从桂林来信告诉我说："女教育家杨荫榆先生已于苏州沦陷时殉难了。"死的情况，她没有说明白，因为这消息也不过从苏州逃难出来的朋友口中听来。只说荫榆先生办了一个女子补习学校，苏州危急时，有家的女生都随父母逃走了，还有五六个远方来的学生为了归路已断，只好寄居校中，荫榆先生本可以随其亲属向上海走的，因要保护这几个学生，竟也留下了。"皇军"进城，当然要照例表演他们那一套烧杀淫掳的拿手戏，有数兵闯入杨校，见女生欲行非礼，荫榆先生正言厉色责以大义，敌人恼羞成怒，将她乱刀刺死，所有女生仍不免受了污辱云云。那位同学知道我是一个荫榆先生的同情者，信尾又赘上几句道："时局极端混乱中，音讯断绝，关于社会上有名望的人士，讹传是很多的。像前些日子报载吴门名绅张一麐先生已投井殉节，旋又传他落发为僧，即其一例。荫榆先生的死耗也许同样的不确，劝你不要过于伤感。"前日高君珊先生来嘉定看朋友，谈起荫榆先生，才知道她是真死了。不过并非死于乱刀之下，而是死于水中。是被敌军踢下桥去，又加上一枪致命的。她的尸首随流漂去，至今还没有寻获。死状之惨烈，我想谁听了都要为之发指，为之心酸的吧。

我与荫榆先生相识，系在民国十七八年间。关于她的平生，我曾在一篇《几个女教育家的速写像》中介绍一二。提到北京女师大风潮曾替荫榆先生说了几句公道话。她原是已故某文学大师的对头，而某大师钦定的罪案是从来没人敢翻的，我胆敢去太岁头上动土，岂非太不自量？所以这篇文字发表后，居然吃了人家几支暗箭。这也是我过于爱抱不平，昧于中国古贤明哲保身之道的结果，只好自己骂一声"活该"！

自十九年滥竽安徽大学和武汉大学讲席以来，接连六七年没有回过苏州，同荫榆先生也没有通过一封信。去年四月间忽接她一函，说她想办一个女子补习学校，定名二乐学社，招收已经服务社会而学问上尚想更求精进的或有志读书而无力入校的女子，授以国文、英文、算学、家事等有用学问，请我也签名于发起人之列。七月间我回苏州度夏，会见了我最为钦佩的女教育家王季玉先生，才知道二乐学社系荫榆先生私资所创办。因经费支绌，无法租赁校舍，校址就设在她盘门小新桥巷十一号住宅里。过了几天，我特赴杨宅拜访荫榆先生。正值暑假期内，学生留校者不过寥寥数人，一切规模果然简陋。她虽然想同教育当局接洽一所校址并津贴，但未能如愿。谈起女师大那场风潮，她源源本本地告诉了我。又说某大师所有评论她的话，她毫不介意，而且那也早成过去了。如果世间公理不灭，她所受的那些无理的攻击，总有昭雪的一天。不过所可恨者，她挥斥私财办理二乐学社，而竟有某私淑弟子故意同她捣乱。像苏州某报的文艺副刊编辑某君，就曾屡次在报纸上散布关于她不利的谣言，将女师大旧事重提，指她为专制魔君、女性压迫者、教育界蟊贼，甚至还是什么反革命分子。

一部分无识女生受其蛊惑，竟致退学，所聘教员也有不敢与她合作者，致校务进行大受妨碍。荫榆先生言及此事时颇为愤愤，我亦深为不平。

咳！荫榆先生死了，她竟遭大日本的"皇军"惨杀了，谁能料到呢？若不办二乐补习社，则无女生寄居，无女生寄居则她可以轻身遁往安全地点，她的死是为了保护女生而死，为了热心教育事业而死。记得我从前那篇"女教育家速写像"，写到荫榆先生时，曾引了她侄女寿康女士写给我的信中几句话来安慰她道："我们只须凭着良心，干我们认为应当干的事业，一切对于我们的恶视、冤枉、压迫，都由它去，须知爱的牺牲，纯正的牺牲，在永久的未来中，是永远有它的地位，永远流溢着芬芳的。"当时用这"牺牲"字眼，原属无心，谁知今日竟成谶语。她的牺牲，自有其价值，中国一日不亡，她一日不会被忘记的。现在我们一面要学荫榆先生这纯正的爱的牺牲的精神，一面也要永久记住敌人这一篇血账，努力达到那清算的一天！

（选自《归鸿集》，1955年台湾《畅流》半月刊社出版）

颓加荡派的邵洵美

邵洵美和李金发在徐志摩、闻一多诸大家之间,并不见得如何出色,即以名望论也不及郭沫若。但邵代表中国颓加荡派的诗,李代表中国象征派的诗,在新诗中别树一帜,不论好坏,总该注意他们一下。况二人之中,李金发作品影响尤大,隐然成为新诗界的一支洪流。

所谓"颓加荡"是个译音字,原文是 Decadent,这个字的名词是 Decadanse,有堕落衰颓之义。中国颓废派诗人不名之为颓废而音译之为"颓加荡"倒也很有趣味。颓加荡与象征主义在西洋文学里原出一源,所以有些颓废作家,同时又为象征作家。像波特莱尔原属颓废派,但以文字之暧昧神秘而论,我们也可以叫他为象征派。魏仑是象征文学的大师,但其思想多偏于颓废。邵洵美和李金发的诗都受过西洋文学的影响,两人也颇有通同之点,把他们放在一处研究,是没有什么不可以的。

先来讨论邵洵美的诗。邵氏有《天堂与五月》和《花一般的罪恶》两本单行本，又在《新月诗刊》也常刊布诗篇。他诗的特点是：

第一、强烈刺激的要求和决心堕落的精神。所谓"世纪病"的狂潮荡激全欧之后，人类的精神起了很大的变化，像素性忧郁的俄国民族受了这种影响，则发生"托斯加"（Toska），英人提隆(Dillon)译为"世界苦"（World Sorrow），大都相率趋于厌世一途，以自杀了事。而天性活泼，善于享乐的法国人，则于幻灭绝望之中，还要努力求生。他们常用强烈的刺激如女色、酒精、鸦片以及种种新奇的事情、异乎寻常的感觉……以刺激他们疲倦的神经，聊保生存的意味。

一切刺激中，女色当然是最基本的，最强烈的刺激，所以邵洵美的诗对于女子肉体之赞美，就不绝于书了。在《巴力士的传说》（见荷马史诗）中，巴力士对维纳丝说：

但这美人吓须要像你，
须要完全的像你自己，
要有善吸吐沫的红唇，
要有燃烧着爱的肚脐。

也要有皇阳色的头发，
也要有初月的肉肌，
你是知道了的维纳丝，
世上只有美人能胜利。

又如 Madonna mia：

啊，月儿样的眉，星般的牙齿，
你迷尽了一世，一世为你痴；
啊，当你开闭着你石榴色的嘴唇
多少有灵魂的，便失去了灵魂。

他常说"美人是我灵魂之主"，"美人是我们的皇后"，然而他之崇拜女人，不过将她们当做一种刺激品，一种工具。当他耽溺着美色弄到自己的地位、名誉、身体、金钱，交受损失时，便来诅咒女人了。什么"你是毒蟒，你是杀人的妖异"、"你这似狼似狐的可爱的妇人"、"你口齿的芬芳，便毒尽了众生"、"处女的舌尖，壁虎的尾巴"等句子就出现了，而《恐怖》这首诗对于女人尤加诅咒，认为如同非洲野鹿对于毒蛇，明明知道于自己生命有危险，却被它的色彩和音响所催眠，而不忍去，结果是哀鸣就死，你说这不是好笑么？

颓废派既以强烈刺激为促醒生存意识之惟一手段，所以沉沦到底，义无反顾，结果他们把丑恶当做美丽，罪恶当做道德，甚至流为恶魔主义（Diadolism）。法国颓废派祖师波特莱尔的诗集《恶之华》，好咏黑女、坟墓、败血、磷光，及各种不美之物，集中有一首《死尸》（UneCharogne）对于那臭秽难堪的东西，津津乐道，若有余味，即其感觉变态之表现。邵洵美的"To Swinburne"说："我们喜欢毒的仙浆及苦的甜味。"也是变态感觉之一例。又常说："我们在烂泥里来，仍在烂泥里去，我们的希望，便是永久在烂泥里"、"天堂正好开了两爿大门，上帝吓，我不是进去的人。我在地狱里已得安慰，我在短梦中曾梦着过醒。"又说："我是个不屈志，不屈心的大逆之人"，"我是个罪恶底忠实信徒。"西洋文学家批评波特莱尔是由地狱中跑出来的恶鬼，邵洵美这些话也有这种气息。

第二，以情欲的眼观照宇宙一切。有人批评徐志摩的作品是"情欲的诗歌，具烂熟的颓废的气息"，我前已说过这话对于志摩是不确切的，但以之赠邵洵美，则真是天造地设，不能分毫的移动了。邵氏看天地间的万汇，好像法国法朗士（A. France）在他某小说中藉一堕落高僧叹息道："唉，一切事物都表示着爱的形式。自然万物，从禽兽以至草木，都对我表示肉的拥抱，对我们似说这个世界上，有谁能以贞节自夸……"甚至说："邪教徒所想像的一切奇怪的淫行，其实

都不及最单纯的野花。你若一旦知道百合与蔷薇的奸淫,则这些秽恶猥亵的花朵,非从祭坛上撒去不可了。"邵洵美的《春》:

啊,这时的花总带着肉气,

不说话的雨丝也含着淫意。

《花一般的罪恶》第一节:

那树帐内草褥上的甘露,

正像新婚夜处女的蜜泪;

又如淫妇上下体的沸汗,

能使多少灵魂日夜迷醉。

《春天》第一节:

当春天在枯枝中抽出了新芽,

处女唇色的鲜花开遍荒野。

《颓加荡的爱》:

睡在天床的白云,

伴着他的并不是他的恋人。

许是快乐的怂恿吧,

他们竟也拥抱了紧紧亲吻。

啊,和这朵交合了,

又去和那一朵缠绵地厮混。

在这音韵的色彩里,

便如此吓消灭了他的灵魂。

又《昨日的园子》:

静了静了黑夜又来了;

它披着灰色的尼裳,

怀抱着忧郁与悲伤,

啊，它是杀光明的屠刀。

它隐瞒了上帝的住处：
牛马鸡犬乌龟与人，
于是便迷茫地搜寻，
末后找到了魔鬼之居。

这里有个昨日的园子，
青的叶儿是黄了的，
鲜的花儿是谢了的，
活泼的鸟儿是死了的。

还有一对有情的人儿
相互地拥抱了亲吻，
没有气吓也没有声，
啊，它们是上帝的爱儿。

邵洵美在这诗里的"牠"（今日当作"它"），指黑夜，黑夜怀着忧伤到了那个昨日的园子，一切都枯萎死灭，只有相吻的情人像是活的，但没有气也没有声。只有他俩是上帝的爱儿。可见诗对男女之爱是何等强烈的赞美着。

第三、生的执着。一切厌世诗人都是死的赞美者，于死更极端表示欢迎。闻一多《红烛》里有《死》；《死水》里有《葬歌》、《末日》；朱湘《草莽集》有《光明的一生》、《梦》、《葬我》；徐志摩有《冢中的岁月》……但颓废派诗人虽厌世，但对于生的执着，反较寻常人为甚，邵洵美在《死了有甚安逸》中说道：

死了有甚安逸，死了有甚安逸？

睡在地底香闻不到，色看不出；
　　　也听不到琴声与情人的低吟，
　　　啊，还要被兽来践踏，虫来噬啮。

　　　西施的冷唇，怎及××的手热？
　　　惟活人吓，方能解活人的饥渴，
　　　啊，与其与死了的美女去亲吻，
　　　不如和活着的丑妇××××。

《五月》：
　　　这里生命像死般无穷，
　　　像是新婚晚快乐的惶恐。

　　还有《不死的快乐》、《没有冬夏也没有我》等等不及细述。

　　颓废派的作家偏重技巧，所以文笔无不优美。波特莱尔的诗，人称其充满了病的美，如贝类中之珍珠。孟代（Catulle Mendes）的文字，圣白甫评为"蜜与毒"。汤姆孙（Thomson）则说："他有青春的美与奇才……他写珍异的诗，恍惚地、逸乐地、昏呓地、恶的——因为在他那里有着原始的罪恶的斑痕。"彼得鲁易（Pierre Louys）专写希腊故事，其名著《爱神》（*Aphrodite*，我国有东亚病夫父子合译本，改名《肉与死》）及诗集 *Chansons de Bilitis* 都极颓废之能事，而文笔之秀丽精工，又一时无出其右。

　　邵洵美的二集虽然表现了颓废的特色，而造句累赘，用字亦多生硬，实为艺术上莫大缺憾。但作者天资很高，后来在《新月诗刊》上所发表的便进步很多。像《蛇》、《女人》、《季候》、《神光》，都是好诗。而长诗《洵美的梦》，更显出他惊人的诗才。陈梦家批评他道："邵洵美的诗，是柔美的迷人的春三月的天气，艳丽如一个应该赞美的艳丽的女人，只是那缱绻是十分可爱的。《洵美的梦》，是他对于那香艳的梦在滑稽的庄严下发出一个疑惑的笑。如其一块翡翠真能说出话赞美另一块翡翠,那就正比是洵美对于女人的赞美。"

(选自《中国二三十年代作家》,
1979年台湾纯文学出版社出版)

戴望舒与现代诗派

现代派这个名目是由一份名为《现代》杂志而起的,而这个杂志之名则又来自一个书店。民国十九年,上海现代书局发行了一个文艺月刊,即名《现代月刊》,开始由叶灵凤等人主编。这是个大型文艺刊物,水准相当高。后来戴氏又创办《新诗》杂志,经常在这个杂志投稿者为李金发、施蛰存、穆木天、艾青、何其芳、李广田、路易士(即纪弦)等。

戴望舒曾出版诗集《我的记忆》,后改为《望舒草》、《望舒诗稿》,又有《灾难的岁月》等。

前面说过颓加荡诗派原出于象征诗派,现代诗派也是如此。但看戴望舒《望舒诗草》后面所附诗论零札中所说的话便可知道:"诗是由真实经过想像而出来的,不单是真实,也不单是想像。"又说:"诗是一种吞吞吐吐的东西,动机在表现自己跟隐藏自己之间。诗不能借重音乐,诗的韵律不在字的抑扬顿挫,韵和整齐的字句常会妨碍诗情,或使得诗情成为畸形。"

戴望舒也曾留学法国,与李金发有相当深的友谊,彼此诗风互相影响,不过以格律论,戴氏诗比李金发高出多了。现引其《夕阳下》一首:

晚霞在暮天上撒锦,
溪水在残日里流金,
我瘦长的影子飘在地上,
像山间古树底寂寞的幽灵。

晚山啼哭得紫了,
哀悼着白日的长终,
落叶却飞舞欢迎,
幽夜底衣角,那一片清风。

荒冢里流出幽古的芬芳,
在老树枝头把蝙蝠迷上,
它们缠绵琐细的私语,
在晚烟中低低地回荡。

幽夜偷偷地从天末归来,
我独自还恋恋地徘徊,
在这寂寞的心间,
我是消隐了忧愁,消隐了欢快。

这首诗里"晚山啼哭得紫了"、"荒冢里流出幽古的芬芳"完全是李金发的句法。不过在晚上啼哭之下,戴望舒要加说明是"哀悼白日的长终","荒冢流出幽古芬芳"是要把"枝头蝙蝠迷上",便好懂得多。照李金发的写法,他写了山哭、冢流芬芳以后,笔头便飏开去,并且飑到十万八千里以外,永远把读者系挂在空中,这就是两人不同之点。

又一首《雨巷》可称为戴望舒代表作:

> 撑着油纸伞,独自
> 彷徨在悠长,悠长
> 又寂寥的雨巷。
> 我希望逢着
> 一个丁香一样地
> 结着愁怨的姑娘。
>
> 她是有
> 丁香一样的颜色,
> 丁香一样的芬芳,
> 丁香一样的忧愁,
> 在雨中哀怨,
> 哀怨又彷徨;
>
> 她彷徨在这寂寥的雨巷,
> 撑着纸油伞
> 像我一样,
> 像我一样地
> 默默彳亍着,
> 冷漠、凄清、又惆怅。
>
> 她静默地走近
> 走近,又投出

太息一般的眼光，
她飘过
像梦一般地，
像梦一般地凄婉迷茫。

像梦中飘过
一枝丁香地，
像我身旁飘过这女郎；
她静默地远了，远了，
到了颓圮的篱墙，
走尽这雨巷。

在雨的哀曲里，
消了她的颜色，
散了她的芬芳，
消散了，甚至她的
太息般的眼光，
丁香般的惆怅。

撑着油纸伞，独自
彷徨在悠长，悠长
又寂寥的雨巷，
我希望飘过
一个丁香一样地
结着愁怨的姑娘。

　　艾青于民国二十一年即开始写诗，诗中人物大都是拙朴的农人、樵夫、野妇村姑，所歌颂的是他们对土地的热爱，和乡村的自然风光，美和自由生活中的幸福。次年出版《大堰河》是一种自传性质的诗作。他初期诗作每多繁复、重叠、冗长的句法，后渐洗练，变出一种清新朴素的美来。

穆木天撰有《旅心》、《流亡者的歌》等，其诗每不用标点符号，以示特别，引一首为例：

听　永远的　荒唐的　古钟

听　千声　万声

古钟　飘散　在水波之皎皎

古钟　飘散　在灰绿的　白杨之梢

古钟　飘散　在风声之萧萧

——月影　逍遥　逍遥——

古钟　飘散　在白云之飘飘

（穆木天《苍白的钟声》）

何其芳有《预言》诗集，他本是新月派诗人，因常在《现代》上发表诗作又被人视为现代派。他初期的诗受西洋浪漫派的影响，带有浓厚的感伤和悒郁，给人一种深邃的感觉。在《夜歌》诗集中有《砌虫》一首：

听是冷砌间草在颤抖，

听是白露滚在苔上轻碎，

垂老的豪侠子彻夜无眠，

空忆碗边的骰子声，

与歌时击缺的玉唾壶。

是啊！我是南冠的楚囚，

惯作楚吟：一叶落而天下秋。

撑起我的风帆，我的翅，
穿开日光穿过细雨雾，
去烟波间追水鸟底陶醉。

但何处是我浩荡的大江，
浩荡，空想银河落自天上？
不敢开门看满院的霜天，
更心怯于破晓的鸡啼；
一夜的虫声使我头白。

  这首诗自第一节到第三节，完全是用中国旧式诗词的血肉溶化而成，像"豪侠子"、"唾壶击碎"、"南冠的楚囚"、"银河落天上"、"满院霜天"、"破晓鸡啼"、"虫声使头白"，我可以很轻易地找出来这类句子的娘家。这类诗虽有点像朱湘的作品，但满纸饾饤，不像朱湘融和得自然、妥帖与轻举，比朱湘差得远。与何其芳齐名的是李广田，著有《画廊集》、《银狐集》、《诗的艺术》等。他也不完全是属于现代诗派，只因和何其芳一样投稿《现代》较多，被人强行派入的。严格地说何其芳的作品见于抗战前《大公报》副刊最多，可说是《大公报》副刊派。现引其《窗》：

偶尔投在我的窗前的，
是九年前的你的留影吗？
我的绿纱窗是褪了苍白的，
九年前的却还是九年前的。

随微尘和落叶的蟋蟀而来的，
还是九年前的你那秋天的哀怨吗？
这埋在土里的旧哀怨，

乃种下了今日的烦忧草,青青的。

你是正在旅行中的一只候鸟,
偶尔地过访了我这秋的园林,
(如今,我成了一座秋的园林;)
毫无顾惜地,你又自遥远了。

遥远了,远到不可知的天边,
你去寻,另寻一座春日园林吗?
我则独对了苍白的纱窗,而沉默,
怅望向窗外,一点白云和一片青天。

现代派尚有侯汝华、钱君匋、常白、珍君等不具论。据周伯乃在他《中国新诗之回顾》里说:"现代派的诗,最大的特质,就是具有象征派的含蓄,但没有象征派的神秘幽玄。它具有古典主义的典雅、理性,但没有古典主义的刻板。它有浪漫派的奔放、热情,但没有他们的无羁、狂放。所以现代派的诗,是集前辈诗人所长的综合表现,它具有古典主义的理性,也有象征派的暧昧,和浪漫派的热情,这是现代派的诗的最大特质。"

周氏这番批评虽属后来所说,但甚中肯,现代诗究竟是怎样的一种派别,我们可以自此获得一个简单的概念了。

(选自《中国二三十年代作家》,
1979年台湾纯文学出版社出版)

辑十　百年断片

儿时影事

我的籍贯虽是安徽省太平县,但出生于浙江,直到光复后三年才回岭下故乡。所以我也算是半个浙江人。

我的祖父初捐县丞便分发在浙江,因为他办事干练又因某种机会,立了功(大概是捕获了一批江洋大盗),很快便由县丞署县令的缺,不久又实授了。我是在祖父署瑞安县县丞衙门里出世的,所以幼时小名"瑞奴"。旧时代的女性多以奴名。晋代王羲之家里女儿皆称什么奴,世俗则有如"金玉奴"之类,倒也没有什么奴隶的意思,不过是由江浙一带妇女的第一人身的称谓而来。小说常言妇女自称为"奴家"与"侬家"相等。惟"侬"字入了诗词便雅,奴字未入,或入而不大普通,便俗。我长大后讨厌这个"奴"字,自己改为"瑞庐",可是"庐"呀,"楼"呀,"轩"呀,"馆"呀,又是男士的专利,没有我们女士的份,名字虽然改了,仍然无法用出。幸而家中长辈呼唤我时一直用"小妹"二字,后来改为"小梅",便算我的学名。一直用到民国八年升学北京女子高等师范,才将"小"字丢掉,成为"苏梅",民国十四年自法国返国,又以字为名,"苏雪林"三字便一直用到于今了。

祖父由县丞改署的县令缺是浙江兰溪。我出世仅数月便随家到了这个县份。母亲说我自幼聪明,知识开得很早。当我仅四个多月大,睡在摇篮里,母亲伏在篮边,逗我说笑,我便手舞足蹈,咿唔嘻笑不绝。她起身离去,便立刻大哭起来。她有意试验我,离开摇篮时,故意面对着我向后一步一步倒退,我的眼睛也一转一转跟着她,当她的身影消失于门外之际,我便哇的一声大哭起来了。她在门外喊我一声,我的哭声便戛然而止,止得那么快,像人急口吞水,吞得要打噎。她赶紧跑回,安慰我一番,哄着我睡熟,才得离去。这是屡试不爽的。所以母亲以后对人家谈起这事,常怜爱地摩抚着我,说"我这个女儿天性厚,那么小,便知道恋娘"。

未及周岁,又得到一个印象。那个印象至今尚铭刻我脑中,鲜明如昨。大概有一晚署中张灯演剧,一个女仆抱着我坐在帘前观看。看了很久,我饿了,索乳,不得,大哭不已。那女仆贪看戏,不肯离开戏场,只拍着我,哄着我,叫我看台上的热闹,企图转移我的注意。我转头见戏台上有一个矮矮的男人,头上顶着一盏亮荧荧的小灯,在台上盘旋地走着,边走边唱。我觉得很好玩,果然暂时止哭,可是究因饿得慌,又大哭起来了,并且把我小头向那女仆怀里乱钻,小手又去乱扯她的襟钮。那女仆气极,拧了我两下,我当然哭得更凶了。她没法,只好喃喃地骂着,把我抱回"上房"(县署女眷所居之地),交给我母亲了事。

我稍长后,常提起那晚的事,大人们都不信,说一个未满周岁的婴儿懂得什么,而且也不会有这样的记性。不过那个女仆却替我证明属实(那女仆在我家工作四五十年,后老死于我们太平故乡)。演的戏究竟是什么,到今还是不知,有人替我推敲,说是"十八怕老婆",

因为顶灯也是怕老婆的故事一端。又有人说恐怕那是"武松杀嫂",顶着小灯的矮男人,是在他兄弟梦里出现诉冤武大郎的阴魂,小灯代表鬼火。我现在想来,当以前者为是。盖衙署演戏是为了皇帝的诞日(当时叫做万寿节),每年逢此节日,全国各机关都张灯结彩,抓戏子来演几天的半义务戏,以示庆祝。鬼魂出现一类的戏,阴森可怖,那样喜庆之日,怎敢上演呢?

我今日追叙这个故事,一切详细情节当然不免要根据大人口述而稍稍为之补足。当时我所能真正记得的仅有两件:其一是我因饿极索乳疯狂般的号哭,其二是台上顶灯唱戏的男人。

祖父署兰溪县令为期颇短,未及一年便调到金华,署的是实缺,三年任满,又调回兰溪,那时我已四岁多了。当我走到上房的廊下时,忽然怔住了,觉得这个地方好生熟悉,好像从前曾到过的一般。不过我究竟太小,想了一阵,始终想不出什么道理,也不知去问大人,不久也就混忘了。现在回忆儿时事,对那走廊"似曾相识"的印象尚十分新鲜。古人著作里常有能记前生事者,譬如苏东坡便说他前世是某山某寺僧,因他游某寺,景物历历,恍然如曾经历。其实这种事例,心理学有所谓"残影"的解释,不然,便是东坡也像我一样,儿时曾游某寺吧。

兰溪县署上房有一株杏树,高约三丈,结果时满树累累如大金铃,祖母叫外面男工来上树收摘杏子,收贮几筐,每个孩子各分得十几个。那真是孩子们最快乐的时刻,我们吃了杏子的肉,将核中仁挑干净,就其腹部两面磨通为孔,当哨子吹。每个孩子衣袋里总有几个哨子,比赛谁的哨子最大,谁的哨子吹得最响。

那时代孩子们的玩具都寒伧得可怜,泥人、泥狗、泥老虎,又笨又丑。能得一具摇得响的小鼗鼓,一架棉花做的雀儿,便算是上等玩具了。我们欢喜演武,便来自制武器。木头削不动,竹片却可向修篱笆的园丁讨取,所以我们的武器都是竹制品。竹片削的腰刀,刀身有几个竹节,又没有刀托也不管,只要像把刀就算事。弓和箭也是竹子做的。一张白纸剪成三角形,贴上红边,糊在细竹竿上便算是旗帜。诸叔和兄弟再纠合衙署里公务员的子弟,共有二十余人,分成两队,或操演,或厮杀,把孩子们的野蛮天性充分发挥出来,常常玩得兴高采烈。我虽是个女孩,却最喜爱这类游戏。一姊一妹,深藏闺房,我却混在男孩子队里,满城满郊乱跑。所以我现在常对谢冰莹女士说,我虽没运气像她一样当过女兵,却也算得她的同志,因为我自幼便富有尚武精神呢。

在玩具的记忆里,有一件事又使我难忘。一日,有个亲戚自上海带来一些新式玩具赠送我的祖父。母亲先和我商量:"小妹,有人送玩意儿来了,东西太少,不够分配,只好让男孩们去玩。小兰(我的堂妹,二叔的女儿)没娘,婆(我的祖母)说给她一份,你乖,你懂事,不要它,可以吗?"我要装做真的"乖",真的"懂事",一口答应母亲说:"我不要。"

后来见诸叔和兄弟玩的彩漆洋铁做的小鼓,敲起来冬冬地响;小枪,可以放出橡木塞子;有刀匣的小军刀,系着红绒索,可以挂在腰间,使得佩着它的人,显得好威武,好神气。兰妹得的是三只泥桃,也不知怎么做的,青绒绒的桃皮,一半透着艳红欲滴的颜色,像真桃一样。这才觉悟我对母亲所许的慷慨诺言是错了,懊悔得直想哭,但又不便翻悔。难过了好几天,四五岁的孩子几乎尝到了"失眠"的滋味。

现在我可以再叙一下前文所提到的棉花雀儿。这是里面用细铁丝扭成寸许长雀身骨架,外面敷上一层染了颜色的棉花,雀嘴是棘刺做的,两只小眼则是黑菽,尾巴倒是真的一根羽毛,一双雀脚,是细竹签钉在一截细芦秆上,芦秆两头安上一根弯曲作圆形的竹签,便成一架，架上面再缚线索，结连一根竹枝，当作把手，可以让儿童提着玩，也可以插在壁上欣赏。这类玩具我幼小时大概只值三四文钱一个，制作原颇粗陋，不过雀儿倒有点精神。我得到一架，爱得宝贝相似。玩未一日，被外边同玩的野孩子恃强抢去，我哭了几天，到于今还记得当时伤心的景况。

孩童在一切颜色里最爱紫色。外国教育家和儿童心理学家，多次实验，证明此说确有道理。据说有一性情暴戾不肯听话的孩子被置于满室皆紫的屋子里，他竟变得温良了。记得我五岁半时，大人们给我缝了一件深紫色棉绸小衫，端节日给我穿上。把我头发自顶分开梳了两个小鬟，插上几支绒花，脸上又给我涂上粉，抹上胭脂。上房客堂里原有一架穿衣镜，我看见镜里自己的影子，觉得好看极了。孩子们像我那时的年龄本来是不能静坐的，而我那天对镜一坐便是半日，只是欣赏自己的美，陶醉自己的美，再也舍不得离开，五岁多孩子知道什么是美？又知道什么叫做欣赏？什么叫做陶醉？我那时也不过受了那为一般儿童所深爱的"紫色"的蛊惑罢了。我在女性中是从来不大爱打扮的，从来不知何者叫做"顾影自怜"，要说一生中真有"顾影自怜"的事，也只有五岁半的那一回。后来长到八九岁，过年过节，大人给我换新衣，我只吵着要那件紫衫，好容易从箱底翻出，却可怜已没法绷上身了。

我的知识虽开得早，性格的成熟却极迟。我的天性始终带着一团浓厚的孩气。大概因此故，我一辈子欢喜紫色。民国十年赴法留学，买了件深紫色的羊毛短衫，未曾穿得几时，便得到大哥因病去世的噩耗。原来法国人把深紫当做次丧服，正是兄弟姊妹的丧服。返国后多年，想穿件把紫色衣服始终不敢，因为我还有个同胞姊姊，是我相依为命的亲骨肉，怕妨碍她。这是我的一点小迷信，说来是颇为可笑的。

台湾常见的牵牛花是一种深浅恰到好处的紫色，藤蔓和叶子则作深翠，两相衬托，十分鲜艳可爱。我现在台南的寓所，窗前有一竹架，缘满这类花儿，看去紫星千点，宛如一架锦屏风，觉得比什么花都悦目。每当我想写文章，总要到这架锦屏前眺赏一会，或折几朵带叶的花儿，插在案头小瓶里，花儿虽不到半天便萎谢了，可是我的灵感却像泉水般源源不绝地涌来了。

我幼小的时候，儿童物质上的享受固不如今日，精神上的享受也大大地不如。不但不如，甚至可以说正相反。这就是说，今日儿童所享受的是很精美的精神糈粮，而我们则是带有毒性的食品。这种毒物虽尚不足致人于死，却也能在人心灵里永远留下恶劣的影响。读者或者要问你说了半天究竟是什么呢？原来我说的是大人们向儿童灌输的荒谬的迷信和恐怖万分的鬼怪之谈。

于今的儿童自幼玩的都是精美的富有教育意义的玩具，听的也是西洋翻译过来或国人自撰的趣味浓郁的童话。我们幼小时，国内庙宇林立，崇祀的都是东岳大帝，城隍老爷，关圣帝，赵玄坛，文昌帝君与魁星。此外便是佛教的三尊大佛和十八罗汉，道教的三清和许多天官。我五六岁时便跟着同伴进出这类庙宇。那赤发獠牙的神脸和三头六臂的神躯，狰狞凶恶，实在教人不敢正视。而东岳庙的十殿阎罗和地狱变相更足骇人。记得有一回一个远亲里的长辈带我和几个童伴游岳庙，他从第一殿起巡礼到第十殿，每一殿都有罪人受刑的形象，刀山、剑树、油鼎、炮烙以及剥皮、凌迟、抽肠、拔舌色色俱全，虽属泥塑，却栩栩如生。那长辈先告诉我们以十殿阎君的名字，什么秦广王，长城王，宋江王，转轮王……再解说罪人生前犯了某罪，身死后，魂魄在阴间应受某刑。所可怪的是，我看受刑者皆以妇女为多。更可怪的，妇女生产也算是罪，说是生产时的污血触犯各界神灵，若未念经酿解，则死后灵魂便该落在血湖里浮拍，永远莫想超升。一说是难产亡者，家人未为延僧道念"血盆经"超度，亦落血湖。究竟是哪一说对，我于今也记不清了。想不到妇女冒九死一生的危险，为家庭绵血统，为人类延嗣续，却认为是大罪一条，要受那么可怕的刑罚？这当然由于中国社会轻视女性的观念而来。中国民间谓女人生来便是罪孽，女人不但生来便是卑贱的，而且也便是污秽的。不止生产时污血是大不祥，女人的手也不可轻触及男人应用的东西。我的祖母对于我的祖父并不尊敬，为了吃姨太太的醋，可以把祖父骂得一佛出世，二佛升天，可是她未洗手前决不敢触及祖父的官帽官袍。她偶尔坐上祖父的床，也必轻轻将卧褥掀起，说怕妨碍他的官运。那时县官的印章为策安全，总置于内寝，换言之即放在太太房里，所以县太太别号是"护印者"，那颗紫铜铸就的大印，确也神圣之至，祖母特辟衣橱的上一层，连印盒安置在里面，我们是从来不许摸一摸的。我觉得祖母当时最大的虐政便是"分上下"，大概腰以上为上，腰以下为下。女人未洗手不许接触这样，接触那样，到她所供的观音像前上香，固须先洁净，晚间藉以照明的灯盏，因有灯光菩萨，你看灯光将暗，想把灯草剔一下，也得先走一趟洗盥间才行。女人的下衣和她自己的上衣放在一个盆子里洗，也绝对禁止。若和男子上衣同洗，那更是大"倒厌"的事了（倒厌二字乃吾乡口语，有玷污晦气之义）。除了牺牲那件上衣，别无酿被之道。现在还有人说中国自古以来男女便非常平等。当然是由于他们出生稍迟，未曾赶上当时的盛世，可是他们的太夫人为什么不同他们谈谈呢？

　　我写文章喜跑野马，这一回又溜缰了，请读者原谅，现请将话头带回。如上所述，儿童幼稚的心灵，看了岳庙一类残酷可怖的现象，你想他或她怎不心惊胆战？回家后怎能不一连几日，精神为之不宁？女子在那种拘迂万状的环境里生活着，你想她又怎样能不自卑，认为女人生来便是劣下的，应该受男人宰制？

儿童们都爱听故事，可是说来不幸，我们幼时从来未曾听过一个类乎安徒生、格林兄弟的美丽童话，我们听的都是僵尸吃人，冤鬼索命，棺材盖飞起逐人一类的鬼话。记得有一晚，女仆们因下元节将到，奉祖母命用锡箔折银锭，预备烧给鬼们，我们小孩也在场帮忙。有个女仆忽说夜里折纸锭不好，她从前听人说一故事，一家几个女人折锭到夜深，忽见桌底伸出一只手向人讨乞锭子。又一女仆说这个故事是你听人说的，我却有个亲自经验的故事。我从前和我丈夫怄气，挨了他的打，深夜尚哭泣不止，想上吊。忽见窗外一张雪白雪白大脸，舌头拖得半尺长，向我窥探。我知道我一念之动，真的惹了吊死鬼来了。吓得赶紧收了哭声，爬上床睡下。到于今想起那个影子还怕得要命哩。你想我们七八岁的孩子听了这种话怎么能不吓，觉得身子像掉进冰窖里，连灵魂都冻成了冰。有好一段时光，不敢靠近桌子坐，惟恐桌下伸出鬼手来攀你的衣角，眼睛不敢向窗子看，惟恐窗上会映出那缢鬼的影子。

十一二岁时跟着诸叔兄弟读了点启发新知识的书报，居然也主张起无鬼论。母亲说你少说嘴，你若真不怕鬼，晚间便独睡一室试试看。我要争那口气，一晚真的搬入一间屋子独睡。那间屋子乃母亲寝室后房，与寝室仅一板之隔，声息相通。我睡入后却以置身鲁滨孙荒岛，中心惕惕不安，闻隔壁母姊笑语，胆始稍壮，朦胧间不觉睡去。夜半忽醒，风吹窗外树影的动摇，板壁干燥的爆响，老鼠必必剥剥地啃咬东西，都好像是鬼怪精灵在活动。想起幼时所听僵尸恶鬼的故事，不觉骇怕起来，想唤妈又不好意思，只有苦苦挨着，半小时的光阴，宛如一世纪之久。这才知道恐怖之煎熬人类心灵，尤其对于一个孩子，简直比死还要难受。正在无可奈何之际，忽听室中真有脚步走动之声，我更觉毫发倒竖，冷汗自浑身渗出，将头拼命钻向被底。但觉得那鬼怪盘旋又盘旋，已到了我的床前，又觉得有只毛森森的大手伸进帐子要扼我的咽喉,我再也矜持不下去了,不禁大叫起来。妈在隔壁听见,来不及穿衣,跑过来将我一把抱住,问:"孩子怎么了?"我哭着说:"有鬼!果然有鬼,妈迟来一步,他便要将我攫去了啊!"妈听了这话,也觉惊诧,扶我起来教我回到她房里去,她伸手将被子一撩,忽闻"妙乎"一声,一只大花猫自床上跃下,原来是我顶要好的伴侣,以前总在我床下一只草窝里睡,那一夜它大概见我床上空空无人,竟找到隔壁,又不通知一声,吓我这么一大跳。

那晚我当然不肯再独睡,回到母亲的房间。第二日家里人都知道这件事,大家笑个不了。女仆们不提那花猫的恶作剧,却互相传说道:"二孙小姐读了些什么新书,竟敢说世上没有鬼,昨夜鬼对她显了灵,她从此再也不敢相信书上的胡说八道了。"我听了很生气,但又没法阻止她们不说。

这话又由上房传到外边,诸位叔父和两位哥哥,年龄比我大,读的新书比我多,思想当然比我进步,那持无鬼论最坚的四叔,听见我的故事,叹了口气,说道:

"——女孩子到底不行,经不起半点考验,便把原形现出来了。说什么男女平权,世界究竟是我们男人的呀!"

我后来读胡适之先生四十自述,由有神到无神一章,他说以前读玉历传抄一类书,也相信天堂地狱的存在,顶怕做了不好的事,来生变猪变狗。十一二岁时读范缜神灭论,思想便起了大变化。十三岁时居然倡议把外婆所居村子口神像拆下抛进毛厕。我在胡先生同年龄的时候,却出了那么大的洋相。是女孩子真正不行吗?还是我幼小时所听鬼神故事太多的缘故吗?

(原载台湾《传记文学》第一卷第一期)

我的父亲

　　每个人都有父亲，可以在每年的八月八日也就是爸爸节，叙说一番话。可是，这多半是小孩子的事。像我这样一个景迫桑榆的老年人，竟学小孩子娇声憨气的口吻谈爸爸，未免太滑稽。不过迫于记者先生的雅意，一定要我写几句，就写一篇来应应景吧。

　　我和父亲虽属父女，承欢膝下时间并不算长。当我幼小时，父亲和诸叔同住祖父县署中，他们都在外面或读书，或各干各的工作，必到深夜始回女眷所居所谓"上房"者，那时我们小孩早已被大人赶上床深入黑甜乡了。翌日，我们起身，父亲又早已外出，一年中难得见父亲一两次面。所以我小时父亲所留于我脑中的印象，并不深刻。只知道父亲是面孔圆圆，身体胖胖，颇为壮硕的一个人。他见我们小孩从不正眼相觑，见女孩更显出讨厌的神色，别说提抱，连抚摸都没有一次。我们只觉得父亲威严可畏，从来不敢和他亲近，甚至一听见他的声音，便藏躲起来。

　　及我稍懂人事，祖父替父亲捐了一个道员，签发山东候补。他把我母亲和二哥三弟接去,留大哥大姊和我于祖父母身边,一别便是五年。这五年里,祖父在外边为诸叔及大哥设立家塾,延师课读,祖母也在上房设塾一间,请一位名虽县署幕僚、实吃闲饭的老族祖来教大姊三妹和我。读仅年余,族祖以老病辞去,祖母又叫一位表叔教我和三妹,因每日走读于外边,大姊便失去了读书的权利。

父亲自山东回来,闲住祖父县署约一年,对我始渐加注意。他见我受私塾教育不及二年,居然能读《聊斋志异》和当时风行的林译小说,并且能胡诌一些五七绝诗,大为惊异,想加意培植。他每日拨出一二点钟的光阴,亲教大姊和我的书。古文用的是《古文观止》,诗歌用的《唐诗三百首》,后又加《古诗源》。他见我好读林译,凡有林译出版,便买了给我。记得《红礁画桨录》、《橡湖仙影》、《迦茵小传》、《撒克逊劫后英雄录》、《十字军英雄记》都是那时读的。他见我好画,又买了若干珂罗版的名家山水,后来还买了一部吴友如的画谱。他对我益处最大的是,给我买了一部附有注解的小仓山房诗集。以后他又替我买了《杜诗镜诠》以及唐宋各名家诗集,我之为诗乃渐有进境。

父亲教我姊妹为期也短,为的是他要出门求官,后来又在外做事,赚钱赡家。在家里和我仍团聚日子少。

父亲在前清也算有个起码的功名,就是进学做了秀才。以后想再上进,屡下秋闱,举人总没他的份。不久清廷废科举,再也莫想图什么正途出身了,想做官,只有出于纳捐的一途。父亲的资质原很聪明,无奈幼时所从村塾塾师学问太浅陋,教书每多讹音也多别字。父亲常说他曾见别塾一位老师教学生念苏东坡《赤壁赋》,把"水波不兴"念作"水波不与","俛而笑",念作"免而笑",可见《镜花缘》唐敖等三人到白民国,见一塾师把"幼我幼,以及人之幼",念作"切我切,以及人之切";"求之与,抑与之与?"念作"永之兴,柳兴之兴。"并非完全笑话。他所从塾师虽尚不至此，也高明不多少。那些村塾老师也算秀才出身，竟这样的不通，说起来真叫人难以相信。

我父亲后来自己苦学，我记得他从山东回来后，在祖父县署里收拾一间书房，每日限定自己点《资治通鉴》多少页，读《皇朝经世文编》多少页，写大字数张，小楷一张。他得意地说："《资治通鉴》这部卷帙浩繁的大书，听说从来没有人能读个通编，我几年前便点起，便算已通盘点过。"父亲并非博学鸿儒，只写得一笔简练周密的公文文字。不能吟诗，也不擅为文，对中国文字却富于欣赏力。所惜者幼时为村塾塾师所误，若干字常读讹音。字典上注不出同音字，每用反切，他反了又反，切了又切，总定不出一个准确的声音来。我从前跟那位老族祖认字，认了些别字，现从父亲读书，又学了许多讹音，儿童纯洁的脑筋有如一幅白纸，著了污点再也拂拭不去。我后来教书，拥青毡五十年，误人子弟实也不少。这固由于自己读书未遇明师，在文字学上又未受严格的训练；但我国文字实也难学，音读变化之多，不可诘究，并且大都无理由可说。每个字都须师授或凭硬记，这种文字还有人说"最科学"，岂不侮辱科学二字？

我父亲还有一端短处，就是口舌太笨拙，学习语言的能力差，他一辈子在官场上混，连蓝青官话都学不会，满口浓厚的乡音。这当是由于我祖母的遗传。我祖母在江浙一带做了二十多年的县长太太，依然满口太平县乡间土话。我学习语言的能力也甚低，这双重的遗传定律真可怕！

父亲在山东候补虽未得署实缺，差委倒始终不断。后来那个对他颇垂青睐的上宪改调，他才回家。回来后坚持要远征云南，一则认云南是个偏远省份，官场竞争少；二则云南巡抚——或云贵总督，记不清——李经羲是安徽人，以为或会念同乡之谊加以提挈，谁知去未久便遇着辛亥革命的爆发，又仓皇遁归。民国成立，他已无法做官，靠北平同宗的支援，做个公务员，所署多为釐卡，所入也颇不恶，可是大家庭吃重的负担又开始压到他的肩上。

我祖父生有七个儿子，除六叔尚在读书，庶出的七叔在安庆奉母另住外，其余均已成家并有子女，一家共有二十多口，加各房佣人和长短工共有三十多，都住在太平乡下祖宅里。二叔在外谋了一差，以儿女众多，家累烦重，接济大家庭也不过象征性。我父亲身为长子，自祖父去世，他必须独力挑担起这个家。想推辞也推辞不了。因诸叔动辄以祖父当年替他捐那个道员，花了万把两银子，这个账非算不可为说，父亲只好按月汇款赡家。事实上，当年二叔就婚山东，祖父责成我父亲出钱办理。女方爱场面，大肆铺张，我父那笔捐官的钱差不多已花掉三分之二了。

父亲每月汇家的钱，并不算多，各房又任意滥费，也亏得那时当家的我母亲，调度有方，宁可她自己一房极力节省，省出几文，总叫各房满意。这有限的钱，祖母还要克扣一部分，终日托人在外求田问舍，说为将来几个小儿子打算。人家来报，某处有几亩地，某处有一莲塘，出息均不错，某家有条怀孕的母牛，买下来不日便是两条了。她自己又不能亲自去察看，就凭中人三言两语成交。价款交了，契约也立了，她又认不得字，契上说些什么，一概不知，后来始发现大都受人欺骗。为的是秘密交易，无法声张，只有哑子吃黄连，苦在心里。

民初几年，军阀混战，都市萧条，农村破产；但民间失业问题还不十分严重。这就是我国大家庭的好处。因一家几十口都靠较有力量的一房负责，一混也就混了过去。欧美人讲究独立，以依赖人为大耻，可是他们接受政府失业救济金又视为当然。中国家庭，身为长房或其他义不容辞的负责人独苦。欧美则全国纳税人流血流汗来供养许多好吃懒做的闲人，说起来，二五还不是一十。我说这话并非赞美旧式大家庭，我是这种家庭出来的人，深知其害，不过它在救济失业这一端，倒算替社会尽了不少的义务。我父亲不过是个平平庸庸的旧官僚，一生对社会毫无贡献，对维持这个大家庭勋劳却也不少，若如我上文所言，则也有功于社会。

父亲对儿女，少年时并不知道慈爱，渐入中年，慈爱日深。他见我能诌几首诗，能画几笔画，更另眼相看，常说："小梅是我家的不櫛进士，她似禀有异才，前途不可限量。"于是逢人即夸，竟把我说成道蕴复出，清照第二，这也不过是他老人家"誉儿癖"太强，实际我又何尝能如他所称许之万一？但他虽非常爱我，基于当时重男轻女的观念，只自己随便教教，或买书让我自修，从不送我入学校念书，只把几个儿子送去京沪有名学校。我后来得入文风落后的安庆女子师范，还是自己拼了命争来的。

我曾艳羡前辈女学人像曾宝荪、陈衡哲等早岁便能远游国外，接受高深教育，使我一生自嘲只是个"粗制滥造品"；但这也是各人的运命使然，能有什么话可说呢？

父亲在世时，我对他未尝有一日尽孝养之责，他晚年景况甚窘，我以已嫁未知接济，及闻他病逝宜城，始大悲悔而为时已晚，无法补救。今日写这篇短文对他老人家实在疚心无限。若有所谓来生，他老人家对我的慈爱和恩惠，只有来生报答了！

（原载1982年6月6日《中华日报》副刊）

母 亲

　　一个人如其不是白痴,不是天生冷酷无情的怪物,他腔子里总还有爱情的存在。爱情必须有寄托的对象,小孩爱情的对象是父母,少年爱情的对象是情人,中年爱情的对象是儿女或者是学问与事业。老年爱情的对象是什么?我还没有到老年,不大知道。既被人挤出生活的舞台,现实中没有他用武之地,只好把希望寄诸渺茫的未来;而且桑榆暮景,为日无多,身后之计,不能不时萦心曲。那么,老年人爱情的对象也许是神和另外一个世界吧。

　　并非想学舜那样圣人五十而犹孺慕。不过我曾在另一篇文字里说过自己头脑里的松果腺大约出过毛病,所以我的性灵永远不成熟,永远是个孩子。我总想倒在一个人的怀里撒一点娇痴,说几句不负责任的疯话,做几件无意义的令人发笑的嬉戏。我愿意承受一个人对于我疾病的关心,饮食寒暖的注意,真心的抚慰,细意的熨帖,带着爱怜口吻的责备,实心实意为我好处而发的劝规……这样只有一位慈祥恺悌的慈母对于她的孩子能如此,所以我觉得世界上可爱的人除了母亲更无其他，而我爱情的对象除了母亲，也更无第二个了。

在母子爱的方面，我或者可以说没有什么缺憾。母亲未死之前，我总在她怀里打滚过日子。当时许多痴憨的情景，许多甜蜜的时光，于今回忆起来，都如雨后残花，红消香歇。不过旧作诗词里还保存一二，如二十年前所作《灯前》小诗一首：

　　灯前慈母笑，道比去年长；
　　底事娇痴态，依然似故常！

又《侍母赴宜城视三弟疾》五古中间一段：

　　行行抵鹊江，西日在嵲嵼。
　　解装憩逆旅，各各了饥渴；
　　投枕烂漫睡，哪知东方白。
　　阿娘唤我醒，灯昏眼生缬；
　　衣衫为我理，头发为我栉；
　　虽长犹孩痴，母笑且鏖额。
　　融融母子思，此味甜如蜜；
　　我愿长婴娲，终身依母膝。

这些诗句并不如何好，不过每一念着，慈母的声音笑貌仿佛可以追摹；而自己心坎里也会流出一种甜滋滋的味儿，所以我觉得这几句诗还算我旧作里的精华。

自从慈母弃我去后，我这颗心，就悬空挂起，无所依傍。幸而我实际上虽然没有母亲，我精神还有一位母亲。这位母亲究竟在哪里，我说不明白，但她的存在，却是无可疑的。她的精灵弥漫整个宇宙里，白云是她的衣衫，蓝天是她的裙幅，窈窕秋星有如她的妙目，弯弯新月便似她的秀眉，夏夜沉黑长空里一闪一闪的电光是她美靥边绽出来的笑。这笑像春日之花，一朵接着一朵，永远开不完。我又在春水里认识她的温柔，阳光中领略她的热爱，磅礴流行的元气里拜倒她伟大的魄力。这位母亲真有点奇怪，她有无量数的孩子，每个孩子都能得她全心的爱情。一个不为人所注意的孩子的痛苦,也能感动她的心使她流下眼泪。一个最渺小最不足齿数的孩子的吁请,也能获得她的允许和帮忙。她的母爱是无穷无尽的,正如浩瀚际天的海洋,每人汲取一勺都能解渴。而且还得着甘露沁心似的凉爽。

我自然是她许多孩子中之一,我却老疑心她对我有所偏私。我在睡梦里,常觉她坐守在我身旁。我病在榻上时觉得她常以温暖的唇印在我的额上。记得有一回,我不知受了什么大刺激,伤心绝望,至于极端,发狂般倒在床上痛哭。假如那时手边有一条绳,我可以立刻将自己挂在门上。一个人在极忧伤的时候,自己收拾自己原很容易的,是不是?当我痛哭的时候,窗外正刮着大风,树木被打得东歪西倒。远远的一株树上我恍惚看见我死去的母亲向我招手;我又恍惚觉得这不是我的母亲,却是我所说的另外一位。她的白衣放射光芒,她的云发丝丝吹散在长风里,她的双臂交抱在胸前,正如一个母亲想着她孩子受难而无法援救因而心头痛楚的模样。这幻象一刹那间就消失了,但是我的痛苦也随之而消失;而且也从此获得新的做人的勇气。因为我知道冥冥中有一位母亲以她的大爱随时羽翼我,保护我;以她的深情蜜意常常吻我,亲我,拥抱我。

那幻象的显现,说来真太神秘,也许有人疑心我神经有病,白昼做梦;或者故意怄人开心。是的,朋友,假如你相信我真瞧见什么幻象,你先就是个傻瓜。老实告诉你:我那时并非这么看见着,却是这么感觉着,直言之捉住那幻象的不是肉眼,是灵眼。你读过梭罗古勃《未生者之爱》没有?过于丰富的母爱能够在幻觉里看见她未曾诞育的婴孩并且看见他逐日长大;我念念不忘我那慈爱的母亲,在深哀极恸之际,恍惚见她显表,那又有什么奇怪。我深信我的母亲常在我身边,直到我最后的一日。

(原载《宇宙风》,1939 年第 13 期)

怀念姊妹家庭

　　家至少要有人两口才能组成,最不济也要有猪一只。你看中国的"家"字,不是宝盖下有个"豕"字吗?可是,我的家不但没有人两口,连猪都无半只。

　　我的家中成员只有我独自一个,这样当然不能称为家了,可是十余年前是有一位同胞姊姊同我同住,组成了别具一格的"姊妹家庭"。

　　从一九三二年起,即我任教国立武汉大学的第二年,我将家姊淑孟女士接来武汉,在那山光水色、风景秀丽的珞珈山住下,一住便是七年。对日全面抗战发生,我们随校迁四川乐山,一住又是九年,那段岁月非常清苦,但当时姊妹两个年龄还不算顶老,还能撑住下来。胜利后迁回珞珈,首尾三年。一九四八年赴沪小住,数月后,适香港真理学会来函聘我去当编辑,遂赴港,家姊只好随其身在海军的次子到台湾去了。我在学会任职一年,因想到欧洲搜寻解决屈赋难题的资料,再度赴法。过了两年,资斧告竭,有人介绍回台湾教书,遂返台任职于台北的省立师范学院。学校以我无家,"姊妹家庭"又不算数,不配我住宅，只让我住在单身教职员宿舍里，家姊当然不能来，来了也无她容身之地。一九五六年，台南的成功大学改制成立，聘我去教书，我以分配住宅为条件，居然配有一幢，便是今日我安身东宁路的住宅。

我将家姊自左营接来，"姊妹家庭"又告恢复。计算家姊和我未嫁前者不算，嫁后共同生活者前后共三十年，也算长久了。

家姊和我同住时，料理我的饮食起居，无微不至。我若偶有病痛，她煎药奉汤，一夕数起。亲手为我补缀破绽，缝制内衣裤，替我收拾随手搁置的物件，那种细心熨帖，温意煦妪的事，要说说不完，要形容也无法形容得够，她把我宠得像个慈母膝下的骄子，故我常说她是我"第二慈亲"。

她替我管家，精打细算，量入为出，把那时一般教书匠微薄的薪俸运用得绰绰有余，使我免除内顾之忧，得以专心教学，暇时并能创作文艺，研究学术，我今自能得在文坛学苑稍有成就者，皆属家姊之遗泽，其恩其德，实令人难忘。

家姊爱洁成癖，我们初来台南，雇女佣也还算容易，她每日监督工人洒扫房屋，擦拭家具，把个家收拾得窗明几净，纤尘不染，令人置身其间，神清气爽。花晨月夕，姊妹二人清茶一盏，对坐窗前，闲话家常，纵谈往事，一种骨肉深情沦肌浃髓，其乐又是无极！

不幸一九七二年，家姊因病长逝，我的"姊妹家庭"也就从此溃灭。她逝世至今已有十四年，我每夜做梦，若醒而能记得者，总有她的影子在活动，其声音笑貌，一如往昔，而梦中总不知她已死。想家姊手足情深，知道我想念她，故特来梦中相慰，又不让我知道她已为异物，免我悲痛与小小的不自然惊吓之情，才这样的吧？

我常想，若家姊尚在应该多好。可是家姊大我五岁，健康一向不如我。我现在已耳聋眼花，双脚无力，每一行动，总想有人扶持我一把，家姊若在，其龙钟衰迈之状当更甚于我。我今已自顾不暇，还能照料她吗？则她之先我而去，对她而言，未始不是好事。况我在世也无多日了，可与家姊在另一世界相聚的时期屈指可待，现在过一天挨一天算了。

(选自《时报周刊》第454期)

灌园生活的回忆

种花是雅事,是轻松省力的事,是诗人文学家的"山居清课"之一;耕田是俗事,是一滴汗换一粒米的吃重工作,是为生活所压迫,不得不牛马似劳动的贫农行业,介于种花与耕田之间的,我以为应推灌园。灌园者种菜之别名也。它变不出千红万紫的灿烂,而三弓隙地,满畦青翠,看到眼睛里也够悦性怡情。它没有胼手胝足,栉风沐雨之劳,但秋芥春菘,堆盘新供,风味别饶,似更在膏粱之上。况且古代圣贤豪杰也曾从事灌园。刘皇叔为避免曹操猜忌,闭门种菜。大言不惭的书生习气,最为可厌,但康南海天真的自负,我却觉得颇为可爱,他的"老大英雄惟种菜,日斜长铲伴园丁"两句诗,无疑是暗用刘典,却自有一种壮志成空,独立苍茫之感。朱舜水避地日本时,为了生活无着,不忍以口腹累门人,欲得半亩之地,灌园自活,可怜日本地狭人稠,这区区的愿望也不容易达到。后来舜水成了德川藩主的上宾,展布满腹经纶,教扶桑三岛走上了完全华化的道路,至今"德川文化"尚为日本无上光荣。想这位一代鸿儒落魄时,求为一种菜翁而不可得，未免太令人感慨了。

但灌园的事虽似清高，却也最容易消磨人的壮志。笔者在抗战时期，便有过这种经验，至今尚觉失悔不置。现请将这段生活叙述于次，作为我所有荒唐故事的回忆之一。

抗战时期的大后方，一般生活过于困难，大家都把宝贵光阴耗费在柴米油盐的琐务上。我因房租问题，和二房东怄了半年气，寻觅另外的住所，每天在外奔波，弄得十分狼狈。后来获得一个机会，在一高丘上赁到一座板屋，附带有两亩左右的空地，这在城市之中也可说是最难得的。民国廿八年以后，敌机轰炸最为频繁，差不多一天要来一次。武大同事们纷纷疏散于乡村僻远之处。雇不到女佣，烧饭洗衣，只有太太亲自动手，屋前后偶有隙地，先生不得不想种点菜，栽点瓜，公子上山砍柴，小姐下河抬水，当时虽无"克难英雄"之名，但有克难之实。我屋边既有差不多两亩大小的土地，难道肯让它荒芜下去而不加以利用？于是与家姊商议：我们来学灌园吧。先办置了锄头镰刀，畚箕扁担之类，择日开始垦辟。这项工程极不容易，因为原住的房主大约是个懒人，只留出一条进出的路径和屋前数尺之地，其余全让给蔓草荒荆作为领土。整个园子都给四川一种带刺的"猪草"盘满了。那种猪草是属于藤科，盘纠在地，极为牢固，锄头掘不动，一定要用镰刀先砍断其茎，再用锄挖起其根，再将茎和根向后卷毡子似卷过去。那叶和茎上都生满毒刺，刺着人发生一种又痛又痒的感觉，甚且红肿发炎。费上一周左右，才将这些毒草收拾干净，我的双手和胫却已弄得伤痕累累！

草莱斩除之后，第二步便是掘松土壤的工作，这比除草更加吃重。原来土中所埋全是瓦砾之类，掘起后，用筛筛过，用畚箕运到园角堆起，竟成了小丘一座。这工作大约占去了我两周宝贵的光阴。

将土壤分畦后，栽下各种菜秧，或撒下种子。四川南部夏季日光很是强烈,每天至少要浇水二次。乐山那样小小县城,尚没有自来水的设备,人家用的水都是由讲定价钱的挑水夫一担一担挑来。他们常嫌我住的那座屋子,进出要经过十几级石阶,不肯给你送。只有同他们讲好话,加价,我们自己洗衣烧饭,用水都极力节省,留出水来浇菜。

菜秧长大,又须分种,时常需要拔除杂草。土壤太瘠,非施肥不可。园里原有三只破粪缸,前任屋主留下不少甘棠遗爱,大可利用。我姊妹二人合担一个大粪桶,一勺子,一勺子将那用水稀释的肥料向菜畦细细泼去。起先觉得气味难闻,但久而久之,也便安之若素。有人说这种阿摩尼亚的气体对卫生不惟无害,反而有益,这话是否真实,我不知道,但"入鲍鱼之肆,久而不闻其臭"那条定理,却由我的实验证明其为确凿。

我所种的菜,以芥菜为最多,芥菜又分几类,有什么九头芥、大头芥、千叶芥之类。大头芥或者便是四川人拿来做榨菜的原料。九头芥最美观,青翠如玉,茎部生满肉刺,味亦腴爽可口。芥菜长大起来,可以成为一株树。怪不得耶稣讲道时,常说天国好像一粒芥菜籽,它在各类种子中最为纤小,但当它长大以后,飞鸟也可以栖止于它枝上。这些事理,自己若未种过菜,哪会知道。

此外则莴苣、苋菜、红白萝卜、蕃茄、葱蒜,每样都种一点。有的生长得很好,有的为了种得不合方法,都失败了。譬如四川的萝卜每个可以重至三斤,我种出来的,只有像棋子那般大小,茎叶长得异常茂盛,但叶子却不能吃。马铃薯也只长叶子,收获所得,比所下的种子还少几成。

我还种了一亩地的豆子,大部分是蚕豆,余则为四季豆、豇豆、豌豆之属。武大图书馆所有几本园艺书都让我借来。我知道豆子需要一种什么气体,而那种气体则取之于烧烬的灰。我开园的时候不是积存了无数捆的猪草吗？现在都干透了，于是每日黄昏之际，便在屋前点起一个大火堆，烧得烟雾腾天，一方面借此驱逐那喧闹如雷的蚊子，一方面将烧下来的灰烬，用作种豆的肥料。

隙地则种瓜。屋子太小，夏季纳凉，不得不在屋外。我买了若干材料，找人在屋前搭了一个棚子，棚脚种南瓜数株，藤和叶将棚缘满，果然成了一个名符其实的"瓜架"。豇豆是需要扶持的，自己动手，扎了一些竹架，于是"豆棚"也有了。偌大的园子只有姊妹二人，也引不起谈狐话鬼的雅兴，辜负了这富于诗意的设备。

我并不完全讲究实际主义，艺术性的东西还是很爱好的。蔬菜之外，又种了许多花卉，园中本有点大理菊，被草莱淹得只剩一口游气，有时在那有毒刺的猪草丛里开出两三朵神气黯然的小花。自从我搬来以后，莠草去，嘉卉苗，深红浅紫，灿然满眼，我仍嫌其未足，分栽处处，于是朴实的菜圃，浮漾着一片骀荡醉人的春光。为不使大理菊有"吾道太孤"之感，又替它们招来了许多娇娆的姊妹。洋水仙最易种植，颜色的变化亦繁。还有些什么，现已不忆。

我有两把锄，一轻一重，我总爱使用那把重的。每天工作，开始几锄，很觉吃力，身体好像摇摇欲倒的样子，以后气力便来了，像开了龙头的自来水源源不绝了，从清晨六七时起，到傍晚六七时止，除了吃三顿饭和午睡片刻的工夫，全部光阴都用在园艺上，一天整整八小时，休息时间很少。体力的消耗，当时毫无所觉，一年以后，才知其可惊。我的体重本有一百四十磅，入川后水土不服，瘦了十磅左右。从事园艺，不过一年，瘦得只剩九十几磅。许多朋友都替我担心，重庆成都方面，谣传我被战时生活磨折快死了，熟人们常写信来慰问，谁知这与战神无关，却是我咎由自取。

二亩地的瓜菜，姊妹二人能食几何？我们所能享受的不过百分之一二，其余百分之九十都便宜了隔壁某军事机关的驻军和附近的贫家。每当月明之夜或晓色朦胧之际，隔壁军士用竹竿作撑高跳的姿势，翻过高墙，而小户人家则缘崖而上。四川人究竟不愧是山居民族，六七十岁的小脚伶仃的老婆子攀崖附壁，比猿猴还要轻捷。我们费了半年劳力培养成功的包心菜，被他们一割便去了四五十颗菜心；十几斤重的南瓜，一摘便摘去十四五个。他们偷菜之外，还要顺手牵羊拿你的柴薪，收取你晒在竹竿上的衣服。我于是出重资雇工编了一道其长廿余丈的篱笆，以为金汤之固，可以高枕无虞。谁知第二天一看，篱笆上已挖了几个大洞，小偷出入仍可自由。养狗吧，养到它才会吠，总是失踪，原来是隔壁军人打去作为下酒物了。蚕豆生了荚，招来了无数松鼠，玉蜀黍结了实，不知被什么动物，整批连根啮断。如此提心吊胆，防不胜防，我对于园艺不由得也讨厌起来。这才知道前任主人之听凭土地荒芜者，并不是完全为了懒惰的问题。

除了灌园的工作，我又修砌阳沟、翻漏、砌灶、建筑鸡舍，从灌园人做到泥水匠、木匠，每星期敷衍完了几点钟的功课，便在家里踢天弄井，整日翻腾。抗战时代，我们教书匠生活虽清苦，但我只有胞姊一人，家累可说极轻，饱暖二字，是不用发愁的，何况继廪继粟，政府也算替我们招呼周到，我还要这么努力究竟是为了什么呢？说来好笑，一点也不为什么，无非是为了兴趣二字。原来我的性格有一极大缺点，这便是一生受"兴趣"的支配，兴趣所在，必集中全身精力以赴，除却那惟一目标，不知天地间更有何事。我本是一个用脑的人，忽然改而用手；又是一个一向安坐书斋的人，忽然跑到土地里去，生活完全改变，觉得别有一番从未尝有过的新鲜滋味，于是兴趣大为浓厚，终日碌碌，不知厌倦。况且园艺是有连锁性的，种子撒下抽出苗秧，你能不为之分封吗？不浇水，它便枯萎，不施肥，它便长不大，你又能省却每日这一份例行公事吗？瓜类牵了藤，便需要架子，蕃茄长高，没有竹竿撑住，便不肯结实，你又能不尽扶持的义务吗？如此欲罢不能，疲于奔命，虽然是清高行业，却也和近代工厂的苦工差不多。

但灌园究竟是有趣的事，对于中年以后的知识分子尤为一种极大的诱惑。人到中年，大半功成业就，需要退休，但精力仍沛然有余，必须有一个消耗之道。声色狗马是少年人的行乐，赌博豪饮，正经人也有所不为，惟有经营一个小小田庄，最合理想。人究竟是"地之子"，泥土的气息，于我们生理最为相宜。每天几小时的操作，是一种并不激烈的运动，可以让你充分享受阳光空气。自己种的蔬果，自己养的鸡生蛋，都比市购的更新鲜，更富于营养。更令人精神感觉愉快的，是朝暮所接触的都是一片蓬勃洋溢的生机。一粒小小种子撒下土去，竟会生出那么多的变化。大自然所演的戏法，是神秘的，是不容人窥探的，但从事园艺者，却能成为入幕之宾，姿情欣赏，而且你便是这戏法的主演者，自然已委托你作为她的代理人了。

不过我所谓园艺这类事容易消磨人的壮志，却也是我的经验之谈。我那时脑力在一生中为最强，若专心研究学问，也许可以获得几种专门知识，若全力来写作，两年内也许可以写出二三十万字的文章，但因为我的愚妄无知——太受兴趣的支配——把大好的光阴精力都白费了。

(选自《归鸿集》)

编后记

张昌华

哲人说人生是一部书。苏雪林的人生便是一部不易读透的书。她是中国现代文学史上的"化外之民",五十年来,读者对苏雪林三个字是陌生的。新千年前,春风化雨,苏雪林渐渐重浮水面,回归大陆读者视线。

苏雪林(一八九七——一九九九),笔名绿漪,安徽太平(今黄山)人。曾任武汉大学、台湾成功大学等校教授。她是集教授、学者和画家于一身的"五四"人。毕生躬耕杏坛,作为教授,弟子三千,集天下英才而教育之;作为学者,四百万言的《屈赋新探》,自成一说;作为作家,上世纪二十年代即以散文《绿天》享誉文坛,其名直逼冰心;作为画家,本与潘玉良同窗,在法国研习画事,有《苏雪林山水》传世。

在文学艺术方面,苏雪林涉猎较广,相较而言,她的散文成就更为突出。阿英曾作过中綮的评论:"对于自然的倾爱,和谢冰心到同样的程度，而对母爱的热烈也复相等的，在小品文作家中，只有苏绿漪（雪林）可以比拟。"故时有"冰雪聪明"之说。

编者把这部苏雪林的散文集冠名为《浮生十记》，盖该书囊括了作者百年人生散文之精华。十记者，十辑也。"绿天溪水"、"秋日私语"多为作者早年的作品，信手点染，童心十足，赋花鸟虫鱼以灵性，把对大自然的热爱融化于近于漠然的文字里，浅浅的欢乐，淡淡的哀愁跃然纸上。因她有丰富的学养，深厚的古文功力，随意撷取的古诗辞藻饰其间，贴切自然，妙趣天成。"遁斋随笔"、"人生四季"，都是作者百年人生历练，有感而发的人生感悟，那颇富哲理的情思，通过质朴清新的文字，作酣畅淋漓的表述后，产生一种奇特的艺术魅力，读之不仅是一种享受，而且给人以启迪。尤其是一组《青春》、《中年》和《老年》的人生感怀，不乏经典性。苏雪林是迄今为止，中国最长寿的作家了，享年一百零三岁，人生阅历丰富，"晴窗札记"、"西窗剪烛"和"枯井钩沉"，一是对自身生活经历的片断记录，更多的是对二三十年代与她有所过从的师友的回忆，其史料价值不可忽视。苏雪林亦擅评论，"砚田圈点"，即是对周作人、凌叔华、孙多慈等几位同时代名流作品的评论，准确与否尚希读者自辨，总算一家之言。"萍海游踪"是一组游记，描摹细腻，涉笔成趣。苏雪林的身世，知者不多。她的个人婚姻生活极其不幸，一直在姊妹家庭中生活，故专列"百年断片"一辑，让读者对其家庭背景和个人偏执性格的形成有所了解。

本书选文的散本比较驳杂，编者尽可能于比较中择善而从之。其中诸多作品，成于上世纪二三十年代遣词造句迥异于今日，为存真，我们基本保持原貌，只在明显的手民误植或非改不可之处小作更正，特作说明。

二〇〇四年十月十六日草于莱茵东郡

图书在版编目（CIP）数据

浮生十记 / 苏雪林著. — 南京：江苏凤凰文艺出版社，2017.4
（大家散文文存：精编版）
ISBN 978-7-5399-9194-8

Ⅰ.①浮… Ⅱ.①苏… Ⅲ.①散文集－中国－现代 Ⅳ.①I266

中国版本图书馆 CIP 数据核字(2016)第 083003 号

书　　　名	浮生十记
著　　　者	苏雪林
责 任 编 辑	王昕宁
出 版 发 行	凤凰出版传媒股份有限公司
	江苏凤凰文艺出版社
出版社地址	南京市中央路 165 号，邮编：210009
出版社网址	http://www.jswenyi.com
经　　　销	凤凰出版传媒股份有限公司
印　　　刷	江苏扬中印刷有限公司
开　　　本	880×1230 毫米 1/32
印　　　张	8.875
字　　　数	210 千字
版　　　次	2017 年 4 月第 1 版　2017 年 4 月第 1 次印刷
标 准 书 号	ISBN 978-7-5399-9194-8
定　　　价	32.00 元

（江苏凤凰文艺版图书凡印刷、装订错误可随时向承印厂调换）